国学经典文库 图文珍藏版

诗经

赵证◎主编

线装书局

第四章　张居正讲评《诗经》

风

周南　召南

【总评】

二南总论：以《麟趾》为《关雎》之应者，言文王能正心修身以齐其家，是以化及于江汉《汝坟》，而《麟趾》之祥应焉；以《驺虞》为《鹊巢》之应者，言诸经能正心修身以齐其家，是以仁恩及于草木禽兽，而《驺虞》之效应焉；要之诸侯王道之盛，实本于文王王道之成。

张居正

周南

【总评】

周南凡十　篇。朱子曰：诗言文王之德者，系之周公，以周公主内治故也。

关雎

【总评】

此宫人为得圣配作也。

【原文】

关关雎鸠，在河之洲。

【张居正讲评】

相彼雎鸠,关关然相与和鸣于河洲之上,情挚有别,鸟中之善匹也。

【原文】

窈窕淑女,

【张居正讲评】

况此淑女窈窕然,幽深而不浅露,闲静而不轻浮,是天下之圣女也。

【原文】

君子好逑。

【张居正讲评】

以是而配君子,必相与和乐而恭敬,可以奉神灵之统,可以理万物之宜,正位于中宫,视诸正位于外者,允无愧矣,不为君子之善匹乎。盖虽始至而一见之闻,固可以逆睹也已。

【张居正讲评】

夫淑女惟为君子好逑也,则向当未见之时,我何如其为忧哉!

【原文】

参差荇菜,

【张居正讲评】

彼长短不齐之荇菜柔顺芳洁,

【原文】

左右流之。

【张居正讲评】

欲得之以为神明之羞者,则尝左右以流之,无处而不用其力矣。

【原文】

窈窕淑女,

【张居正讲评】

况窈窕淑女幽闲而贞静。

【原文】

寤寐求之。

【张居正讲评】

欲得之以为内治之助者,则当寤寐以求之。

【原文】

求之不得,寤寐思服。

【张居正讲评】

求而不得，则寤寐之间思怀之切。

【原文】

悠哉悠哉，辗转反侧。

【张居正讲评】

悠悠而不能忘，以至于辗转反侧而不能以安席，无时而不能用其情矣。盖为君子图好逑，固宜其忧思而不能已哉！

【张居正讲评】

夫向者未得而忧如此，则今日既得，我何如其为乐哉。

【原文】

参差荇菜，左右采之。

【张居正讲评】

彼参差荇菜既得之，则当采而择之，以为精洁之用。

【原文】

窈窕淑女，琴瑟友之。

【张居正讲评】

况窈窕淑女既得之，而有以为君子之好逑矣，吾人亲爱之意勃然而兴，则当比之琴瑟。以写吾亲爱淑女之意焉。

【原文】

参差荇菜，左右芼之。

【张居正讲评】

参差荇菜既采之，则当熟而荐之，以为神明之善矣。

【原文】

窈窕淑女，钟鼓乐之。

【张居正讲评】

况窈窕淑女既得之，而有以为君子之善匹，吾人娱乐之，心油然而动，则当考之钟鼓，以宣吾娱乐淑女之心焉，善为君子幸好逑，固宜其尊奉而不能已哉。夫诗人于淑女忧也以德，乐也以德，此所以不伤不淫，而得其性情之正也欤！

葛覃

【总评】

此后妃既成絺绤作也,言享其成者,当勤其功,而乐其成者,亦思其始。方今絺绤成矣,宁不有所始乎!

【原文】

葛之覃兮,施于中谷,

【张居正讲评】

向当初夏之时,葛之生也延蔓不绝,施于山谷之中。

【原文】

维叶萋萋。

【张居正讲评】

其叶萋萋,然遂其向荣之势。

【原文】

黄鸟于飞,集于灌木,

【张居正讲评】

斯时也,景物所及睹者,黄鸟鼓亲上之性,振羽仪以于飞,启知止之明,集灌木以爱止。

【原文】

其鸣喈喈。

【张居正讲评】

自得之余,其鸣喈喈然,而和声为之远闻矣,景与物咸熙见与闻,适会追而想之,初夏景象宛然在目,斯时葛虽未成也,而不有可治之渐乎!

【原文】

葛之覃兮,施于中谷,维叶莫莫。

【张居正讲评】

迨盛夏之时,葛之延施于中谷也,维叶莫莫而茂密,则葛已成,而织纴之功可施矣。

【原文】

是刈是濩,

【张居正讲评】

于是刈之以斧斤,濩之以釜鬵,而治之有序也。

【原文】

为絺为绤,

【张居正讲评】

因其精者为絺,因其粗者为绤,而理之有等也。

【原文】

服之无斁。

【张居正讲评】

絺绤既成,则一经一纬之绪,莫非手泽之存,由是而服之也,心诚爱之,虽极垢弊而不忍厌弃,此时葛幸有成矣,而吾从事不既遂乎?

【张居正讲评】

絺绤之功既成,闺门之修少暇,而吾归宁之念动矣。

【原文】

言告师氏,言告言归。

【张居正讲评】

然外行不专,固不可以径行乎!归宁内言不出,又不可自告于君子。于是以其意告于师氏,使师氏告君子,以我将归宁之意焉。

【原文】

薄污我私,薄澣我衣。

【张居正讲评】

然归宁之礼不可苟,必有当洁之服也,则薄污我之私服,薄澣我之礼服。

【原文】

害澣害否?

【张居正讲评】

何者所当澣,而何者在所未澣乎;在所未澣者固不必澣,而所当澣者,则必澣之以致其洁焉。

【原文】

归宁父母。

【张居正讲评】

庶可服之以归,而问父母之安否,一念孝思之心,藉是少申矣。是絺绤既成,而我之所用情有如是者。吁!后妃一絺绤之成,而勤俭孝敬之德备焉,固可谓贤,然而文王修身之效,亦讵可诬哉!

卷耳

【总评】

此后妃为思君子不在而作。言居而相离,则思人之情也,今我于君子不在,果何如其为情耶?

【原文】

采采卷耳,不盈顷筐。

【张居正讲评】

我以君子不在,而有事于卷耳之采,犹未满于顷筐。

【原文】

嗟我怀人,寘彼周行。

【张居正讲评】

斯时适念其君子,于是事为情夺,手为心制,不能复采,而卷耳之生于周行者,寘之周行而已,怀人在念,虽欲终其事,而不能顷筐,不盈奚计哉!

【张居正讲评】

不特此也。

【原文】

陟彼崔嵬,

【张居正讲评】

我以君子不在,欲陟崔嵬之山,以望我所怀而往从之,此我之心也。

【原文】

我马虺隤。

【张居正讲评】

然登高必资于马,今我马则虺隤,而不能以升高,往从之计不遂矣。

【原文】

我姑酌彼金罍,维以不永怀。

【张居正讲评】

则我之怀不能自已,而将何以宽之哉?我姑酌彼金罍之酒,维以不永怀。使不至于长以为念,而稍宽其一二之思焉耳,要之夫妇之情,乌能以终恝耶?

【原文】

陟彼高冈,

【张居正讲评】

我以君子不在，欲陟高冈之山，以望我所怀之人，而往从之，我之意也。

【原文】

我马玄黄。

【张居正讲评】

然登高必资于马，今我马则玄黄而不能历险，欲从之计不谐矣。

【原文】

我姑酌彼兕觥，

【张居正讲评】

则我之伤，不能自已，将何以解之哉？我姑酌彼兕觥之酒。

【原文】

维以不永伤！

【张居正讲评】

使不至长以为伤，而稍解其一二之忧焉耳，要之夫妇之情，乌以顿忘耶！

【原文】

陟彼砠矣，

【张居正讲评】

我以君子不在，欲陟彼石山戴土之砠，以望我所怀之人而从之。

【原文】

我马瘏矣，

【张居正讲评】

然登高必资于马，今我马则瘏病而不能进。

【原文】

我仆痡矣，

【张居正讲评】

御马必资于仆，我仆则痡而不能行，欲从之计亦已矣。

【原文】

云何吁矣！

【张居正讲评】

夫君子之归既不可得，欲从之计，又不可遂，使我如何其忧叹也！盖其愤都之深，有非言语所能形容者矣。吁！后妃于君子不在而思念之。卷耳之实，登高之陟，金罍、兕觥之酌，无非甚其思念之情也，非贞静专一之至德，其能然哉！

国学经典文库

诗经

·张居正讲评《诗经》·

图文珍藏版

樛木

【总评】

后妃能逮下而无嫉妒之心，众妾乐其德而称颂之。曰：天人妙相与之机，德福有相因之理，吾尝征之物，而知君子之得天有道矣。

【原文】

南有樛木，

【张居正讲评】

彼南山之林，樛然其下垂。

【原文】

葛藟累之。

【张居正讲评】

则葛藟维系于其上，是葛之上系因樛木有以引之，在物且有然者。

【原文】

乐只君子，

【张居正讲评】

况我君子恩意溢于闺门，而嫌隙尽泯，慈爱通于群下，而忌刻不生，其德诚可乐也。

【原文】

福履绥之。

【张居正讲评】

是不为福履之所绥乎，盖德之所在，天必予以安贞之吉，富贵福泽以绥其生也。《麟趾》《螽斯》所以绥其后也，殆无所不至矣。有是德，则有是绥，非感应必然哉。

【原文】

南有樛木，葛藟荒之。

【张居正讲评】

南有下垂之樛木，则葛藟得以荒奄于其上矣。

【原文】

乐只君子，

【张居正讲评】

况我君子，深仁逮下，而无嫉妒之心，其德何可乐也。

【原文】

福履将之，

【张居正讲评】

殆必天相之以福，其思也若启其行也，若翌履之所绥也，孰非将之以君子之德哉！

【原文】

南有樛木，葛藟萦之。

【张居正讲评】

南有下垂之樛木，则葛藟得以萦旋于其上矣。

【原文】

乐只君子，

【张居正讲评】

况我君子深思，逮下而无猜忌之心，其德何可乐也。

【原文】

福履成之。

【张居正讲评】

殆必天祐以富，其来也如几，其多也如式几，所以左右成就之者，自不容己矣！而其为福履之所成也，孰非成之以君子之德哉！此固吾人之所深愿者，若然则吾人所以被其乐只之德者，盖未有艾矣。夫后妃溥逮下之德，而众妾至称颂之词，闺门之修于此可见，而文王刑于之化可征矣。

螽斯

【总评】

后妃不妒忌，而子孙众多，故众妾以螽斯比之。曰：盛德者必获福，至仁者必昌后。吾尝远取诸物，而知其理之不诬矣。

【原文】

螽斯羽，诜诜兮。

【张居正讲评】

彼群则必争，物之情也，惟夫螽斯之羽虫也，诜诜然群处和集，而不相害焉，固自得其滋生之理矣。

【原文】

宜尔子孙,振振兮。

【张居正讲评】

是以和气所感天地之和应焉,其子孙之振振然众盛者,尔之所宜也,非伟也。

【原文】

螽斯羽,薨薨兮。

【张居正讲评】

是螽斯羽也,不惟诜诜和集已也,但见飞则群飞,其声薨薨焉,何其和也。

【原文】

宜尔子孙,绳绳兮。

【张居正讲评】

固宜尔之子孙绳绳然,其不绝矣。

【原文】

螽斯羽,揖揖兮。

【张居正讲评】

是螽斯羽也,不惟薨薨群飞已也,但见聚则会聚其群,揖揖焉,何其和也。

【原文】

宜尔子孙,蛰蛰兮。

【张居正讲评】

固宜尔子孙,蛰蛰然其众多矣,然则我后妃之不妒忌也,是即螽斯之诜诜、薨薨、揖揖也,而有以为昌后之本,我后妃子孙之众多也,是即螽斯子孙之振振、绳绳、蛰蛰也,而有以为盛德之征,有是德则有是福,其相因之理固如此者,而岂出于私媚哉!

桃夭

【总评】

桃夭咏女子之贤也,盖守正之节,君子犹难拒意,于今女子见之。

【原文】

桃之夭夭,

【张居正讲评】

彼桃之夭夭,其木少矣。

【原文】

灼灼其华，

【张居正讲评】

木少则华盛，是以灼灼其华也。

【原文】

之子于归，

【张居正讲评】

况之子当此时以于归，而守正俟时，其人之贤何如也。

【原文】

宜其室家。

【张居正讲评】

既归之后，不有以宜其室家乎？盖其处室也，必能克敬克戒而和顺于家，诚于今日之行，而预卜之矣。

【原文】

桃之夭夭，有蕡其实。

【张居正讲评】

桃之夭夭，则其实之所成也，有蕡其盛矣。

【原文】

之子于归，

【张居正讲评】

况之子于归也，守正俟时，其贤如此。

【原文】

宜其家室。

【张居正讲评】

则其归而处家室之间也，必能道不衰于尊毕，敬无违于夫子，有以宜其家室也，兹固可以逆睹也已。

【原文】

桃之夭夭，其叶蓁蓁，

【张居正讲评】

桃之夭夭，则其叶乐之所生也，蓁蓁其盛矣。

【原文】

之子于归，

【张居正讲评】

况我之子于归也,守正俟时,其贤如此。

【原文】

宜其家人。

【张居正讲评】

则其归而处家人之间也,必能乖戾之不生,而和顺之愈笃,有以宜其家人也,兹固可前知也已,是于其室家之宜也,见女子之贤焉,于其女子之贤也,见圣化之盛焉。文王家齐国治之效于斯验矣,诗人因所见而叹羡之,其咏女子即其亦咏文王耶!

兔罝

【总评】

诗人美圣世多贤也,若曰:人才难得,自古为然,国家多贤,于今始见,试以在野言之。

【原文】

肃肃兔罝,

【张居正讲评】

彼试兔罝以待兔,肃肃然其整饬矣。

【原文】

椓之丁丁。

【张居正讲评】

椓杙以张罝,丁丁然其声矣,

【原文】

赳赳武夫,

【张居正讲评】

况此赳赳武夫也,言乎其迹过武勇,以从事干田猎之务耳。

【原文】

公侯干城。

【张居正讲评】

然其才则不囿于迹也,使其脱山林而为公侯用,吾知御武有素,獭外而无恐,恃之抚绥有定,策内而□□,安顿之不为公侯之干城乎?

【张居正讲评】

然干城不足以尽也。

【原文】

肃肃兔罝,施于中逵。

【张居正讲评】

肃肃兔罝,则施于中逵之冲矣。

【原文】

赳赳武夫,

【张居正讲评】

况此赳赳然掩兔之武夫。

【原文】

公侯好仇。

【张居正讲评】

时而见用,必能展安内攘外之略,与公侯相为匹休,此能是,彼能是,而君臣其合德矣,不为公侯好逑乎。

【张居正讲评】

然好仇又不足以尽也。

【原文】

肃肃兔罝,施于中林。

【张居正讲评】

肃肃兔罝,则施于中林之会矣。

【原文】

赳赳武夫,公侯腹心。

【张居正讲评】

况此赳赳然掩兔之武夫,时乎见用,必能据安内攘外之谟,与公侯相为默契,此欲是,彼亦欲是,而君臣其一心矣,不为公侯腹心乎。吁,人有一才已为国家幸,矧干城、好仇、腹心咸备于一人,师师在朝,已为多士庆,矧干城、好仇、腹心不乏于草莽在野,如此在朝可如武夫,如此百官可知,然非文王作人之化,何以致之?

茉苣

【总评】

时家室和平,妇人采茉苣而赋以相乐。曰:天下有可乐之事,而恒患无可乐之时,今吾与汝幸际和平之会,值无事之时,相从于苤苢之采,何如哉。

【原文】

采采苤苢,薄言采之。

【张居正讲评】

其始也,不有以求之,孰从而得之,则采采苤苢,薄言采之焉,于彼于此而将求之无方矣。

【原文】

采采苤苢,薄言有之。

【张居正讲评】

其既也不有以得之? 适虚其求也,则采采苤苢,薄言有之焉,于彼于此而物显于有象矣。

【原文】

采采苤苢,薄言掇之。

【张居正讲评】

既有夫掇之之功可施也,则采采苤苢,薄言掇之,以拾其穗焉,兼取并蓄弗使穗之弃于地矣。

【原文】

采采苤苢,薄言捋之。

【张居正讲评】

既掇矣,捋之之功可施也,则采采苤苢,薄言捋之,以取其子焉,衰多益寡,弗使子之遗于穗矣。

【原文】

采采苤苢,薄言袺之,

【张居正讲评】

捋之既多,手不能掬也,则袺之,以衣贮之,而执其衽,藏蓄之计,取诸身而袺也。

【原文】

采采苤苢,薄言襭之。

【张居正讲评】

袺之既以手不能执也,则采采苤苢,薄言襭之,以衣贮之而极其衽于带间,佚游之道,不下带而存也,率境外以攸往,采苤苢以适情,惟吾与女油然有余休矣,外此复何求哉! 要之苤苢微物也,相与采之而所以得采苤苢者,妇人不知也,采物细事也,相赖赋之而所以得赋,其事者妇人不知也,殆所谓王氏皞皞而忘所为者欤?

汉广

【总评】

此文王化及江汉,有以变其淫乱之俗,故出游之女,人望见之而知其端庄静一,乃作此诗以羡之。曰:天下之风俗,系人君之转移,而圣人在上,则其感化之机尤速也,吾有征于江汉之游女焉。

【原文】

南有乔木,不可休思。

【张居正讲评】

彼几木之可息者,皆其茂盛而下垂者也,若南山之乔木,上疏无枝,则不可以休息矣。

【原文】

汉有游女,不可求思。

【张居正讲评】

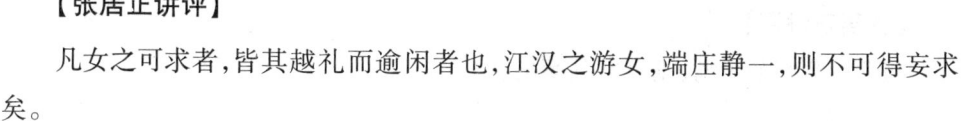

周文王

凡女之可求者,皆其越礼而逾闲者也,江汉之游女,端庄静一,则不可得妄求矣。

【原文】

汉之广矣,不可泳思。

【张居正讲评】

然是游女之不可求也,吾何以拟诸形容哉。今夫水之狭者,或得而泳之,曾谓汉之广矣,可得而泳乎?

【原文】

江之永矣,不可方思!

【张居正讲评】

水之短者,人或得而方之,曾谓江之水矣,可得而方乎,游女与汉水比洁,则其不可求犹汉广也,与江水同清,则其不可求犹江水也,吾一望见之余而有以窥其素矣!

【张居正讲评】

夫以游女之贤如此,而吾人好德之念将何以致其情哉!

【原文】

翘翘错薪,言刈其楚。

【张居正讲评】

秀起之错薪,有楚生焉,则言刈其楚。

【原文】

之子于归,言秣其马。

【张居正讲评】

况我之子苟乘桃夭以于归,我则愿为之秣其马焉。夫秣马,贱役也,然苟可以致吾亲炙之诚,虽贱有弗恤矣。

【原文】

汉之广矣,不可泳思。江之永矣,不可方思。

【张居正讲评】

今夫汉之广矣,不可得而泳,江之永矣,不可得而方,游女之不可求犹是焉,则其德之启人敬何如也,乌容己于秣马之仰者哉!

【原文】

翘翘错薪,言刈其蒌。

【张居正讲评】

翘翘错薪有蒌生焉,则言刈其蒌矣。

【原文】

之子于归,言秣其驹。

【张居正讲评】

况我之子,际仲春以于归,我则愿为之秣其驹焉。夫秣驹,辱行也,然苟可以致其景仰之怀,虽辱行亦有弗辞矣。

【原文】

汉之广矣,不可泳思。江之永矣,不可方思。

【张居正讲评】

今夫汉之广矣,不可泳思,江之永矣,不可方思。今夫汉之广矣,不可得而方,游女之不可求犹是焉,则其贤之启人慕何如也,乌容己于秣驹之仰者哉!夫此一游女也,荡于昔而变于今,如此可见朝廷有教化,则天下有风俗矣,文王之化远矣哉。

汝坟

【总评】

此被化妇人喜君子行役而归作也。若曰：论夫妇则有不忍忘之情，论君臣则有不容辞之义务，今幸君子之归矣，追昔未见而其情何如哉？

【原文】

遵彼汝坟，伐其条枚。

【张居正讲评】

汝坟之上有条枚生焉，我则循汝坟而伐其条枚矣。

【原文】

未见君子，

【张居正讲评】

斯时也君子未归，而未得之以见。

【原文】

惄如调饥。

【张居正讲评】

不胜其睽违之感而思之切，有如饥之重而不能堪焉，此昔日未见而忧思之情如此矣。

【张居正讲评】

乃今既得见止，而其情何如哉？

【原文】

遵彼汝坟，伐其条肄。

【张居正讲评】

汝坟这上有条肄生，我则遵彼汝坟而伐其条肄矣。

【原文】

既见君子，

【张居正讲评】

斯时也，君子来归，而得以见之。

【原文】

不我遐弃。

【张居正讲评】

适慰其契阔之思,何幸君子不忘偕老之约,而不远弃我也,此今日既见而喜乐之情如此矣。

【张居正讲评】

夫今昔殊遭而忧喜,殊情在吾夫妇之情,大抵然也。然有君臣之义,则君子不以行役为劳矣。

【原文】

鲂鱼赪尾,

【张居正讲评】

彼鱼劳则尾赤,鲂尾本白而今赤,则其劳甚矣,我君子之从役劳瘁何异是哉。

【原文】

王室如毁。

【张居正讲评】

然女之劳既如此,而王室酷烈之政,如火方焚,则征役不息,而君子从役之劳犹未艾也。

【原文】

虽则如毁,父母孔迩。

【张居正讲评】

然王室虽如毁,岂可以自慰者乎,彼西伯保民之仁,体恤周至,不啻如父母然,今德泽在南国,即父母之爱在南国,而吾民莫不有瞻,有依望之盖甚近也。今尔既以父母之命,供王室之役,则当为父母而忘其劳矣。夫妇人于君子既极忧喜之情,又致悯劳之意,其于夫妇之恩,君臣之义胥得之矣,非其德泽之深,风化之美能有是哉?

麟之趾

【总评】

此诗歌圣端也。若曰:征圣人之化者,莫先于家,稽圣王之端者,莫大于德。吾兹有感于子孙宗族而知周之德欤,周之所以王也。

【原文】

麟之趾。

【张居正讲评】

彼麟之为物,其性仁厚者也,故其趾践生草不履,生虫亦仁厚之至也。

【原文】

振振公子,

【张居正讲评】

况我公子渐被于家庭仁厚之化远矣,故有以培养其德性之良,慈祥而能爱也,敦厚而不刻也,亦振振其仁厚焉。

【原文】

于嗟麟兮!

【张居正讲评】

夫麟之出,所以兆太平也,今公子有仁厚之德,则上可以凝天命,下可以结人心,亦有开天下之太平,而其瑞莫大此矣。吁嗟公子是即麟也,而形之拘哉。

【张居正讲评】

然不特公子之振振已也。

【原文】

麟之定。

【张居正讲评】

麟性仁厚,故其定亦仁厚,而不以抵乎物。

【原文】

振振公姓,

【张居正讲评】

况我公姓渊源于家庭之仁厚,而莫不有慈祥敦厚之德,亦振振以仁厚称矣。

【原文】

于嗟麟兮!

【张居正讲评】

夫麟固治世之征也,而公姓仁厚,则嗣续有人而天命人心赖以永延,所以开周蒙有道之长者在此矣。吁嗟公姓其即麟也,而形奚论哉。

【张居正讲评】

然不特公姓之振振已也。

【原文】

麟之角。

【张居正讲评】

麟性仁厚,故其角亦仁厚,而不以触乎物。

【原文】

振振公族，

【张居正讲评】

况我公族渐染于家庭之仁厚，而莫不有慈祥敦厚之德，亦振振以仁厚称矣。

【原文】

于嗟麟兮！

【张居正讲评】

夫麟固治世之祥也，而公族仁厚，所以扩周家无外之治者在此矣。吁嗟公姓其即麟也，而形奚计哉。吁，吾于是而知文王有可王之德，周家有兴王之势，果而集一统之业，而四海永清，所谓麟者是耶？非耶？

召南

【总评】

召南凡十四篇。诗言诸侯之国，被文王之化以成德者，系之召公，以召公长诸侯故也。

鹊巢

【总评】

此家人羡被化之女子作也。若曰：国家大婚之礼，仪卫匪贵，惟德为称，何幸于我之子见之。

【原文】

维鹊有巢，维鸠居之。

【张居正讲评】

鸠之为物，不善为巢者也，故鹊有完固之巢，则鸠尝来居之，性拙者固宜享其逸矣。

【原文】

之子于归，

【张居正讲评】

况我之子，具专静纯一之德，其乘桃夭以于归也。

【原文】

百两御之。

【张居正讲评】

则百两以迎之,轮毂辉煌,侈拜君之仪卫,固其德之克称而无忝者矣。

【原文】

维鹊有巢,维鸠方之。

【张居正讲评】

鸠之为物不能为巢也,故鹊有巢,则鸠奄而有之,性拙者固宜享其安矣。

【原文】

之子于归,百两将之。

【张居正讲评】

况我之子,具专静纯一之德,其际仲春以于归也,则百两以送之,翟茀连络,□夫人之等戚,固其德之克称而无愧者矣。

【原文】

维鹊有巢,维鸠盈之。

【张居正讲评】

维鹊有巢而完固之可居,则维鸠盈之而类聚之甚众也,是至拙之物,固宜享其巢之利者矣。

【原文】

之子于归,百两成之。

【张居正讲评】

况我之子,德备于纯一,而乘时以于归也,则宜迎以百两,以重其来,送以百两,惟重其往,所以成是婚礼者无有于旷仪焉。是盛德之人,固宜享成礼之备矣,是知非女子之贤,固无以籍仪卫之盛,非教化之洽,亦无以致女子之贤,诗人美之,其得于观盛者深矣。

采蘩

【总评】

此被化夫人能尽诚敬以奉祭祀,故家人美之曰,理天下之幽在祭,通神明之感在敬。故未事贵,预执事贵,恪去事贵,徐我夫人之奉祭何如哉?

【原文】

于以采蘩?于沼于沚。

【张居正讲评】

彼蘩生于沼沚也,则于以采蘩于沼沚之中,而不辞躬亲之劳。

【原文】

于以用之？公侯之事。

【张居正讲评】

是将何所用哉？诚以公侯举祭祀之事，而夫人有荐豆之礼，是蘩之采也，将以为菹以助公侯祭祀之事耳，祀事虽未举，而一念精白之忱，不已寓于沼沚之行乎！

【原文】

于以采蘩？于涧之中。

【张居正讲评】

彼蘩生于涧，则于以采蘩于涧之中，而不惮夫往来之烦。

【原文】

于以用之？公侯之宫。

【张居正讲评】

是将何所用哉？诚以公侯举都宫之祭，而夫人有东房之立，是蘩之采也，将实之豆，以修公侯都宫之祭耳。宫虽未启，而一念明信之愧，不已形于涧中之往乎，是其采蘩之敬有如此。

【张居正讲评】

由是其方祭也，蘩于是乎荐矣。

【原文】

被之僮僮，

【张居正讲评】

则诚敬之存于心者，不可得而见其形之于被者，僮僮然其竦敬焉，步虽移而被不动。

【原文】

夙夜在公。

【张居正讲评】

夙夜在公，以行荐豆之礼，殆有□宗公于如见者矣，是其荐蘩之敬，有如此者。

【原文】

被之祁祁，

【张居正讲评】

由是其既祭也蘩，于是乎□矣，则余敬之蕴于中者，不可得而见，但见其形之于被者，祁祁然其舒迟焉，去如慕而行若疑。

【原文】

薄言旋归。

【张居正讲评】

以薄言旋归,虽毕都官之祭,殆有□神明于不忘者矣,是其□蘩之敬有如此者,事有始终,敬无间断,可谓贤矣,然非被文王之化,其能然哉!

草虫

【总评】

此被化之大夫妻,思其君子而作。曰:因时而变化者物,触物而兴思者人,我今于君子不在,安能忘情于时物之变哉。

【原文】

喓喓草虫,

【张居正讲评】

彼草虫向未闻其有声也,今则喓喓然而鸣,昔所未闻,而今闻之矣。

【原文】

趯趯阜螽。

【张居正讲评】

阜螽向未见其成形也,今则趯趯然而跃,昔所未见,而今见之矣。

【原文】

未见君子,忧心忡忡。

【张居正讲评】

物类变化,今昔不同,而君子行役,于今未见,则离别之感动于见闻之余,而忧心盖忡忡而靡定矣。

【原文】

亦既见止,亦既觏止,

【张居正讲评】

然是忧也,果向时而可降哉?是必既见既觏,有以睹其仪容,聆其德音焉。

【原文】

我心则降。

【张居正讲评】

然后仳离之感以慰,而忡忡忧心庶乎其下矣,不然心之忧乌能已耶?

【张居正讲评】

然时物之变,不特草虫、阜螽已也。

【原文】

陟彼南山,言采其蕨。

【张居正讲评】

我也陟南山以望君子之归,而蕨生可食,则言采其蕨,是时物之变,于蕨亦有征矣。

【原文】

未见君子,忧心惙惙。

【张居正讲评】

我也感时物之非旧,思会晤之难期,忧心盖惙惙而不能置焉。

【原文】

亦既见止,亦既觏止,我心则说。

【张居正讲评】

必也亦既见止,亦既觏止,然后此心庶乎其悦怿耳,否则惙惙之忧,其能忘哉?

【张居正讲评】

然时物之感,又不特蕨为然也。

【原文】

陟彼南山,言采其薇,

【张居正讲评】

陟彼南山,以望君子之归,而薇生可食,则言采其薇,时物之变,于薇亦有征矣。

【原文】

未见君子,我心伤悲。

【张居正讲评】

我也睹时物之更新,嗟怀人之不归,忧思至伤悲而不解焉。

【原文】

亦既见止,亦既觏止,我心则夷。

【张居正讲评】

必也亦既见止,亦既觏止,然后此心庶乎其夷平耳,否则伤悲之心其能自付哉?

采蘋

【总评】

此美大夫妻能奉祭祀作也。曰:宗庙载启,举明禋之典者,我大夫尽助奠之诚者,我主妇试言之。

【原文】

于以采蘋,南涧之滨。

【张居正讲评】

彼蘋之为物可以羞神明,而南涧蘋所生也,则采蘋于南涧之滨,而躬亲之劳有不辞矣。

【原文】

于以采藻,于彼行潦。

【张居正讲评】

藻之为物可以荐宗庙,而行潦藻所生也,则采藻于行潦之地,而往来之烦,有不恤矣。

【张居正讲评】

既采之矣。

【原文】

于以盛之,维筐及筥。

【张居正讲评】

由是而盛之,则维方之筐也及圆之筥也。盖蘋藻异品,盛之各异其器者,正使之无或混也。

【原文】

于以湘之,维锜及釜。

【张居正讲评】

既盛之矣,由是而湘之,则维有足之锜也,及无足之釜也。盖蘋藻异味,湘之各一具者,正使之无或亵也。

【原文】

于以奠之,宗室牖下。

【张居正讲评】

既湘之矣,由是奠之宗室牖下焉,盖宗室乃大夫奉祭之所,而牖下乃神明所栖之地,神明于此而栖,则蘋藻亦于此而奠矣。

【原文】

谁其尸之?

【张居正讲评】

然所以主蘋藻者,果谁其人乎?

【原文】

有齐季女。

【张居正讲评】

则有庄敬之少女而已。盖本其寅畏之衣,以庆夫荐豆之礼,允其采而盛,盛而湘,湘而奠,何莫非一敬之悠游乎?夫祭而能敬固难,少而能敬尤难,而我主妇优为之,真可谓能奉祭祀哉。此固大夫妻生质之贤,而化之所从来远矣。

甘棠

【总评】

此思召伯作也。言天下之物,每有所因,而志爱仁人之泽,恒以所见而不忘吾于召伯,其能已于情耶?

【原文】

蔽芾甘棠,

【张居正讲评】

彼南国之有甘棠也,枝叶条干蔽芾而茂盛。

【原文】

勿翦勿伐,

【张居正讲评】

凡我南国之人尚勿剪其枝叶乎,勿伐其条干乎。

【原文】

召伯所茇。

【张居正讲评】

若此者非爱一甘棠也,盖以召伯循行布政之时,尝舍此甘棠之下以舒其劳,今我南人受召伯之荫至矣,而甘棠即所以荫召伯也。召伯既去,不可复睹,甘棠实系吾人去后之思也,伐甘棠即所以伐召伯之德矣,伐之又奚忍哉!

【原文】

蔽芾甘棠,勿翦勿败,

【张居正讲评】

是蔽芾甘棠也,不特勿伐之已也,苟少败而挫折之,亦其心之所不忍也,其勿剪勿败乎!

【原文】

召伯所憩。

【张居正讲评】

所以然者,盖以召伯循行,尝憩此甘棠之下,今其人不可见矣,得见甘棠即见召伯也,不忍忘伯之德,即不忍残所憩之甘棠矣,又奚忍于败之耶?

【原文】

蔽芾甘棠,勿翦勿拜,

【张居正讲评】

是蔽芾甘棠也,不特勿败之已也,苟少拜而屈抑之,亦其心之所不忍也,其勿剪勿拜乎!

【原文】

召伯所说。

【张居正讲评】

所以然者,盖以召伯循行,尝说此甘棠之下,今其人不可见矣,得见甘棠即见召伯也,不忍忘伯之德,即不忍伤所说之甘棠矣,又奚忍拜之耶?噫!甘棠且见爱矣,召伯当何如耶?召伯且见思矣,文王当何如耶?于此固可以见召伯得民之深,亦可以见文王德化之盛矣。

行露

【总评】

此被化之女子自守作也。若曰:天下恒有外至之辱,而能不为所污者,惟有自守耳。

【原文】

厌浥行露,

【张居正讲评】

今道间之露厌浥而方湿,其势甚可畏也。

【原文】

岂不夙夜？

【张居正讲评】

我也当此早夜之际，岂不欲有所行也乎？

【原文】

谓行多露。

【张居正讲评】

但以行道之间多露，畏其沾濡不敢耳。使不顾此耳，冒行宁免沾濡之患乎。

【张居正讲评】

夫我之自守如此，然或有强暴不情之讼，则我之自诉乌能已哉？

【原文】

谁谓雀无角，

【张居正讲评】

彼雀之穿屋，人皆谓其有角也，谁谓雀无角乎？

【原文】

何以穿我屋？

【张居正讲评】

若无角何以能穿我之屋耶？

【原文】

谁谓女无家？

【张居正讲评】

女之致我于狱，人皆谓其有室家之说也，谁谓女无家乎？

【原文】

何以速我狱？

【张居正讲评】

若无家，何以能召致我于狱耶？

【原文】

虽速我狱，室家不足。

【张居正讲评】

然女虽能速我于狱，而媒妁之言未通，六礼之仪未行，所以求为室家之礼，初未尝备，则速我于狱不过为无情之词焉耳，岂足以诬人哉。

【原文】

谁谓鼠无牙，

【张居正讲评】

鼠之穿墉,人皆谓其有牙,谁谓鼠无牙乎?

【原文】

何以穿我墉?

【张居正讲评】

若无牙,何以能穿我之墉耶?

【原文】

谁谓女无家,

【张居正讲评】

女之致我于狱,人皆谓其有室家之礼也,谁谓女无家乎?

【原文】

何以速我讼?

【张居正讲评】

若无家,何以能召致我于狱耶?

【原文】

虽速我讼,亦不女从。

【张居正讲评】

然女虽速于讼,而室家之礼不足,则自守之志不易,我决不女从矣,无情之讼何为哉?吁,贞女之守礼如此,非文王、召伯之德化,孰风之。

羔羊

【总评】

此美大夫作也。曰:常人于公朝之服,或勉从乎常制,而私服则不免流于侈矣,于立朝之顷,或谨饰乎仪容,而燕居则不免流于肆矣,我大夫不然。

【原文】

羔羊之皮,素丝五紽。

【张居正讲评】

以羔羊之皮,为燕居之裘,其加之以饰也,则惟素丝五紽而已,崇雅而黜华,不尚乎文绣之美,其衣服之有常如此,何其德之节俭耶?

【原文】

退食自公,委蛇委蛇。

【张居正讲评】

当退食于家，而出自公朝之时，其形之动容，则见其委蛇自得而已，不拘而不肆，适著乎安舒之度，其动容之自得如此，何其德之正直耶？

【原文】

羔羊之革，素丝五緎。

【张居正讲评】

以羔羊之革为裘，而以素丝五緎为饰。

【原文】

委蛇委蛇，自公退食。

【张居正讲评】

且其委蛇自得之容，每形于自公退食之际，是其去奢敛朴，周旋中礼可见矣，其节俭正直也何如哉？

【原文】

羔羊之缝，素丝五总。

【张居正讲评】

以羔羊之皮缝而为裘，以素丝五总为饰。

【原文】

委蛇委蛇，退食自公。

【张居正讲评】

且其委蛇自得之容，著于退食自公之时，是其敛华而尚质，动容而有则可见矣，其节俭正直也何如哉！要之衣服有常，文王卑服之化，风之也。动容自得，文王敬止之德，威之也。倘非被化之深，而在位焉能若是耶？

兽面纹有銎戈（商）

殷其雷

【总评】

此思君子作也，意曰：君子驰驱王事，奚暇计及家哉。顾役则念其劳，离则期其合，在我有难为情者。

【原文】

殷其雷，在南山之阳，

【张居正讲评】

彼殷然雷声,则在南山之阳,是无定者,固有定在矣。

【原文】

何斯违斯,莫敢或遑。

【张居正讲评】

何此君子乃违此所,心从役于外,而莫敢少暇乎,是有定者,歹无定在矣。

【原文】

振振君子,

【张居正讲评】

夫以君子之莫敢或遑,则旋归之未有期,诚不能不吾思者,吾想君子之为人也,振振然信实而无伪。忠厚而有余,其德之美如此。

【原文】

归哉,归哉!

【张居正讲评】

乃吾之所欲,相亲而无朝夕违者,尚其早毕事而来归哉,早毕事而来归哉。庶可以慰吾仰德之思矣,不则思念之情,曷维其已耶?

【原文】

殷其雷,在南山之侧。

【张居正讲评】

殷然雷声,盖在南山之侧,而有定处矣。

【原文】

何斯违斯,莫敢遑息。

【张居正讲评】

何此君子独去此,而莫敢遑息者乎?

【原文】

振振君子,

【张居正讲评】

想我君子忠信慈祥,振振有足嘉者。

【原文】

归哉,归哉!

【张居正讲评】

速一日之归,则速慰吾一日之思矣,尚其早毕事而来归哉。不然思念不能以自已也。

【原文】

殷其雷,在南山之下。

【张居正讲评】

殷然雷声,盖在南山之下而有定处矣。

【原文】

何斯违斯,莫或遑处。

【张居正讲评】

何此君子独去此,而不敢遑处者乎。

【原文】

振振君子,

【张居正讲评】

想我君子笃实浑厚,振振有足美者。

【原文】

归哉,归哉!

【张居正讲评】

速一日之归,则速慰吾一日之念矣,尚其早毕事而来归哉,不然思念不能以自已也。夫既念其役而悯其劳,复美其德,而望其归,妇人可谓专一之至矣,非被化而能若是乎。

摽有梅

【总评】

此女子自守,惧其嫁不及时作也。若曰:婚姻有期,一过其期,将有后时之悔者,甚可惧也。

【原文】

摽有梅,其实七兮。

【张居正讲评】

向也梅之方实,乃桃夭之候,大昏之期也。今梅之实者已摽,其在树者仅十之七而已,则时过而太晚矣。

【原文】

求我庶士,迨其吉兮,

【张居正讲评】

当此之时,婚礼未定,吾宁以无惧乎?求我之庶士,其及此时日之吉,而遂行大昏之礼乎,庶乎吾身有主,而侵凌之患可免矣!

【原文】

摽有梅,其实三兮。

【原文】

求我庶士,迨其今兮。

【张居正讲评】

求我之庶士,今犹不至者,意必待吉也。然惟及今而来,以成大婚之礼,则有所恃以无恐矣,待其时之吉邪。

【原文】

摽有梅,顷筐塈之。

【张居正讲评】

然梅之落也,不特三已也,其落之尽者,顷筐以取之焉,时之过又益以晚矣,吾之惧又益以深矣。

【原文】

求我庶士,迨其谓之。

【张居正讲评】

求我之庶士,及今而未固也,然必求其礼之备,恐后时矣,惟以父母之命,通媒妁之言,以相谓则约可定,而我可悖以无恐矣,奚待其礼之备耶?夫当太过之时而虑强暴之辱,冀庶士之求,而定婚姻之礼,女子之贞信自守如此,非被化之深而能若是哉?

小星

【总评】

此被化夫人能不妒忌,以惠其下,故其众妾美之。

【原文】

嘒彼小星,三五在东。

【张居正讲评】

嘒然而明之小星,则三五在东矣。

【原文】

肃肃宵征,夙夜在公。

【张居正讲评】

我也进御于君,肃肃然夜行于宫闱之中,则夙夜在公矣。夙焉在公,见星以往还也;夜焉在公,见星以往还也,其往来之勤有如此者。

【原文】

实命不同。

【张居正讲评】

是非不欲自逸也。盖我所付之分不同,于夫人之贵者,则贵处其逸,而贱处其劳,固分耳。然使我得进御于君,则夫人之惠也,又安敢致怨于往来之动哉。

【原文】

嘒彼小星,维参与昴。

【张居正讲评】

嘒然而明之小星,则维参与昴矣。

【原文】

肃肃宵征,抱衾与裯。

【张居正讲评】

我也进御于君,肃肃然夜行于宫闱之中,则抱衾与裯矣。夙焉抱衾与裯,见星以往还也。夜焉抱衾与裯,见星以往还也,其往来之速有如此者。

【原文】

实命不犹。

【张居正讲评】

是非不能自安也,盖我所付之分,不犹于夫人之尊者,处其安而卑者,处其烦固分耳。然使我得进御于君,则夫人之惠也,又安敢致怨于往来之数哉。

江有汜

【总评】

此媵妾美其嫡作也。若曰:人不能无一时之失,而叹于悔悟之诚,我于夫人深喜其有不远之复矣。

【原文】

江有汜,

【张居正讲评】

江水犹有决而复入之汜矣。

【原文】

之子归，不我以。

【张居正讲评】

何向者之子于归，乃不挟我以行焉。

【原文】

不我以，

【张居正讲评】

然虽不以，亦特一时之蔽耳。

【原文】

其后也悔。

【张居正讲评】

迨其后也，则悔其既往之失，而迎我以归矣，岂终于不我以哉！

【原文】

江有渚，

【张居正讲评】

江水犹有小洲之渚。

【原文】

之子归，不我与。

【张居正讲评】

何向者之子于归，乃不与我偕行焉？

【原文】

不我与，其后也处。

【张居正讲评】

然虽不与，亦特一时之衍耳，迨其后也，则迎我以归反之，无愧于心，而泰然得其所安矣。岂终于不我与哉？

【原文】

江有沱，

【张居正讲评】

江水犹有别出之沱，

【原文】

之子归，不我过。

【张居正讲评】

何向者之子于归,乃不过我以俱行焉。

【原文】

不我过,其啸也歌。

【张居正讲评】

然虽不过,亦特一时之迷耳。迨其后也,则创往不之失,而发咨叹之声,于是悔而迎,迎而得所处,油然乐以咏歌矣,岂终于不我过哉。吁,吾于滕众不怨,见夫人之贤焉,吾又于夫人之贤而见后妃之化焉。

野有死麕

【总评】

此美贞女之自守也。若曰:情欲人所易徇,求其能以礼自防者,惟我贞女乎,何言之。

【原文】

野有死麕,白茅包之。

【张居正讲评】

彼郊野之间有死麕,欲取之者,犹必以白茅包之,是一物之征,而取之有不苟矣。

【原文】

有女怀春,吉士诱之。

【张居正讲评】

况此怀春之女,吉士当以礼娶之可也,顾欲以非礼诱之,不亦妄哉。

【原文】

林有朴樕,野有死鹿。白茅纯束,

【张居正讲评】

林有朴樕之,野有死鹿焉,欲取之者,犹必以白茅纯束之,是一物之征,而取之有不苟矣。

【原文】

有女如玉。

【张居正讲评】

况此如玉之女,吉士当以礼聘之可也,顾欲以非礼诱之,不亦妄哉。

【张居正讲评】

然吉士之求虽妄，而贞女之守则甚严。

【原文】

舒而脱脱兮，

【张居正讲评】

观其拒之之词，曰达礼者固当以礼处己，亦当以礼处人，尔姑舒舒而来，毋得犯礼以相求也。

【原文】

无感我帨兮，

【张居正讲评】

吾身所佩有帨也，感我帨则近我身尔，当无动我之帨焉。

【原文】

无使尨也吠。

【张居正讲评】

吾家所畜有尨也，惊我尨则近我家尔，当无使尨也吠焉，贞女拒之之词如此。夫帨犹不可动也，而况于身，犬犹不可惊也，而况于家，其自守之严，凛然不可犯，如吉士纵欲，以非礼诱之，乌得而诱之哉？吁，于此见文王之化矣。

何彼秾矣

【总评】

此美下嫁之王姬作也。若曰：以王姬而适藩国，荣宠极矣，而能忘其名分以联情好，则姬德之甚茂，不可诬也。

【原文】

何彼秾矣？唐棣之华。

【张居正讲评】

彼秾秾而盛者，果何华乎？乃唐棣之华也。

【原文】

曷不肃雍？

【张居正讲评】

此何不异日肃肃，而敬雍雍，而和以执妇道者。

【原文】

王姬之车。

【张居正讲评】

果何人乎,乃王姬之车也。盖王姬育德于思斋之范者,深观化于窈窕之风者,久自无挟贵之意,吾虽未尽窥其蕴也,然即车而想其人,则其能和敬不可以逆睹哉!

【张居正讲评】

夫以王姬有和敬之德如此,具匹配之际,何者不见可美乎? 自其男女之称言之。

【原文】

何彼秾矣,华如桃李。

【张居正讲评】

彼秾然而盛,果何华也,实维桃与李也,二物盖烨然其并盛矣。

【原文】

平王之孙,

【张居正讲评】

况下嫁者乃平王之孙,源出天潢之尊也。

【原文】

齐侯之子。

【张居正讲评】

上娶者乃齐侯之子,爵膺五等之贵也,下嫁不为屈,上娶不为僭,男女二人何有不称哉?

【张居正讲评】

自其男女之合言之。

【原文】

其钓维何? 维丝伊缗。

【张居正讲评】

彼其钓维何,实惟丝合之以为纶也,二物盖燦然其相比矣。

【原文】

齐侯之子,

【张居正讲评】

况此上娶者,乃齐侯之子,男得女以为室也。

【原文】

平王之孙。

【张居正讲评】

下嫁者乃平王之孙女,得男以为家也。以女为室者,资其内助之益,以男为家者,赖其刑于之化,男女二人何有不合乎!要之王姬惟有肃雍之德,故族类之相称,婚姻之相合,无一而不可美,如此也,文王太姒之教,乌可诬哉。

驺虞

【总评】

此美诸侯之仁德及物也。意曰:万物以得所为贵,王道以因心为难,我侯仁民之余恩,固有以及于庶类矣,而其春田之际,草木之茂,禽兽之多,何如哉?

【原文】

彼茁者葭,

【张居正讲评】

彼植者吾知其为葭,则茁然而茂盛。

【原文】

壹发五犯,

【张居正讲评】

走者吾知其为犯,则一发而中五,即一葭犯之盛,而凡类于葭犯者,可知我侯之仁恩,盖洋溢于宇宙矣。

【原文】

於,嗟呼,驺虞!

【张居正讲评】

然岂待于勉哉?彼驺虞之不食生物,其仁性之也,我侯之仁,及于庶类,亦皆出乎因心之自然,而无所勉也。吁,嗟乎,是即驺虞矣,而何形体之构哉!

【原文】

彼茁者蓬,

【张居正讲评】

植者吾知其为蓬,则茁者而壮盛。

【原文】

壹发五豵,

【张居正讲评】

走者吾知其为狱,则一发而中五,即一蓬狱之盛,而凡类于蓬狱者,可知我侯之仁恩,盖充周于覆载矣。

【原文】

於,嗟乎,驺虞!

【张居正讲评】

然岂待于勉哉!彼驺虞之不食生物,其仁性之也。我侯之仁,及于庶类,亦皆由于根心之自然,而无所强也。吁,嗟乎!是即驺虞矣,而何形体之限哉!是则非及物,无以见诸侯,功用之全,非仁心无以见诸侯,用之本薰蒸透彻,上下周遍,文王王道之盛,盖至此而不可加矣。

邶风　鄘风　卫风

【总评】

邶鄘之诗多为卫载,以其地后入于卫也,犹系故国之名者,存先王之封建也。诗凡十四篇。

邶风

柏舟

【总评】

此妇人不得于夫作也。若曰:君子者终身之所仰望也,一为见弃则忧伤之情不可胜言者,若我是已。

【原文】

汎彼柏舟,亦汎其流。

【张居正讲评】

彼以柏为舟,紧致牢实,宜以之乘载也。今乃不以乘载,无所依薄,但汎然于水中而已,我之不得于夫,失其所归,依归不犹是哉?

【原文】

耿耿不寐,

【张居正讲评】

是以耿耿于中,而不遑寐。

【原文】

如有隐忧。

【张居正讲评】

其隐忧之深,有如此者。

【原文】

微我无酒,以敖以游。

【张居正讲评】

是非为无酒可以遨游而解之也,盖不得于夫,乃人伦大变,变之所关者大,则忧之所感者深,始非酒所能解耳,将禁之何哉?

【张居正讲评】

我之不得于夫,是必有其故矣。

【原文】

我心匪鉴,不可以茹。

【张居正讲评】

惟鉴可以度物也,我心则匪鉴之明,不可以度物而莫测其所以然之故者矣。

【原文】

亦有兄弟,不可以据。

【张居正讲评】

夫我既无度物之智,使至亲有可恃焉,则亦聊可以自安也,奈何亦有兄弟,又不可以依以为重。

【原文】

薄言往诉,逢彼之怒。

【张居正讲评】

我方以见弃之情往而诉之,乃兄弟及友不恤我遭变之可怜,而深责我见弃之自取,适以逢彼之怒而已,其不可据如此。盖不得于夫,所遭无非逆境,何其不幸哉。

【张居正讲评】

夫不得于夫,我既不能度其故,则所以自反者,不容已矣。

【原文】

我心匪石,不可转也。

【张居正讲评】

意者立心,无常致之与,然语坚确者莫如石,犹可得而转也,而我心坚确之至,则匪石之可拟者,不可得而转矣。

【原文】

我心匪席，不可卷也。

【张居正讲评】

语正直者莫如席，犹可得而卷也，而我心正直之至，则非席之可论者，不可得而卷矣，其立心何有常耶？

【原文】

威仪棣棣，

【张居正讲评】

意指动容未善致之与，然我之威仪周旋，进退无不中礼，棣棣然富而闲习也。

【原文】

不可选也。

【张居正讲评】

人虽欲有取舍于其间，夫固无一之不立于不善，不可得而选择之矣，其动容何尽善耶？夫反之于身，内外无缺如此，则固无不得，于夫之故矣，而乃遭此变焉，亦独何哉？

【原文】

忧心悄悄，

【张居正讲评】

夫自反无缺，而乃不得于君子，忧心已悄悄矣。

【原文】

愠于群小。

【张居正讲评】

何群小所以事我者也，今亦以我不得于夫，有所观望，而厚薄其情，遂不免于见愠焉。

【原文】

觏闵既多，

【张居正讲评】

谗谮以攻我，觏闵亦既多矣。

【原文】

受侮不少。

【张居正讲评】

饕餮纹三角援戈（商）

傲慢以接我，受侮亦不少矣，其愠于群小为何如耶？

【原文】

静言思之，寤辟有摽。

【张居正讲评】

夫不得于夫，至于小加大，贱妨贵如是，故我静言思之，深伤所遭之不幸，何尤于群小之交构，寤言不寐，但摽然抚心而已，其将何所控诉哉？

【张居正讲评】

夫见愠群小，则名分之乖甚矣。

【原文】

日居月诸，胡迭而微？

【张居正讲评】

彼月宜有时而亏，日当常明不宜亏也，而今亦亏，是日之与月更迭而微矣，然则正嫡当尊，众妾当卑，今众妾反胜正嫡，而正嫡反卑，则与日月更迭而微何异哉！

【原文】

心之忧矣，如匪澣衣。

【张居正讲评】

故我也伤嫡妾之易位，慨尊卑之失序，心之忧矣，烦冤聩眊如衣不澣之衣，而不能自胜。

【原文】

静言思之，不能奋飞。

【张居正讲评】

静言思之，恨不能奋翼飞去，以解脱此忧耳，其将如之何哉。夫不得于夫，大变也，妇人惟知反躬自咎，而无怨怼之词，可谓贤矣。圣人系之变风之首，良有取尔。

绿衣

【总评】

此庄姜失位而作也。

【原文】

绿兮衣兮，绿衣黄里。

【张居正讲评】

绿间色贱也，宜以为里，黄正色贵也，宜以为外。绿为衣，以黄为里，是皆失其所矣。不犹贱妾当幽而反显,正嫡当显而反幽也乎?

【原文】

心之忧矣,曷维其已。

【张居正讲评】

夫嫡妾之间,人伦关焉,幽显失序,则人伦乖矣,我心之忧,曷能以自已耶?

【原文】

绿兮衣兮,绿衣黄裳。

【张居正讲评】

绿间色贱也,宜以为裳,黄正色贵也,宜以为衣。今以绿为衣,而黄者自里转而为裳,其失所益甚矣。不犹贱妾当微而反尊,正嫡当尊而反微也乎。

【原文】

心之忧矣,曷维其亡!

【张居正讲评】

夫嫡妾之间,名份存焉,尊卑易位,则名分乱矣,我心之忧,曷能以自忘哉!

【原文】

绿兮丝兮,女所治兮。

【张居正讲评】

彼绿方为丝,其色本可爱也,而女又治之,本以有用之物,而加之宠用之意,此绿之所以益美也。然则以少艾之妾,而蒙眷爱之隆,不犹是耶,助妾之尊显有由矣。

【原文】

我思古人,俾无訧兮。

【张居正讲评】

然固不可移矣,我将如之何哉?亦曰古人之事,今人之师也,我思古人有尝遭此而善处者,以自励焉,使不至陷于有过之地斯已矣,若夫绿丝之见爱,吾又何暇计哉?

【原文】

絺兮绤兮,凄其以风。

【张居正讲评】

彼絺兮绤兮,而凄其以风,虽为有用之物,而值无用之时,此絺绤之所以为取也,然则我以颜色之衰而遭过时之弃,不犹是耶? 则我之幽微有所自矣。

【原文】

我思古人,实获我心。

【张居正讲评】

然固我可为矣,我将之如何哉?亦曰古人之心,今人之心也,我遭此交而求以善处,仰思古人果有善处者,真能先得我心之所求矣,若夫絺绤之见弃,我奚暇恤哉?吁,遇变而不失其常,处变而求法乎古,若庄姜者可为贤矣。

燕燕

【总评】

此戴妫大归,而庄姜送之,作此诗也。

【原文】

燕燕于飞,差池其羽。

【张居正讲评】

彼燕燕于飞,其羽则差池而不齐矣。

【原文】

之子于归,远送于野。

【张居正讲评】

况之子遭大变而大归于陈,我则远送于野矣。

【原文】

瞻望弗及,泣涕如雨!

【张居正讲评】

斯时也存亡在念,而感慨弥深,离别殊常,而忧伤独切。故奄忽之间,瞻望之子而弗及,而泣涕如雨有不能为,情之甚矣。

【原文】

燕燕于飞,颉之颃之。

【张居正讲评】

燕燕于飞,则颉颃而上下矣。

【原文】

之了于归,远于将之。

【张居正讲评】

况之子遭大变而大归于陈,我则远送矣。

【原文】

瞻望弗及,伫立以泣!

【张居正讲评】

斯时感念大故,不胜无穷之恨,忧伤远别,不胜无已之情。故瞻望弗及之间,伫立以泣,有不能以自已者矣。

【原文】

燕燕于飞,下上其音。

【张居正讲评】

燕燕于飞,则下上其音矣。

【原文】

之子于归,远送于南。

【张居正讲评】

况之子遭大变而大归于陈,我则远送于南矣。

【原文】

瞻望弗及,实劳我心。

【张居正讲评】

斯时也遭家不幸,已悲愤于吾心,而后会无期,又重切于吾念,实有劳我之心,而不能以自适矣。

【张居正讲评】

夫我之不忍别于仲氏如此,亦以仲氏之为人,有以系吾念耳。

【原文】

仲氏任只,

【张居正讲评】

观其处嫡妾之间,恩意独至,而相信之殊深,虽我不得于先君,彼亦不因之厚薄其情,而若群小之我愠者也。

【原文】

其心塞渊。

【张居正讲评】

以言其立心,则诚实而不虚妄,深密而不浅露,其存心之善,有如此者矣。

【原文】

终温且惠,淑慎其身。

【张居正讲评】

以言其制行则待人终始以和,以君终始,以顺其持身之淑慎,有如此矣。

【原文】

先君之思，以勖寡人。

【张居正讲评】

且其别也，又以先君之思勉我，盖虽我心之思念无时不存，而彼之拳拳，必欲我之常念而不失其守焉。持大义以相勉，固不必古人之思，而实有以获我心矣。夫思其贤贤犹在望，思其言言犹在耳，则今日于归能不远而送，送而悲哉。

日月

【总评】

此庄姜不见答于庄公，呼日月而诉之。曰：夫妇莫贵于相与，而莫病于相睽，今予不幸而相睽，诚有难于为情者矣。

【原文】

日居月诸，照临下土。

【张居正讲评】

言日居月诸，照临下土久矣，自有夫妇之伦以来，未有不以古道相处者。

【原文】

乃如之人兮，逝不古处。

【张居正讲评】

今乃有如是之人，不以古人处夫妇之道而处矣。

【原文】

胡能有定？

【张居正讲评】

夫不以古道相处，是即不我顾矣，是其心志之违惑，胡能有所安定哉？

【原文】

宁不我顾？

【张居正讲评】

夫常相顾念者，夫妇之情也。今何为独不我顾，自绿衣见爱，而絺绤有塞风之弃，于情若是愬耶？

【原文】

日居月诸，下土是冒。

【张居正讲评】

日居月诸，丕冒下土久矣，自有夫妇之伦以来，未有不相好者。

【原文】

乃如之人兮,逝不相好。

【张居正讲评】

今乃有如是之人,于夫妇之间而不相好。

【原文】

胡能有定?

【张居正讲评】

夫不相好,即不相报矣,是其心志违惑,胡能有定哉?

【原文】

宁不我报?

【张居正讲评】

夫常相报答者,夫妇之情也,今何为独不我报,自黄裳失序,而终风无往来之亲,于情若是忍耶?

【原文】

日居月诸,出自东方。

【张居正讲评】

日居月诸,出自东方,其旁烛也久矣。

【原文】

乃如之人兮,德音无良。

【张居正讲评】

今乃有如是之人,失其古处相好之常,而德音无良。

【原文】

胡能有定?

【张居正讲评】

是心志违惑,胡能有定哉?

【原文】

俾也可忘。

【张居正讲评】

夫夫妇之情可亲,而不可忘也,何独使我为可忘而弃之如遗耶?

【原文】

日居月诸,东方自出。

【张居正讲评】

日居月诸,出自东方其垂照也,久矣。

【原文】

父兮母兮,畜我不卒。

【张居正讲评】

今父兮母兮乃养我不得以善终,使我有失所之忧。

【原文】

胡能有定?

【张居正讲评】

然我之罹此忧是其心志之违惑也,亦胡能有定哉?

【原文】

报我不述。

【张居正讲评】

夫夫妇之相唱随,义理之当然也。胡为见弃,所以报我者,曾不循义理耶?

终风

【总评】

庄姜为庄公之狂暴作也。

【原文】

终风且暴,

【张居正讲评】

终日之风狂荡而暴,盖言君子之狂暴亦犹是风也。

【原文】

顾我则笑。

【张居正讲评】

虽其狂暴如此,然亦有顾我则笑之时焉。

【原文】

谑浪笑敖,

【张居正讲评】

但其顾我则笑也,不过谑浪笑敖耳,皆出于戏慢之意,而无爱敬之诚。

【原文】

中心是悼。

【张居正讲评】

所以使我不敢以形诸言,而独中心是悼焉耳。盖彼虽有谑浪之愆,而我实有难于发言,则亦心知之,而心悼之而已矣。

【原文】

终风且霾,

【张居正讲评】

终日之风雨土而蒙雾,盖言君子之狂惑亦狂是也。

【原文】

惠然肯来?

【张居正讲评】

虽其狂惑如此,然亦有惠然肯来之时焉。

【原文】

莫往莫来,

【张居正讲评】

但其来者特暂耳,则又有莫往莫来之时,而绝无君子之迹矣。

【原文】

悠悠我思。

【张居正讲评】

其无常如此,故使我思其来,又莫测其所以不来之故,悠悠思之长而不能已矣。

【原文】

终风且曀,不日有曀。

【张居正讲评】

终风且曀,不旋日而又曀,晦而盖晦矣,盖言君子之狂惑暂开而复蔽,固无以异是也。

【原文】

寤言不寐,

【张居正讲评】

我之处此,其忧思之深,当寤而不寐。

【原文】

愿言则嚏。

【张居正讲评】

虽至于感伤闭郁而成喷嚏之疾焉,亦其所甘心矣。

【原文】

曀曀其阴,虺虺其雷。

【张居正讲评】

阴之蔽也,曀曀而而,方暗雷之发也,虺虺而未震,是未有开霁之期也。盖言君子之狂惑愈深而未已,无以异是也。

【原文】

寤言不寐,

【张居正讲评】

我之处此,其忧思之深,常寤而不寐。

【原文】

愿言则怀。

【张居正讲评】

深望其开悟之有期,至于缱绻反复而不忘永怀,亦其所甘心矣。

击鼓

【总评】

此卫人从军作也。若曰:兵,凶器也。故先王不得已而后用,犹恐毒民于死,而况敢妄用之乎。自今言之。

【原文】

击鼓其镗,

【张居正讲评】

鼓所以进兵也,我之击鼓疾徐高下,则有镗然之声。

【原文】

踊跃用兵。

【张居正讲评】

兵所以攻敌也,我之用兵坐作击刺,则有踊跃之状,我之所为如此。

【原文】

土国城漕,

【张居正讲评】

顾今卫民或役土功于国,或筑城于漕,固皆有危苦矣,然而死亡之患非所忧也。

【原文】

我独南行。

【张居正讲评】

惟我独南行,而击鼓以用兵,将有锋镝死亡之忧危,苦不尤甚乎。

【张居正讲评】

然我之所以南行者,果何故哉?

【原文】

从孙子仲,平陈与宋。

【张居正讲评】

盖我卫于郑,曾有延廪之衅,今欲修怨于郑,恐独力不足以济也,故今日之行,盖从孙子仲,平陈与宋,以为伐郑之举耳。

【原文】

不我以归,忧心有忡。

【张居正讲评】

二国既合,而不我以归,则锋镝死亡,吾惧其叹免,是以忧心为之忡忡而不宁矣。

【张居正讲评】

夫既有忧心,安有战斗之志乎,彼身军旅之事者,虽居处之不遑,司纪律之严者,当控御之有法也。

【原文】

爱居爱处?

【张居正讲评】

今我则于是居焉,于是处焉,而敌忾之气靡然不振矣。

【原文】

爱丧其马,于以求之,于林之下。

【张居正讲评】

于是丧其马焉,于以求之林下焉,而行伍之纪涣然不守矣,失伍离次如此,而战志安在哉?

【张居正讲评】

夫既无战志,得不动室家之思者乎?

【原文】

死生契阔,

【张居正讲评】

追思始为室家之时,以为夫妇之情,固如此其厚矣,有时而忘之不可也,于是期以死生相念,虽至于隔远之甚,而亦不相忘弃焉。

【原文】

与子成说。

【张居正讲评】

既已成为誓言之言矣。

【原文】

执子之手,与子偕老。

【张居正讲评】

又且相与执手,以为一时之爱,固如此其亲矣,有时而负之不可也,于是期以百年相依偕生偕死,重致叮咛之意焉,言犹在耳,不知今竟当何如哉?

【原文】

于嗟阔兮,不我活兮!

【张居正讲评】

夫昔日契阔之约如此,固望其能活也,今吁嗟阔兮,以事势观之,死亡其难免矣,安得全躯以归,而使我活乎?则契阔之说终成空言矣。

【原文】

于嗟洵兮,不我信兮。

【张居正讲评】

昔者偕老之信如此,固望其能伸也,今吁嗟洵兮,以事势观之,死亡其难免矣,安得完师以归,而伸此信乎?则偕老之信终为空盟矣,不亦深可忧哉。吁,我郑之师五日而返,为时亦不久矣,而民乃怨之如此,盖州吁身犯大逆,众叛亲离莫肯为之用耳。

凯风

【总评】

七子歌此以自责。曰:亲恩罔极,子职难尽,今我七子之于母,深有负愧者矣!

【原文】

凯风自南,吹彼棘心。棘心夭夭,

【张居正讲评】

凯风自南,吹彼棘心,棘心尤其难长者也。今凯风自南,吹彼棘心夭夭,而少好则风之力为多矣,然则母生众子,幼而育之,令无失所,不尤是耶!

【原文】

母氏劬劳。

【张居正讲评】

嗟嗟,吾母其劬劳亦已甚矣。

【张居正讲评】

夫以母养子之甚劳,则为子者,当如何以尽子道哉?奈何其不能也。

【原文】

凯风自南,吹彼棘薪。

【张居正讲评】

夫凯风自南,吹彼棘薪固已成矣,但止于为薪,则非美材而有负于风之力矣。

【原文】

母氏圣善,

【张居正讲评】

念我母氏知识聪明,性天纯笃,其养育七子,亦已壮大矣。

【原文】

我无令人。

【张居正讲评】

但我七子无一善人,虽壮大而不足恃,不有负于母之恩乎。

【张居正讲评】

夫我之无令人如此,感物不可以自伤哉。

【原文】

爰有寒泉,在浚之下。

【张居正讲评】

爰有寒泉,在彼浚邑之下,浚之人皆资其灌溉之利,是寒泉犹有滋益于浚矣。

【原文】

有子七人,母氏劳苦。

【张居正讲评】

今我有子七人,乃反不能左右就养,而使母氏至于劳苦,不亦寒泉之不如耶。

【原文】

睍睆黄鸟,载好其音。

【张居正讲评】

瞻彼黄鸟,布其清和圆转之音,闻之者莫不欢欣喜悦,是黄鸟尚能好其音以悦人矣!

【原文】

有子七人,莫慰母心。

【张居正讲评】

今我有子七人,乃反不能承欢膝下,以慰悦其母心,不亦黄鸟之不如耶?夫本其母鞠育之劳,而归咎于子职之未尽婉词,见谏不显亲恶,若七子者,亦可谓孝矣。

雄雉

【总评】

妇人以君子从役在外,故作此诗。

【原文】

雄雉于飞,泄泄其羽。

【张居正讲评】

雄雉之飞也,泄泄其羽,是固舒缓自得矣。

【原文】

我之怀矣,自诒伊阻。

【张居正讲评】

嗟,我所思之人,乃自诒阻隔于外,而夙夜无逞时焉,是不得自适矣,不亦雄雉之不如耶?

【原文】

雄雉于飞,上下其音。

【张居正讲评】

雄雉之飞也,上卜其音,是固飞而自得矣!

【原文】

展矣君子,实劳我心。

【张居正讲评】

展矣君子,乃从役于外,至勤吾之思念,而实劳我心焉,是不得自如矣,不亦雄雉之不如耶?

兽纹钺(商)

【原文】

瞻彼日月，

【张居正讲评】

瞻彼日月，日往则月来，月往则日来，是往来之感，非一朝一夕之故矣，而君子之出，不为不久矣。

【原文】

悠悠我思。

【张居正讲评】

故我也以君子一日未归，则思之一日，一月未归，则思之一月，悠悠之怀与日月之往来而俱切矣。

【原文】

道之云远，曷云能来？

【张居正讲评】

然使道之不远，则君子之来其期犹易待也，今乃周道倭迟，非朝夕所可致。不知果何时而能来，以慰我悠悠之思乎？日月之瞻，当无已时矣。

【张居正讲评】

夫君子之归不可必，但能善处以远害，斯可矣。

【原文】

百尔君子，不知德行。

【张居正讲评】

彼德行者，保身之要道，吾身之固有也，凡尔君子，固见无不彻，岂不知德行乎。

【原文】

不忮不求，

【张居正讲评】

彼见人之有，而忮心生，非德行也，是必仁以存心，不嫉人之有，而生一忮心焉。因己之无而求心生，非德行也。是必义以制事，不耻己之无，而生一求心焉。

【原文】

何用不臧？

【张居正讲评】

如是则德行全矣，由是顺德之行，自无不利，将何用而不臧乎？以之处常，则顺而适，以之处变，则利而通。虽身在军旅之中，亦足以自保矣。若然则今日固未得君子之归，而旋归不有期哉！此则吾之所望于君子者也。吁，妇人于君子思之深而勉之至如此，其思念之情，盖可见矣！

匏有苦叶

【总评】

此刺淫乱作也。若曰：男女之伦，不可乱也；礼义之闲，不可逾也；胡今之人不顾此而冒行之哉。

【原文】

匏有苦叶，济有深涉。

【张居正讲评】

彼匏可用以渡水也，今匏有苦叶尚未可用也，而济水深涉渡处又方深也。

【原文】

深则厉，

【张居正讲评】

行者于此，当何如耶？是必于水之深者度其深之宜也，衣而涉可也。

【原文】

浅则揭。

【张居正讲评】

于水之浅者，度其浅之宜，褰衣而涉可也。夫渡水者必度其浅深而后可渡，然则男女之际亦当量度礼义而后可行，不犹是耶。

【张居正讲评】

夫男女当量度礼义而后行，何今人之不然也。

【原文】

有渳济盈，

【张居正讲评】

彼济渡之处渳然而盈，

【原文】

有鷕雉鸣。

【张居正讲评】

雌雉之鸣，鷕然有声。

【原文】

济盈不濡轨，

【张居正讲评】

夫济之盈必濡其轨,今济盈而反不濡轨。

【原文】

雉鸣求其牡。

【张居正讲评】

雉之鸣当求其雄,今雉鸣而反求其牡,是何物理之失常哉,然则淫乱之人不度礼义而犯礼以相求,不犹是耶。

【张居正讲评】

夫淫乱之悖如此者,亦未睹古人之婚姻者乎。

【原文】

雍雍鸣雁,

【张居正讲评】

其纳采则奠,雍雍之鸣,雁取其偶也。

【原文】

旭日始旦。

【张居正讲评】

其请期则乘旭日之始,且贵其始也。

【原文】

士如归妻,迨冰未泮。

【张居正讲评】

然斯礼之行也,又岂急遽而无渐哉?士如归妻于水泮之时,则迨水未泮,而行此纳采请期之礼矣。古人于婚姻其求之不暴,而节之以礼,如此何淫乱者不然耶?

【张居正讲评】

抑未知男女之有定配乎?

【原文】

招招舟子,人涉卬否。

【张居正讲评】

彼舟子招人以渡,皆从之以涉而我独否者。

【原文】

人涉卬否,卬须我友。

【张居正讲评】

盖以舟人非吾同类,吾必待我友而后从之也。然则男女之际,必待其配偶以相从,亦犹是也,何淫乱者不然耶? 夫以淫风大行之日,而其间犹有知礼义之人,何谓自好而不为习俗所移矣。

谷风

【总评】

此妇人为所弃而作。

【原文】

习习谷风,以阴以雨。

【张居正讲评】

彼习习然之谷风,阴阳和调,则以阴以雨,而天泽降矣。然则夫妇和,而后家道有成,不犹是哉?

【原文】

黾勉同心,不宜有怒。

【张居正讲评】

故为夫妇者,以和为贵,当黾勉以同心,而不至于有怒可也。

【原文】

采葑采菲,无以下体。

【张居正讲评】

又若彼葑菲,根茎皆可食,而其根则有时而美恶,故采葑菲者,无以下体之恶而并弃茎之美,然则为夫妇者不可以颜色之衰而弃其德音之善,不犹是耶?

【原文】

德音莫违,

【张居正讲评】

故为夫妇者德音之善,终始而不违。

【原文】

及尔同死。

【张居正讲评】

则可以与尔同死,而不宜见弃矣。

【张居正讲评】

夫为夫妇者,贵和好,而重德音如此,奈何夫之于我,乃和好之不终,而德音之是弃者哉。

【原文】

行道迟迟，

【张居正讲评】

故我之被弃也行于道路，而迟迟不能进。

【原文】

中心有违。

【张居正讲评】

盖其足欲前而心不忍，与之而相背故也。

【原文】

不远伊迩，薄送我畿。

【张居正讲评】

然我之不忍如此，而故夫之送我则不远而甚迩，亦至其门内而止矣。曷尝少有不忍而留情于方去之际乎？

【原文】

谁谓荼苦，其甘如荠。

【张居正讲评】

今夫荼苦菜也，荠甘菜也，人皆谓荼之苦于荠矣，自今观之，谁谓荼苦乎，实其甘如荠矣。盖荼虽苦，然以吾之苦较之，尤有甚于荼焉，故视荼之苦仅甘如荠耳。

【原文】

宴尔新婚，如兄如弟。

【张居正讲评】

夫我之苦如此，而故夫方耳燕乐，其新婚有如兄如弟之既翕矣，曷尝知我之忧苦而少恤，于已去之后乎。

【原文】

泾以渭浊，

【张居正讲评】

今夫泾浊渭清也，然泾未属渭时，虽浊而未甚见。由二水既合，而清浊益分，是泾之浊以渭形之，而益见其浊矣。

【原文】

湜湜其沚。

【张居正讲评】

然流或稍缓而别出之，沚犹湜湜其清之时，岂终于浊哉。然则我也颜色之衰，以新婚之形之益见憔悴,而其心之可取,不以老而或衰者,不亦犹是耶。

【原文】

宴尔新婚,不我屑以。

【张居正讲评】

但以夫之安于新婚,惟知有渭之清而不知有湜湜之沚,不以我为洁而与之焉耳。

【原文】

毋逝我梁,毋发我笱。

【张居正讲评】

然我之身虽见弃,而家之念犹未忘,故梁所以通鱼,而实我之梁也,尔毋逝我之梁焉;笱所以取鱼,而实我之笱也,尔毋发我之笱焉。然则惟尔新婚,其毋居我之处,而行我之事可也。

【原文】

我躬不阅,遑恤我后。

【张居正讲评】

然逝梁发笱,此去后之事耳,今葑菲遗于下体,泾浊形于渭清,我身且不见容矣,暇恤我已去之后哉?其逝其发吾皆不得而禁之矣。

【张居正讲评】

夫故夫之弃我如此,岂知我之德音不可弃者乎,以我之治家言之。

【原文】

就其深矣,方之舟之。

【原文】

就其浅矣,泳之游之。

【张居正讲评】

盖不计浅深而期于必济矣。

【原文】

何有何亡,黾勉求之。

【张居正讲评】

况我之治家也,何论家之有,而黾勉以求之,惟恐其或至于无,亦何论家之无,而黾勉以求之,惟欲其或至于有,盖不计有无,而期于家道之必成矣。

【原文】

凡民有丧,匍匐救之。

【张居正讲评】

至于凡民有丧,则匍匐以救之,补其不足,而助其不给。是我之周睦邻里乡党,又尽其道如此矣。

【张居正讲评】

夫我于女家勤劳如此,则德音诚莫违,而可与尔同死矣。

【原文】

不我能慉,反以我为仇?

【张居正讲评】

今女家既不我能养,而反以我为仇?

【原文】

既阻我德,贾用不售。

【张居正讲评】

所以然者,盖凡人爱憎皆本于心,惟其心既拒却我之善,故虽勤劳而不见取,如贾之不见售者耳。

【原文】

昔育恐育鞠,及尔颠覆。

【张居正讲评】

夫尔待我至于如此,则今日之情绝矣,独不念我昔时与尔为生,惟恐其生理穷尽,而及尔皆至于颠覆,此所以何有何亡而黾勉求之也。

【原文】

既生既育,比予于毒。

【张居正讲评】

今也生理既遂,固宜德我以终身矣!乃反比予于毒而弃之乎? 夫以将恐将惧,则维予并汝将安将乐,而女转弃予,有人心者顾如是哉?

【原文】

我有旨蓄,亦以御冬。

【张居正讲评】

且我之所以蓄聚美菜者,盖以御冬月乏无之时,至于春夏则不食之。

【原文】

宴尔新婚,以我御穷。

【张居正讲评】

今君子宴乐其新婚,而厌弃于我,是但使我御其穷苦之时,至于快乐则弃之也,同困苦而不共安乐,亦独何心哉?

【原文】

有洸有溃,既诒我肄。

【张居正讲评】

夫今之弃我,其薄可见矣。且于未弃之先,义虽云夫妇也,当待我以洸然之武,加我以溃然之怒,凡其家勤劳之事一遗于我,而不少怜恤焉,是其待我之薄,在未弃我之时而已然矣。

【原文】

不念昔者,伊余来塈。

【张居正讲评】

然女曾不念我,昔时之来息时也,恩意之厚,亦尝如兄如弟乎。夫何一旦至此之薄哉?厚于昔而薄于今,乌能使人悆然于怀,而不为之慨恨也耶?

式微

【总评】

此黎臣以恢复劝其君也。

【原文】

式微,式微,

【张居正讲评】

我黎失守寄旅他邦,宗庙、社稷、丘墟衰微甚矣。

【原文】

胡不归?

【张居正讲评】

君胡不归?以图兴复之策了?

【原文】

微君之故,胡为乎中露?

【张居正讲评】

且我之所以久居于此,而有中露之辱者,为君之故耳。若微君之故,胡为有是中露之辱,而无所庇覆哉?夫主忧臣辱,义固在所不辞,然光复旧物实为人子孙者之责,君亦当自奋矣,胡可坐视式微而不归哉?

【原文】

式微,式微,

【张居正讲评】

我黎失据,寄寓他国,宗庙、社稷沦没,衰微甚矣,衰微甚矣。

【原文】

胡不归?

【张居正讲评】

君胡不归以图中兴之业乎?

【原文】

微君之躬,胡为乎泥中。

【张居正讲评】

且我之所以久□于此,而有是泥中之辱者,为君之躬耳。若微君之躬,胡为有泥中之辱,而不见拯救哉?夫主辱臣死,义固在所不顾,然恢复故疆,实为人后者之责,君亦当自振矣,胡为坐视式微而不归哉?夫当式微之日,而劝其君亦自强,斯人可谓贤矣,使黎侯而能如商高宗也,则黎岂终于不祀已哉!

旄丘

【总评】

此黎臣为卫之不救作也。若曰:当今强凌弱,众暴寡,天时不能正矣。所赖以相救援者,惟有邻邦在耳,奈何卫之不然也。

【原文】

旄丘之葛兮,何诞之节兮?

【张居正讲评】

我之始至于卫也,葛之始生,其节犹蹙而密也,今旄丘之葛,何期节之阔乎?

【原文】

叔兮伯兮,何多日也?

【张居正讲评】

夫时物既变,则在日已久,而望救之情亦亟矣。叔兮伯兮,何其多日而不见救乎?我盖不得而测其故矣。

【原文】

何其处也?

【张居正讲评】

夫叔伯多日不救,是其安处甚矣,不知何其处而不来乎?

【原文】

必有与也。

【张居正讲评】

意者兵力不支,将与他国相俟而俱来耳,不然邻国有急,宜其不遑安也,而奚可若是之处哉。

【原文】

何其久也?

【张居正讲评】

叔伯多日不救,是其迟久亦甚矣,不知何其久而不来乎?

【原文】

必有以也!

【张居正讲评】

意者时事相仍,或由他故而不得来耳,不然四邻有难,宜其不容缓也,而奚可若是之久哉?

【原文】

狐裘蒙戎,

【张居正讲评】

我之在卫已久,狐裘则蒙戎而敝矣。

【原文】

匪车不东,

【张居正讲评】

而卫之救不至,岂我之车不东告于女乎。

【原文】

叔兮伯兮,靡所与同。

【张居正讲评】

盖居安宁者,心无所激而常缓;居患难者,心无所聊而常切。叔兮伯兮,实与我不同心,是以告急之师虽屡至,而彼之久处亦如故,岂诚为有与而有以哉。

【原文】

琐兮尾兮,

【张居正讲评】

我黎臣子威灵气焰荡然无存,其琐尾如此者。

【原文】

流离之子，

【张居正讲评】

是乃失国羁旅之余，而为流离之子，其情状何大可怜耶。

【原文】

叔兮伯兮，褒如充耳。

【张居正讲评】

有人心者，宜为之动念矣。乃叔兮伯兮，不告之犹是，告之亦犹是，褒然而塞耳而无闻，何哉？坐视邻国之覆，而不为之所干。自安可也，其于救灾恤邻之义安在耶？亦太忍矣！夫以流离患难之余，而其言有序不迫，其人亦可知矣。吁，于此可见卫为狄所灭之因焉。

简兮

【总评】

此贤者不得志作也。

【原文】

简兮简兮，

【张居正讲评】

我也仕于伶官，无言职官守之拘，简易而自得。

【原文】

方将万舞。

【张居正讲评】

方将万舞，文用明篇，武用干戚以事其事也。

【原文】

日之方中，在前上处。

【张居正讲评】

然舞果何在乎？乃当日之方中在前上处，即有屈伸缀兆之能，是固众人之所共见者矣，不有以显吾之才乎。

【张居正讲评】

然吾之才岂一事所能尽哉？

【原文】

硕人俣俣，

【张居正讲评】

惟此硕人，俣俣然其人。

【原文】

公庭万舞。

【张居正讲评】

处宫廷之上而事万舞之舞，文武为其所用矣。

【原文】

有力如虎，

【张居正讲评】

然而不止此也，且臂力方刚有如虎之猛。

【原文】

执辔如组。

【张居正讲评】

但见御能使马辔控无不顺意，执辔有如组之柔焉，其有何有不善耶？能舞而又能御我，固天下之兼才也，实有足夸者矣。

【张居正讲评】

夫我之才既无不备，岂不可以蒙上赏乎？

【原文】

左手执籥，右手秉翟。

【张居正讲评】

当公朝设燕之时而有事于文舞之舞，左手则执籥矣，右手则秉翟矣，屈伸缀兆皆适协于度。

【原文】

赫如渥赭，

【张居正讲评】

但见愧怍不行，颜色充盛，赫然有如厚渍之赤者焉。

【原文】

公言锡爵。

【张居正讲评】

斯时也，公嘉其能，锡我以爵，一时赍予之亲洽如此，何其荣耶？

【张居正讲评】

然我之所事固在于此,而其心之所思则有不在于是者。

【原文】

山有榛,隰有苓。

【张居正讲评】

今夫山则有榛,隰则有苓矣。

【原文】

云谁之思?西方美人。

【张居正讲评】

我也果何所思,则西方美人矣,道德威仪,光明俊伟,诚有以快夫人之睹者。

【原文】

彼美人兮,西方之人兮。

【张居正讲评】

然使其相去不远,则可得而见以慰吾思也。夫何彼美人兮,乃西方之人兮,彼此异地欲观无由,则我之思将何以自慰耶?吁,此处衰世之下国,而思盛世之显王,其意亦远矣。故虽经世伟志或近于不恭,而犹不失为贤人欤。

泉水

【总评】

此卫女为不得归宁作也。若曰:人情无所不至,先王制之礼义,约其情,使合于中,故有时义有所制,情亦无如之何矣。

【原文】

毖彼泉水,亦流于淇。

【张居正讲评】

彼毖然之泉水,亦流入于淇,为卫之水者,则固流于卫之地矣。

【原文】

有怀于卫,靡日不思。

【张居正讲评】

况我也有怀于卫,无日不思,为卫之人者亦思于卫之国矣。

【原文】

娈彼诸姬,聊与之谋。

【张居正讲评】

夫我之怀也,固欲归于卫也,然我之归也,犹不可以径情也,是以即彼娈然之诸姬,而与之谋为归卫之计焉,义或可或否,固将顾之以一决矣。

【张居正讲评】

谋之云何?

【原文】

出宿于沛,饮饯于祢。

【张居正讲评】

我始之自卫而来也,出宿则于沛矣,饯则于祢矣。

【原文】

女子有行,远父母兄弟。

【张居正讲评】

斯时也女子有行,远其父母兄弟,盖义已属于夫家,而情已违于膝下矣。

【原文】

问我诸姑,遂及伯姊。

【张居正讲评】

今况父母既终,而妇可归于乎哉?是以问我诸姑,遂及伯姊,如其果不可归焉,则亦不得任情以悖义者矣!

【原文】

出宿于干,饮饯于言。

【张居正讲评】

使今得以望卫而归也,出宿则于干矣,饮饯则于言矣。

【原文】

载脂载辖,还车言迈。

【张居正讲评】

彼嫁来有车,而车有辖也,于是载脂其辖而旋,车以言迈。

【原文】

遄臻于卫,

【张居正讲评】

人面纹短剑(西周)

则其至卫疾矣。

【原文】

不瑕有害。

【张居正讲评】

然父母终无归宁之义,其不有害于义乎? 夫苟有害于义,则不可任之一己之情,以悖先王之制,此予之所自拟者如此,惟我诸姑伯姊其为我谋之可也。

【张居正讲评】

夫义固不可归,而思终不能忘。

【原文】

我思肥泉,兹之永叹。

【张居正讲评】

彼肥泉卫水也,我思肥泉之长叹息矣。

【原文】

思须与漕,我心悠悠。

【张居正讲评】

须、漕,卫邑也,我思须、漕,而悠悠以长矣。

【原文】

驾言出游,以写我忧。

【张居正讲评】

然思之虽切,终不可归,顾安得思之所至,义无所制,驾言出游于肥泉、须、漕之地,以写我之忧哉。吁! 发乎情而思乎义而止,卫女其贤乎,然而先王之教远矣。

北门

【总评】

此卫之贤者,自伤不得志作也。

【原文】

出自北门,

【张居正讲评】

南为阳明之区,而北为幽阴之地,今我也出自北门则皆阳明而向幽阴矣。

【原文】

忧心殷殷。

【张居正讲评】

我之所遇如此,何能为情耶?是以慨遭逢之不遇,伤吾道之终穷,忧心盖殷殷然矣。

【原文】

终窭且贫,莫知我艰。

【张居正讲评】

且窭焉无以为礼,贫焉无以自给,我之艰难如此,而人又莫之知焉。

【原文】

已焉哉! 天实为之,谓之何哉!

【张居正讲评】

夫事出于人者,犹可以力为,而事出于天者,不可以幸免。今我之值昏乱而处困穷,乃莫之为而为者,天也,已焉哉! 天实为之,谓之何哉! 则亦安之已矣。

【张居正讲评】

然吾之穷困不止此已也。

【原文】

王事适我,

【张居正讲评】

王命使为之事,既适于我。

【原文】

政事一埤益我。

【张居正讲评】

而国之政事,又一切埤益我,其困于外亟矣。

【原文】

我入自外,室人交遍谪我。

【张居正讲评】

然使室人而无以相谪,犹可慰也。今贫窭又甚,我入自外,室人至无以自安,而交遍谪我,其困于内极矣。

【原文】

已焉哉! 天实为之,谓之何哉?

【张居正讲评】

夫事出于人者,犹可以力为,而事出于天者不可以幸免。今我之值昏乱而处困穷,乃莫之为而为者,天也,已焉哉! 天实为之,谓之何哉! 则亦安之已矣。

【原文】

王事敦我,政事一埤遗我。

【张居正讲评】

王命使为之事既敦于我,而国之政事,又一切以埤遗我,其困于外极矣。

【原文】

我入自外,室人交遍摧我。

【张居正讲评】

然使室人而无以相摧犹可慰也,今贫窭又甚,我入自外,室人至无以自安,而交遍摧残我,其困于内极矣。

【原文】

已焉哉!天实为之,谓之何哉!

【张居正讲评】

然此莫非天也,已焉哉!天实为之,谓之何哉!夫惟听天由命而已矣。夫处困穷之极而无怨尤之心,若北门大夫,诚可谓之忠臣矣。

北风

【总评】

此贤者去乱之诗也,言国家将亡,必有妖孽见机而作,居身所珍,顾今何时可以仕,而不知避耶?

【原文】

北风其凉,雨雪其雱。

【张居正讲评】

彼北风其凉,而有凛冽之威,雨雪其雱,而有纷纭之盛,殊非太和之景矣。今国之将亡,而气象愁惨,不犹是哉。

【原文】

惠而好我,携手同行。

【张居正讲评】

此固可以去之时也,固我也欲与惠而好我之人,携手同行,去而避之焉。

【原文】

其虚其邪,既亟只且。

【张居正讲评】

然是去也，尚可以宽徐乎哉？盖其祸乱之迫已甚，失今不去，则有欲去而不可得者，其去诚不可以不速者矣。

【原文】

北风其喈，雨雪其霏。

【张居正讲评】

北风其喈，而有急疾之声，雨雪其霏，而有分散之状，殊非太和之气候矣，国家将亡，而气象愁惨，何异是哉！

【原文】

惠而好我，携手同归。

【张居正讲评】

此固可以去之时也，故我也欲与惠而好我之人，携手同归，去而避之焉。

【原文】

其虚其邪？既亟只且。

【张居正讲评】

然是去也，尚可以宽徐乎哉？盖其祸乱之迫已甚，失今不去，则有欲去而不可得者，其去诚不可不速矣。

【原文】

莫赤匪狐，莫黑非乌。

【张居正讲评】

今夫狐不祥之物也，人所见者，则莫赤非狐矣。乌亦不祥之物也，人所见者则莫黑非乌矣。然则国之将亡而所见无非不祥之物，不犹之狐与乌者哉。

【原文】

惠而好我，携手同车。

【张居正讲评】

此固可以去之时也，故我也欲与惠而好我之人，携手同车，去而避之焉。

【原文】

其虚其邪，既亟只且。

【张居正讲评】

然是去也，尚可以宽徐乎哉？盖其祸乱之迫已甚，失今不去，则有欲去而不可得者，其诚不可以不速矣。吁，人之云亡，邦国殄瘁，卫之贤者相率避乱，则康叔之祀，自此而衰矣。

国学经典文库

诗经

·张居正讲评《诗经》·

图文珍藏版

静女

【总评】

此淫奔期会而作也。

【原文】

静女其姝,俟我于城隅。

【张居正讲评】

闲雅之女姝然其美,固将俟我于城隅也。

【原文】

爱而不见,搔首踟蹰。

【张居正讲评】

方其未至,我也爱之而不见,为之搔首踟蹰焉,盖其心迟疑于不见之故,而行步为之不进矣。

【原文】

静女其娈,贻我彤管。彤管有炜,

【张居正讲评】

及其既至也,但见闲雅之女,娈然其好,而遗我彤管,则有炜然其赤。

【原文】

说怿女美。

【张居正讲评】

我也幸其人之得见,而悦怿此女之美,亲爱之情,盖有出于彤管之外者矣。

【张居正讲评】

且不特有彤管之贻己也。

【原文】

自牧归荑,

【张居正讲评】

又自牧而归我以荑,以结殷勤之好。

【原文】

洵美且异。

【张居正讲评】

但见是荑也,信美矣而且异焉。

匪女之为美,美人之贻。

【张居正讲评】

是非汝之为美也,特以美人之所赠,故其物亦因之而美耳。

新台

【总评】

此卫人丑宣公作也。

【原文】

新台有泚,河水弥弥。

【张居正讲评】

新台则有泚而鲜明,河水则弥弥而甚盛。其作此新台于河上,固将以要齐女也,然其渎乱彝伦,人道斫丧,其行抑何丑哉?

【原文】

燕婉之求,蘧篨不鲜。

【张居正讲评】

夫齐女本求与伋为燕婉之好,今仅得此蘧篨不鲜之人,非其配矣,不亦甚可恶乎。

【原文】

新台有洒,河水浼浼。

【张居正讲评】

新台有洒而高峻,河水浼浼平满于河上,而作此台固将以要齐女也,然而败坏礼法,人心怊亡,其行抑何丑哉。

【原文】

燕婉之求,蘧篨不殄。

【张居正讲评】

夫齐女本求与伋为燕婉之好,今反得此蘧篨不殄之人,非其匹矣,不亦甚可恶耶?

【原文】

鱼网之设,鸿则离之。

【张居正讲评】

今夫鱼网之设,本以取鱼也,而反离于其中矣。

【原文】

燕婉之求,得此戚施!

【张居正讲评】

况此齐女本求与伋为燕婉之好也,而反得此戚施之人,所得非其所求,不犹之网鱼而得鸿耶?事出人情未有之外,成为古今大丑之行,不亦甚可恶哉。

二子乘舟

【总评】

国人伤伋、寿见杀作也。

【原文】

二子乘舟,汎汎其景。

【张居正讲评】

此二子也,一则尊父,一则重天伦。其乘舟以如齐也,见其景汎汎然而去矣。

【原文】

愿言思子,中心养养。

【张居正讲评】

然是行也,死生存亡之冲,则有不可测者,我也愿言,思之中心,为之养养而忧之不定矣。盖以二子之孝友,而或祸起不测,诚有令人闵者,其思之乌容自已哉。

【原文】

二子乘舟,汎汎其逝。

【张居正讲评】

此二子也,一则尊父,一则重天伦。其乘舟以如齐也,见其汎汎然而逝矣。

【原文】

愿言思子,不瑕有害?

【张居正讲评】

然是行也,死生存亡之际,则有甚可疑者,我也愿言思之意者,变生齐境而不瑕有害乎?不然反卫之期指日可待,何其父而不归也。夫以二子之孝友而苟或有害,诚有令人伤矣,其思之乌容已哉。

鄘风

柏舟

【总评】

卫共姜作此以自誓,曰:妇人从一而终,故不幸而遭变,终不可以存亡而易其心,盖以一之义当如是也。

【原文】

汎彼柏舟,在彼中河。

【张居正讲评】

彼汎然而流之柏舟,则在彼中河,夫固有定所矣。

【原文】

髧彼两髦,实维我仪。

【张居正讲评】

况此髧然而垂之两髦,则实我之仪,是亦有定配也。

【原文】

之死矢靡他,

【张居正讲评】

夫既为我之定配,则偕老之约终始不渝,虽至于死誓无他适之心者矣。

【原文】

母也天只,不谅人只!

【张居正讲评】

是心也非不欲母之见谅,而坚我之守也。顾母之于我,覆育之恩虽大,而如夫罔极,然欲使我有他焉,何其不谅我之心如是乎,故我之于母感恩则有之,谓之知我则未也。

【原文】

汎彼柏舟,在彼河侧。

【张居正讲评】

汎然而流之柏舟,则在彼河侧,夫固有定处矣。

【原文】

髧彼两髦,实维我特。

国学经典文库

诗经

·张居正讲评《诗经》·

图文珍藏版

【张居正讲评】

况此髧然而垂之两髦,则实我之特,是亦有定匹也。

【原文】

之死矢靡慝。

【张居正讲评】

夫既为我之定匹,则一与之醮,终身不改,虽至于死,誓无邪慝之心矣。

【原文】

母也天只,不谅人只!

【张居正讲评】

是心也非不欲母之见谅,而成我之志也,顾母之于我,覆育之恩虽广,而如夫无穷,然使我有慝焉,何其不谅,我之心如是乎。故我之于母感恩则有之,谓之知我则未也。夫共姜守养之心而不以夫死或移,不以母爱或夺其节,可谓坚矣,非贤而能之乎。

君子偕老

【总评】

此刺宣姜作也,若曰:服容匪贵,惟德为贵,乃今之所见,则有大不然者。

【原文】

君子偕老,

【张居正讲评】

女子之生,以身从人,故夫人为君子之配,则当与君子偕老,虽或不幸而没,身心不贰,其分当然也。

【原文】

副笄六珈。

【张居正讲评】

为君之夫人,则有夫人之服饰,但见首饰之副也,编发以为之,当耳之笄,叶六珈饰之,其服之盛又如此矣。

【原文】

委委佗佗,如山如河,象服是宜。

【张居正讲评】

然夫人及有偕老之德,则于是服岂有不称哉！吾知有偕老之德,则心无愧怍,而其见之动容之间，雍容自得，委委而佗佗也，安重宽广，如山而如河也，则其于副笄六珈之象服，不有以称之而无忝乎？

【原文】

子之不淑，云如之何？

【张居正讲评】

今子无偕老之德，其不淑如此，则必无委蛇山河之容，虽有是法服，亦不称矣，其将如之何哉？

【张居正讲评】

若然则子之不能足者，岂徒在服饰容貌之间哉？

【原文】

玼兮玼兮，其之翟也。

【张居正讲评】

自子之服言之，玼然鲜明者其祭服之翟衣也。

【原文】

鬒发如云，不屑髢也。

【张居正讲评】

自子之容言之，鬒发如云者，不屑于髢之益也。

【原文】

玉之瑱也，象之揥也，

【张居正讲评】

然服不特有是，翟衣已也，又见以玉为瑱，以象为揥服，何有一之不盛耶？

【原文】

扬且之晳也。

【张居正讲评】

容不但有是鬒发已也，又见眉上之广晳，然而白容又何有一之不美耶？

【原文】

胡然而天也，胡然而帝也。

【张居正讲评】

夫以如是之服饰，以如是之容貌，固人间之未尝见也，乃于今忽然见之，意者其天之神乎？意者其帝之灵乎？而何其服饰容貌之弗类，有如是也哉。

【张居正讲评】

然其服饰容貌又岂止此哉。

【原文】

瑳兮瑳兮,其之展也。

【张居正讲评】

自子之服言之,瑳然鲜盛而有展衣,所以见君宾也。

【原文】

蒙彼绉绤,是绁袢也。

【张居正讲评】

蒙彼绉绤而为之绁绊,所以自歛饰也,服又何如其盛耶?

【原文】

子之清扬,扬且之颜也。

【张居正讲评】

自子之容,言之额其目则极其清明,语其眉则极其宽广,语其额角则极其丰满,容又何如其美耶?

【原文】

展如之人兮,邦之媛也!

【张居正讲评】

夫以如是之服饰,以如是之容貌,皆非国人所有者也,乃如之人兮,岂不色倾一邦,而为一邦之媛乎?然服则盛矣,容则美矣,惜乎无偕老之德以为之称,亦将如之何哉。

桑中

【总评】

淫奔者歌此。

【原文】

爰采唐矣?沬之乡矣。

【张居正讲评】

沬之乡有唐生焉,我也爰采唐矣,于彼沬之乡矣。

【原文】

云谁之思?美孟姜矣。

【张居正讲评】

是行也其云谁之思乎?乃彼美色之孟姜也。

【原文】

期我乎桑中,

【张居正讲评】

盖斯人也,期我于沬之桑中,故我托为采唐之行,以往会之耳。

【原文】

要我乎上宫,

【张居正讲评】

沬之地有上宫也,但见始则迎我乎上宫,而不胜其相见之喜者矣。

【原文】

送我乎淇之上矣。

【张居正讲评】

沬之地有淇上也,即则送我乎淇之上,而不胜缱绻之情矣,如是则我之所思,于是乎慰,而今日采唐之行,夫岂徒哉。

【原文】

爰采麦矣?沬之北矣。云谁之思?美孟弋矣。期我乎桑中,要我乎上宫,送我乎淇之上矣。

【原文】

爰采葑矣?沬之东矣。云谁之思?美孟庸矣。期我乎桑中,要我乎上宫,送我乎淇之上矣。

【张居正讲评】

吁,卫之淫乱至此,所谓其政散,其民流,诬上行私而不可止者也,要皆宣公、宣姜诲淫于上,则其俗之不美有自来矣。

鹑之奔奔

【总评】

此刺宣姜与顽作也。

【原文】

鹑之奔奔,鹊之彊彊。

【张居正讲评】

鹑之奔奔,鹊之彊彊,居有常匹,飞则相随,在物尚各从其偶矣。

【原文】

人之无良,我以为兄。

【张居正讲评】

况此人也,□配偶之伦,虽至于上烝,而不忌其无良甚矣,曾鹑鹊之不若矣,而我反以为兄何哉?

【原文】

鹊之彊彊,鹑之奔奔。人之无良,我以为君。

【张居正讲评】

讲同上。

定之方中

【总评】

卫人美文公也,言我公营建,所以振中兴之业者也,而其始经之事,果何如哉?

【原文】

定之方中,作于楚宫。

【张居正讲评】

公以营建当顺天时,则仰观于天,而见定星之方中,民力为可用也,于是率渡河之民而作于楚宫焉。

右武徒长戈(春秋)

【原文】

揆之以日,作于楚室。

【张居正讲评】

以营建当审地势也,则树之以臬,而验东西南北之影方面为既正也,于是与版筑之役而作于楚室焉。

【原文】

树之榛栗,椅桐梓漆,

【张居正讲评】

宫室既作,又以礼乐者,为国之首者,不可缓也,则他务未遑而先树之榛栗焉,与夫椅桐梓漆焉。

【原文】

爰伐琴瑟。

【张居正讲评】

夫榛栗之树,固以为异日籩实之供,而礼可备也,而是椅桐梓漆也,实将以时伐之,而为琴瑟之用焉,而乐亦可兴矣,此不惟宫室之建立可大之基,且礼乐之豫,垂可久之计矣,我公之营建,何其不苟而极综理之周哉。

【张居正讲评】

夫我公徙居楚丘,其营立之事故如此矣,然其方迁之始,夫岂不慎于为谋哉。

【原文】

升彼虚矣,以望楚矣。望楚与堂,

【张居正讲评】

但见升彼故城之虚,以望楚丘之形势,而与夫旁邑之堂焉。

【原文】

景山与京。

【张居正讲评】

测日出入之景,以正楚山之方面,而与高丘之京焉。

【原文】

降观于桑。

【张居正讲评】

以土地之美,但验于物产,则降观于桑,以察其土宜之何如也。

【原文】

卜云其吉,

【张居正讲评】

以犹豫之决,必赖于鬼神测卜,云其吉以稽其朕兆之何如也。

【原文】

终然允臧。

【张居正讲评】

夫始之望景观卜,固欲其臧矣,既而果得形势之胜而方面之尊也,土宜之美而休征之吉也,所以立国居民而光前裕后者在是矣,终焉不允臧乎。

【张居正讲评】

夫我公方迁之始,为谋之慎,固如此矣。然则既迁之后,所以勤心为国者,果何如哉。

【原文】

灵雨既零,

【张居正讲评】

但见当献岁发春之时,灵雨则既零,而农桑之物作矣。

【原文】

命彼倌人,星言夙驾,说于桑田。

【张居正讲评】

然用力虽在于民,而劝相则在于君,故我公不敢以自安,命倌人晨起驾车,虽亟乘之以稅于桑焉,劳一国之桑者而劝之,使力于桑也,以稅于田焉,劳一国之田者而劝之使力于田也。

【原文】

匪直也人,秉心塞渊,

【张居正讲评】

此其实心为民谋衣食,而不为粉饰之文也,秉心可谓塞矣。然非直于民而有是塞也,深思为民图久远,而不为浅近之计,秉心可谓渊矣,然非直于民而有是渊也。

【原文】

骐牝三千。

【张居正讲评】

以此心而为民,亦以此心而为物,民于是乎安,物亦于是乎阜。故现其所畜之马,其骐而牝者亦已至于三千之众矣,则其非骐而牝可知矣。此皆秉心塞渊之所至,岂特心见于为民而民之得所已哉,则其能复中兴之业宜矣。

蝃蝀

【总评】

此刺淫奔作也。

【原文】

蝃蝀在东,莫之敢指。

【张居正讲评】

是蝃蝀也,暮而见于东方,此阴阳之气不当交而交,天地之淫气也,则人不敢指矣。然则淫奔之恶人不敢道,岂异是哉。

【原文】

女子有行,远父母兄弟。

【张居正讲评】

况女子有行,又当秉命于父母兄弟,而后远乃为礼之正也,岂可不顾此而冒行乎?

【原文】

朝隮于西,崇朝其雨。

【张居正讲评】

是蝃蝀也,朝而忽升于西,此天地淫惹之气,有害于阴阳之和者,则其雨经朝而止矣,然则淫奔之恶,有害于人道之正,岂异是哉。

【原文】

女子有行,远父母兄弟。

【张居正讲评】

况女子有行,又当秉命于父母兄弟而后远,乃为礼之正也,岂可不顾此而冒行乎?

【张居正讲评】

夫男女之欲虽人之私情,而贞信之节,则天之正理,人要当以理御情,而不为情动可也。

【原文】

乃如之人也,怀婚姻也。

【张居正讲评】

斯人也,但知怀男女之欲,而为苟合之行。

【原文】

大无信也,不知命也。

【张居正讲评】

是不能自守其贞信之节,而不知有天命之正理矣。使知有命,则必以信自守,而何有是哉?夫以卫俗淫靡,乃有如此。诗刺淫之灾,亦可见毒恶之在人心,未尝忘也,抑亦惩创往事者与。

相鼠

【总评】

此恶人之无理作也。

【原文】

相鼠有皮,

【张居正讲评】

鼠为物之最贱者也,今相鼠犹有皮矣。

【原文】

人而无仪。

【张居正讲评】

况人为物之最灵者也,何以人而无可象之仪乎,则亦鼠之不若矣。

【原文】

人而无仪,不死何为?

【张居正讲评】

夫以人而无仪,而又生于世,则徒足以败常乱俗,是人间之一大蠹也,不死亦何为哉。盖人生而有益于世者,正以其威仪足以表俗,故一日而在,即一日之望也,不然斯人亦何益于世,亦何赖有斯人哉?

【原文】

相鼠有齿,人而无止。

【原文】

人而无止,不死何俟?

【原文】

相鼠有体,人而无礼。人而无礼,胡不遄死?

干旄

【总评】

赞美大夫见贤也。若曰:贤才曷尝乏忠告之猷哉。顾延揽之怀未切,欲冀士之乐告无繇矣,今何幸我大夫之能下贤乎?

【原文】

孑孑干旄,在浚之郊。

【张居正讲评】

我大夫之出而见贤也,见彼特出之干旄,在乎浚邑之郊野矣。

【原文】

素丝纰之,

【张居正讲评】

其维乎旄也,则以素丝之洁。

【原文】

良马四之。

【张居正讲评】

其载乎旌也,则以四马之良,忘大夫之贵以下贤,此其礼意之勤,固已溢于车马旌旗之表矣。

【原文】

彼姝者子,何以畀之?

【张居正讲评】

彼姝者子,抱奇于己,固将待人而后畀也,今已屈己若大夫,其咨询之下,必有异之而匡其不逮矣,但英贤之谋略,又出于寻常测度之外,不如果可以畀之,而答其礼意之勤乎。

【原文】

孑孑干旟,在浚之都。

【张居正讲评】

建孑孑之干旟,在浚之都,将以见贤也。

【原文】

素丝组之,良马五之。

【张居正讲评】

继之则以素丝为组,载之则以良马之五,我大夫屈己下贤如此,其礼意可谓勤矣。

【原文】

彼姝者子,何以予之?

【张居正讲评】

彼姝者子,将何以予之,而答其礼意乎? 吾知姝子必有所予焉,以不虚大夫之盛意也,我特不得而测之耳。

【原文】

孑孑干旌,在浚之城。

【张居正讲评】

建孑孑之干旌,在浚邑之城,将以见贤也。

【原文】

素丝祝之,良马六之。

【张居正讲评】

维之则以素丝之祝,载之则以良马之士,我大夫屈己见贤如此,其礼意可谓勤矣。

【原文】

彼姝者子,何以告之?

【张居正讲评】

彼姝者子,不知将何以告之,而答此礼者乎?吾知姝子必有所告焉,已不负大夫之盛心也,我特不得而知之耳。夫大夫举盛典于久旷之余,兴善端于破灭之后,宜国人创见而深嘉乐道之欤?

载驰

【总评】

许穆夫人为归唁不果作也。若曰:宗国破灭,乃时事之大变,我不为卫之女子,不能以恝然者也。

【原文】

载驰载驱,归唁卫侯。

【张居正讲评】

是故载驰载驱,欲以吊卫侯亡国之惨,庶可以达吾不容已之情耳。

【原文】

驱马悠悠,言至于漕。大夫跋涉,

【张居正讲评】

奈何当其驱马而行,在彼悠远之道,将以言至于漕,而时固未至也,许之大夫已有奔走跋涉而来者,吾知其来非无故也,必将以不可归之义来告矣。

【原文】

我心则忧。

【张居正讲评】

夫义既不可归,则漕邑必不可至,而吾归唁之情终不得已自遂矣,我心其能以无忧哉。

【原文】

既不我嘉,不能旋反。

【张居正讲评】

及大夫既至,果以我之归也有犯先王之制,而不以为善焉,则情为义夺,而我亦不能旋反以至于卫矣。

【原文】

视尔不臧，我思不远。

【张居正讲评】

然宗社丘墟乃人心大□，故虽视尔不以我归为善，而我归唁之思，终不能忘也。

【原文】

既不我嘉，不能旋济。

【张居正讲评】

大夫既至，果以我之归也有违先王之礼，而不以为善焉，则私为公制，而我亦不能旋济以至于卫矣。

【原文】

视尔不臧，我思不閟。

【张居正讲评】

然故都沦没，乃人情之不堪，故虽视尔不以我归为善，而我归唁之思，终不能止也。

【张居正讲评】

夫我既不适卫，而思终不止，则忧想之情切，而郁结之疾成矣。

【原文】

陟彼阿丘，言采其蝱。

【张居正讲评】

故其途也，陟彼阿丘，以舒忧想之情，言采其蝱以疗郁结之疾。

【原文】

女子善怀，亦各有行。

【张居正讲评】

此其所怀亦诚切矣，然非徒为无益之思也，亦以宗国被祸，乃天理之所难忘，人情之所不忍，殆各有其道焉，而不容于自已者矣。

【原文】

许人尤之，众稚且狂。

【张居正讲评】

彼许国之众，人乃不我嘉而以为过者，则亦少不更事而狂妄之人耳，使非稚且狂也，何不谅我心之若是乎？

【原文】

我行其野,芃芃其麦。

【张居正讲评】

我也归途在野,而涉芃芃之麦。

【原文】

控于大邦,

【张居正讲评】

斯时也自伤许国之小而力不能救,于是思欲为之控告于大邦,藉其土地甲兵之力,以图兴复之举焉。

【原文】

谁因谁极!

【张居正讲评】

然控于大邦,必有所因之人,而其人必仗义执言者也,今不知其何所因乎,必有所至之国,而其国必力大兵强者也,今不知其何所至乎,则欲控诉无由矣。

【原文】

大夫君子,无我有尤。

【张居正讲评】

夫许之力既不能救,欲资于人又无其机,则可自尽者唯唁一事耳,今尔跋涉之大夫与在国之君子,无以我归为有过。

【原文】

百尔所思,不如我所之!

【张居正讲评】

虽尔所以处此百方,欲我置身于无过之地,其意非不善也,但我之心不能自遂,终不如使我得以归唁,而自尽其心之为愈也。盖守礼固足无过,而善怀亦各有道,何为徒轨彼以议此耶?吁,宗国之亡其事诚大矣,以不可归之义律之,其事尤有大者,此所以卒不果归而作此诗,以道己情之切至如此也,切于情而止于义,夫人亦贤矣哉。

卫风

【总评】

卫风凡十篇。卫姓,侯爵康叔之后。

淇奥

【总评】

卫人美武公作也。

【原文】

瞻彼淇奥,绿竹猗猗。

【张居正讲评】

瞻彼淇奥,绿竹猗猗,然柔弱而美盛者矣。

【原文】

有斐君子,

【张居正讲评】

况此有斐君子,其德之进修何如哉。

【原文】

如切如磋,

【张居正讲评】

但见以言其学问也,讲习讨论已精,益求其精,有如治骨者,既切而复磋之耳,同其精之至者矣。

【原文】

如琢如磨。

【张居正讲评】

以言其自修也,省察克治已密,亦求其密,有如治玉石者,既琢而复磨之耳,同其密之至矣,是其德之修饰有进而无已如此。

【原文】

瑟兮僴兮,

【张居正讲评】

是以征之为德容也,矜庄不肆,威严不亵,而瑟兮僴兮矣。

【原文】

赫兮咺兮。

【张居正讲评】

盛大无拘,宣著莫掩,而赫兮咺兮矣。

【原文】

国学经典文库

诗经

·张居正讲评《诗经》·

图文珍藏版

有斐君子,终不可谖兮。

【张居正讲评】

有斐君子,德容之盛如此,则人之得于观感者,莫不起其爱敬之心,而终身不能忘矣。盖君子先得其同然之心,则人之不能忘,固非有所强也已。

【原文】

瞻彼淇奥,绿竹青青。

【张居正讲评】

瞻彼淇奥,绿竹青青,然坚刚而茂盛矣。

【原文】

有斐君子,

【张居正讲评】

况我有匪君子,其德之称服何如哉?

【原文】

充耳琇莹,

【张居正讲评】

但见以言其充耳也,尚之以后,则有秀莹之美,而有以肃千乘之具瞻矣。

【原文】

会弁如星。

【张居正讲评】

以言其会弁也,饰之以玉,则有如星之明,而有以起万民之敬仰矣,盖惟其德之称服,故其尊严如是也。

【原文】

瑟兮僩兮,

【张居正讲评】

是以征之为德容也,矜庄不肆,威严不亵而瑟兮僩兮矣。

【原文】

赫兮咺兮。

【张居正讲评】

盛文无拘,宣著莫掩而赫兮咺兮。

【原文】

有斐君子,终不可谖兮。

【张居正讲评】

有匪君子德容之盛如此,则人之得于景仰者,莫不切其爱敬之情,而终身不能忘矣。盖君子适触其懿德之好,则人之不能忘,固非有所思也已。

【原文】

瞻彼淇奥,绿竹如箦。

【张居正讲评】

瞻彼淇奥,绿竹如箦则密比而盛之至矣。

【原文】

有斐君子,

【张居正讲评】

况我有斐君子,其德之成就何如哉?

【原文】

如金如锡,

【张居正讲评】

但见以言其德之精纯也,则万里莹净一疵不存,有如金如锡,而锻炼之精化者矣。

【原文】

如圭如璧。

【张居正讲评】

以言其德之温润也,则天理浑全,圭角不露有如圭如璧,而生质之温润者矣。

【原文】

宽兮绰兮,猗重较兮。

【张居正讲评】

夫以德之成就如此,则其动容周旋,安生而不中礼哉。彼宽绰无敛束之意,而能自如者鲜矣,彼则从容之中,自有成法。宽兮绰兮,猗然有如重较之上,故不失之肆也,亦不失之拘也,何其宽广而白如也乎。

【原文】

善戏谑兮,不为虐兮。

【张居正讲评】

戏谑非庄厉之时,而能中节者鲜矣,彼则与人之际和而不流,善戏谑兮而不为淫虐之衍,不以言语凌物也,不以意气加人也,何其和易而中节也乎。夫宽绰而犹可观,则敛束之时可知矣,戏谑而又中节,则庄厉之时可知矣,若此者何莫而非盛德之至哉。吁,武公之德之美如此,固宜诗人屡咏歌而叹美之也。

考槃

【总评】

此美贤者隐处作也,言心之外慕者,恒择地以为安,而乐之在中者,则无入而不得,吾兹有取于硕人矣。

【原文】

考槃在涧,

【张居正讲评】

但见成其隐处之室,在彼涧谷之间,萧然一环堵之居也。

【原文】

硕人之宽。

【张居正讲评】

宜若无可乐矣,而硕人之处此也,浩然独乐心,超于贫贱之外,初不见其有戚戚者和宽广乎。

【原文】

独寐寤言,永矢弗谖。

【张居正讲评】

然乐之不真者,或能勉强于人知之地而已,所独知则不堪之情,不觉因之而毕露矣,彼其独寐而寤,独寤而言之时,犹自誓其终身不忘此乐焉,盖不以人所不知,略有一毫忧戚之意,而视涧谷之众,皆其乐境矣,而其勉强于一时者,可同日语哉?

【原文】

考槃在阿,

【张居正讲评】

成其隐居之室,在彼曲凌之阿,何荒凉也。

【原文】

硕人之逜,

【张居正讲评】

维此硕人,居此胸次,悠然外物,不能为之累,吾见其宽大而自得矣。

【原文】

独寐寤歌,永矢弗过。

【张居正讲评】

其乐如此,夫岂有可尚者哉?虽寐寤歌之,时在外慕者故易以动情之地也,犹自誓其终身所乐,不喻于此焉善乐,自得之即自保之,不知天壤之间,有何乐可以代此矣。

【原文】

考槃在陆,

【张居正讲评】

成其隐处之室,在彼高乎之陆,何寂寞也。

【原文】

硕人之轴。

【张居正讲评】

为此硕人处,此居贞自守,轩冕不能为之移,吾见其盘桓而不行矣。

【原文】

独寐寤宿,永矢弗告。

【张居正讲评】

其乐如此,夫岂求人知者哉。虽独寐寤之时,在炫名者,固易有求知之心也。独自誓其终身,不以此乐告人焉。盖乐自得之即自知之,不以真乐之味而轻泄于言语之间矣。夫居人所不堪之地,而适己所独乐之情,非贤者见大心泰而能若是乎?

硕人

【总评】

卫人为庄姜不见答作也,言夫妇之间最宜亲厚,而又不见亲厚者,此其事有出于常情测度之外矣,吾于硕人之不见答,深为之思其故焉。

【原文】

硕人其颀,

【张居正讲评】

此硕人颀然其长。

【原文】

衣锦褧衣,

【张居正讲评】

衣锦于中而加褧衣于外,恐其文之著也。

几何纹凸翼戈(西周)

【原文】

齐侯之子,卫侯之妻。

【张居正讲评】

是硕人也,不见亲厚于君,岂其族类之不贵耶,吾以族类言之,以齐侯之子而为卫侯之妻,其父贵矣。

【原文】

东宫之妹,

【张居正讲评】

以东宫之兄而彼乃为之妹,其母贵矣。

【原文】

邢侯之姨,谭公维私。

【张居正讲评】

邢侯则彼为之姨,谭公则为彼之私,盖亲属无一而不贵者矣,夫以族类之贵如此,是宜君之亲厚之也,而反不见亲厚亦独何也哉?

【张居正讲评】

夫族类贵矣而犹不见亲厚,岂其容貌之有不美耶?吾以容貌言之。

【原文】

手如柔荑,

【张居正讲评】

手之柔而白也,如荑之生。

【原文】

肤如凝脂。

【张居正讲评】

肤之白而润也,如脂之凝其手与肤美矣。

【原文】

领如蝤蛴,

【张居正讲评】

领白而长有如蝤蛴。

【原文】

齿如瓠犀。

【张居正讲评】

齿正白而齐也,有如瓠犀,其领与齿美矣。

【原文】

螓首蛾眉,

【张居正讲评】

额角方正为螓之首,眉细长曲为蛾之眉。

【原文】

巧笑倩兮,

【张居正讲评】

其笑也则巧笑,倩然而口辅之甚美。

【原文】

美目盼兮。

【张居正讲评】

其目也则美目盼然,而黑白之分明,盖身容无一而不美矣。夫以容貌之美如此,是宜君之亲厚也,而反不见亲厚亦独也哉?

【张居正讲评】

夫容貌美矣,而独不见亲厚,岂其始时来嫁而已然耶? 吾自来之始言之。

【原文】

硕人敖敖,说于农郊。

【张居正讲评】

硕人敖敖,来自齐周舍之近郊。

【原文】

四牡有骄,朱幩镳镳,

【张居正讲评】

驾车有马也,则四牡有骄而朱幩之饰镳镳然其盛也。

【原文】

翟茀以朝,

【张居正讲评】

载行有车也,则前后设蔽而翟羽至饰,粲然其可观也。乘是车马以入君之朝,吾君乐得有佳配者矣。

【原文】

大夫夙退,无使君劳。

【张居正讲评】

但见吾君平日亲厚夫人之心,国人之所知也,故国人谓大夫朝于君者宜早退,毋使君劳于政事而不得与夫人相亲也。此其在昔,故未尝不亲厚矣,而今反不见亲厚,亦独何也哉?

【张居正讲评】

夫亲厚于昔,而今不然,岂其来嫁礼仪不备,而今追咎之耶?吾又以礼仪之备言之。

【原文】

河水洋洋,

【张居正讲评】

但见齐居大河之滨,河水洋洋然盛大而莫御。

【原文】

北流活活,

【张居正讲评】

北流活活然,望以为归,是其地势广矣。

【原文】

施罛濊濊,鳣鲔发发。

【张居正讲评】

施罛濊濊以取鱼,则有鳣鲔之发发。

【原文】

葭菼揭揭,

【张居正讲评】

百卉之生于其地,则有葭菼之揭揭,是其物产饶矣。

【原文】

庶姜孽孽,

【张居正讲评】

齐地广饶如此,则其来嫁礼仪岂有不备哉?故从行之姪娣有庶姜焉,则孽然其盛饰而□盈门之硕也。

【原文】

庶士有朅。

【张居正讲评】

从行之媵臣有庶士焉,则朅然其武勇而侈,载道之光也,其士女姣好如此,则礼仪无有不备,而无可追咎者矣。而今不见亲厚,亦独何也哉?重见庄公之昏惑也已。噫,卫人为之赋硕人,故深悲硕人之不幸。若硕人之德,其宜为正嫡,小君犹有不系于此者,庄公何为而弃之乎?

氓

【总评】

此淫妇为人所弃作也,言天下之事不谨于始,未有不悔于终,我也惩创往事,有不胜其□者矣。

【原文】

氓之蚩蚩,抱布贸丝。

【张居正讲评】

昔也有蚩蚩无知之民,抱其已成之布,贸我未成之丝。

【原文】

匪来贸丝,

【张居正讲评】

然其实非来贸丝也。

【原文】

来即我谋。

【张居正讲评】

□谋为私奔之事,而托之贸丝以行耳。

【原文】

送子涉淇,至于顿丘。

【张居正讲评】

□□□之谋矣,而不与之俱往,于是送水涉淇至于顿丘之地。

【原文】

匪我愆期,子无良媒。

【张居正讲评】

而语之曰:我不遂与子而偕往者,非我之愆期也,乃子无良谋而约有未定耳。

【原文】

将子无怒,秋以为期。

【张居正讲评】

愿子无以期愆为怒,惟秋以为期,则与子偕往,而可以无若今日之未决者矣。

【原文】

乘彼垝垣,以望复关。

【张居正讲评】

夫既与之期矣,于是及期则乘垝垣以望复关。

【原文】

不见复关,泣涕涟涟。

【张居正讲评】

不见复关,则虑其约之不遂,而泣涕涟涟,不胜其为悲也。

【原文】

既见复关,载笑载言。

【张居正讲评】

及夫既见复关,则幸其约之得伸,而载笑载言,不胜其为喜也。

【原文】

尔卜尔筮,

【张居正讲评】

遂从而问之曰:秋以为期,人谋固如此矣,然人谋不如神谋之为臧也,尔必灼龟以卜揲蓍以筮。

【原文】

体无咎言。

【张居正讲评】

果其所得卦兆之体,若无凶咎之言,则质诸神而无疑者,固可以保诸百年而不惑者矣。

【原文】

以尔车来,以我贿迁。

【张居正讲评】

则女当以车来迎,而我当以贿往迁也,岂复如昔之愆期哉。

【张居正讲评】

夫我始之从人如此,惟其颜色之光丽耳,自今思之而岂可以或恃乎哉。

【原文】

桑之未落,其叶沃若。

【张居正讲评】

今夫桑之未落,则其叶沃若而润泽矣,然则我之颜色光丽不犹是哉?

【原文】

於嗟鸠兮,无食桑葚。

【张居正讲评】

然不可恃此而纵欲忘返也,彼鸠食葚,多则致醉。吁嗟,鸠兮,其无食桑葚焉。

【原文】

於嗟女兮,无与士耽。

【张居正讲评】

女与士耽则丧节,吁嗟女兮,其无与士耽焉。

【原文】

士之耽兮,犹可说也。

【张居正讲评】

所以然者何哉?盖士有百行,功过可以相掩,故士耽兮者,而苟能改行从善,则足以自赎可说也。

【原文】

女之耽兮,不可说也。

【张居正讲评】

若妇人无外事,惟以贞信为节,一失其身则余无足观,故女之耽兮不可说也,惟其不可说则岂可与士耽哉?

【张居正讲评】

夫始惟恃其颜色光丽,而轻与士耽,则今日颜色凋谢,其能免于见弃乎。

【原文】

桑之落矣,其黄而陨。

【张居正讲评】

今夫桑之落矣,则其叶黄而损矣,然则我之容色凋谢,不犹是哉?

【原文】

自我徂尔,三岁食贫。

【张居正讲评】

夫惟色不足恃,固宜见弃有所不免矣,然尔独不念我贿迁而往,盖值尔之贫,而三岁食贫,亦云穷苦矣。

【原文】

淇水汤汤,渐车帷裳。

【张居正讲评】

今乃弃我,使我涉淇而来者,亦涉淇而往,而淇水之汤汤,渐乎车之帷蒙,盖未无室家之好矣。

【原文】

女也不爽,

【张居正讲评】

然此岂我之过哉?但见女也,为也甚坚,而始终不爽。

【原文】

士贰其行。

【张居正讲评】

惟士也持约不固,而异贰其行焉。

【原文】

士也罔极,二三其德。

【张居正讲评】

何也人之行皆本于心,心之有恒者德乃不贰。今士之心反覆变诈,无所止极,故二三其德以至此耳。然则我今日之见弃,其过不有所归耶?

【张居正讲评】

夫我之被弃,其过固在于士,然反而思之,我一安能以无悔乎?

【原文】

三岁为妇,靡室劳矣。

【张居正讲评】

我也三岁为妇而值尔之贫,尽心歇力不以室家之务为劳。

【原文】

夙兴夜寐,靡有朝矣。

【张居正讲评】

夙与夜寐,靡有朝旦之暇,我之勤劳亦云至矣。

【原文】

言既遂矣,

【张居正讲评】

夫何与尔始相谋约之言既遂,而家道方成。

【原文】

至于暴矣。

【张居正讲评】

尔遽以暴戾之事相加,而弃我以归,何其忍哉。

【原文】

兄弟不知，咥其笑矣。

【张居正讲评】

使归而兄弟相恤，犹可以少慰也，夫何兄弟又不知我见弃之故，以为士之贰行，乃鄙吾之素行，有以自致之，但咥然其笑而已，曾有恤之意乎。

【原文】

静言思之，躬自悼矣。

【张居正讲评】

然此亦何所咎哉？我也静言思之，亦惟失身于为谋之始，丧节于贿迁之时，夫之见弃也，兄弟之不恤也，是皆我之自取，特躬身自悼而已。

【张居正讲评】

然今虽悔亦何所及乎？

【原文】

及尔偕老，

【张居正讲评】

我始也与尔本期为偕老。

【原文】

老使我怨。

【张居正讲评】

今不知老而见弃如此，则语及偕老之约，适增深长之恨，而徒使我怨也。

【原文】

淇则有岸，隰则有泮。

【张居正讲评】

若此者亦我不思之过也。彼淇则有岸矣，隰则有泮矣，在淇隰之远，犹有底止之地也。

【原文】

总角之宴，言笑晏晏。

【张居正讲评】

今我总角之时，与尔宴乐言笑，晏晏然其和柔。

【原文】

信誓旦旦，

【张居正讲评】

成此信誓,旦旦然其明白。

【原文】

不思其反。

【张居正讲评】

将以为可恃之永久,曾不思其终之反覆,以至此而有今日之见弃,不亦淇隰之不如乎?

【原文】

反是不思,亦已焉哉!

【张居正讲评】

夫既不思其反覆以至此,则已往之失已不可追,而今日之悔将无所及,则亦如之何哉?亦已而已矣。吁,淫妇失身于始,而独不虑及于终,及夫见弃于终而后追悔于始,不亦晚乎?是足以为淫奔者之永鉴矣。

竹竿

【总评】

卫女思归宁而不得,故言曰:人子之情莫切于归宁,归而不得,则不能不睹物而兴思矣。

【原文】

藋藋竹竿,以钓于淇。

【张居正讲评】

卫地也,我卫之女也,以藋藋之竹竿而钓于淇水,于以慰吾宗国之想,是固其本心也,岂不尔思哉?

【原文】

岂不尔思,远莫致之。

【张居正讲评】

特以道之云远,不可以遽至,而心之所思,不能不为地阻矣。

【张居正讲评】

夫远莫致之,我将何如以为情者哉。

【原文】

泉源在左,

【张居正讲评】

今夫泉源自西北而东南流入于淇,在卫之左矣。

【原文】

淇水在右。

【张居正讲评】

淇水自西南而东流与泉源合,则在卫之右矣,是为卫之水者,皆得潆回于卫之地也。

【原文】

女子有行,远兄弟父母。

【张居正讲评】

顾我女子有行远,其父母兄弟虽欲一日在卫之左右,而不可得矣,不亦泉源,淇水之不如耶?

【原文】

淇水在右,泉源在左。

【张居正讲评】

淇水在卫之右矣,泉源则在卫之左矣,为卫之水者,皆得潆旋于卫之地也。

【原文】

巧笑之瑳,佩玉之傩。

【张居正讲评】

顾我也为地所阻,安得巧笑之瑳,佩玉之傩,以笑语游戏于其间哉。

【张居正讲评】

夫我思卫之情如此,然乌得以舒其情乎?

【原文】

淇水滺滺,桧楫松舟。

【张居正讲评】

今夫淇水滺滺而流,其中有桧楫焉,有松舟焉,固可以为出游之具者也。

【原文】

驾言出游,以写我忧。

【张居正讲评】

顾道远而莫能致,安得驾言出游于淇水之上,以写我深长之思哉。吁,卫女思归而不得,归非以地之远而不可至也,以义之制而不可逾也,夫能以义制情而不以情掩义,此卫女之所以为贤也欤?

芄兰

【总评】

此疑刺童子巂等作也。

【原文】

芄兰之支,

【张居正讲评】

芄兰弱草,则有支矣。

【原文】

童子佩觿。

【张居正讲评】

童子幼艾,则佩觿矣。

【原文】

虽则佩觿,能不我知。

【张居正讲评】

夫觿者成人之饰,贵有才能与之称也,今观童子,虽则佩觿而才能碌碌无闻,曾不足以见知与我。

【原文】

容兮遂兮,垂带悸兮。

【张居正讲评】

但见威仪之间,舒缓放肆,悸然其呆滞下垂而已,其视佩觿焉能称哉。

【原文】

芄兰之叶,童子佩韘。虽则佩韘,能不我甲。

【张居正讲评】

才能碌碌,庸下曾不足以长我。

【原文】

容兮遂兮,垂带悸兮。

河广

【总评】

宋桓夫人思其子而作。

【原文】

谁谓河广,一苇杭之。

【张居正讲评】

我在河北,子在河南,我之不渡河也,皆曰河之广也,然谁谓河广乎? 但以一苇加之,则可以渡矣,夫何广之有?

【原文】

谁谓宋远,跂予望之。

【张居正讲评】

我在于卫,子在于宋,我之不适宋也,人皆曰宋之远也。然谓宋远乎,但一跂足望之则可以见矣,夫何远之有?

【原文】

谁谓河广,曾不容刀。

【张居正讲评】

我之不渡河也,谁谓河广乎? 其中曾不容一刀之小,奚其广也。

【原文】

谁谓宋远? 曾不崇朝。

【张居正讲评】

我之不适宋也,谁谓宋远乎? 其行之曾不终朝而至,奚其远也? 夫河不广也而不渡,宋不远也而不至,夫人何为然哉? 盖嗣君承父之重,母出与庙,绝不可以私往,而义有所制耳。夫人虽思其子,卒能以义自裁,而不敢往,其亦贤哉。

伯兮

【总评】

妇人以夫久从征役而作此。

【原文】

伯兮朅兮,邦之桀兮。

【张居正讲评】

我伯也具武勇之才,有以拔出侪人之中,乃一邦之杰也。

【原文】

伯也执殳,为王前驱。

【张居正讲评】

而今果何事哉？方且执殳为王之前驱，身服警跸之役，而与君相周旋，盖自贻伊，阻而旋归之，未有期者矣。

【张居正讲评】

夫伯也为往前驱，于公义得矣，其如我之私情何哉？

【原文】

自伯之东，首如飞蓬。

【张居正讲评】

自我伯之执殳而东也，无心于为容，而其首有如飞蓬之乱焉。

【原文】

岂无膏沐，

【张居正讲评】

是岂无膏可以泽发，无沐可以涤首而然耶？

【原文】

谁适为容？

【张居正讲评】

盖妇人以夫为主，即以夫之故而为容也，今伯既之东，则我将何所主而为容乎？故虽有膏沐，亦无所施而首如飞蓬之不免焉耳。

【张居正讲评】

夫我以伯不在，至于首蓬如此，则岂不望其归哉，然而其归不可必也。

【原文】

其雨其雨，杲杲出日。

【张居正讲评】

彼旱既太甚，而冀其将雨，乃杲杲出日而未有雨征矣。然则我望其君子之归而不归，亦犹是耶？

【原文】

愿言思伯，甘心首疾。

【张居正讲评】

夫期望之切而卒不至，是以我也愿言思伯，极其忧思之苦，至于首疾亦甚所甘心焉，而首如飞蓬，又安是计也哉。

【张居正讲评】

夫我不堪忧思之苦，岂不欲以忘其忧哉，然而于心有不忍也。

【原文】

焉得谖草,言树之背。

彼谖草可以忘忧者也,今安得谖草,树之北堂以忘吾之忧乎。

【原文】

愿言思伯,使我心痗。

【张居正讲评】

然伯者我之所赖,以终身何忍以或忘耶,是以或忘耶,是以宁不求此草,而但愿言思伯,虽至于心痗,亦有所不辞焉,而惟首疾又奚足言哉。吁,妇人以夫不在而极其忧思之至,亦可谓有得其性情之正矣。

有狐

【总评】

此寡妇欲嫁鳏夫,故托为之喻。

【原文】

有狐绥绥,在彼淇梁。

【张居正讲评】

有狐绥绥独行,而求匹,在彼淇水之上矣。

【原文】

心之忧矣,之子无裳。

【张居正讲评】

夫在梁则无衣茹之患,而不以裳矣,奈子之无裳,何是以我也,深忧子之无裳而一感触之下,盖不能想于为情矣。

【原文】

有狐绥绥,在彼淇厉。心之忧矣,之子无带。

【原文】

有狐绥绥,在彼淇侧。心之忧矣,之子无服。

【张居正讲评】

讲俱同上。夫寡妇非言,狐之求匹也,为鳏夫之求匹也,非

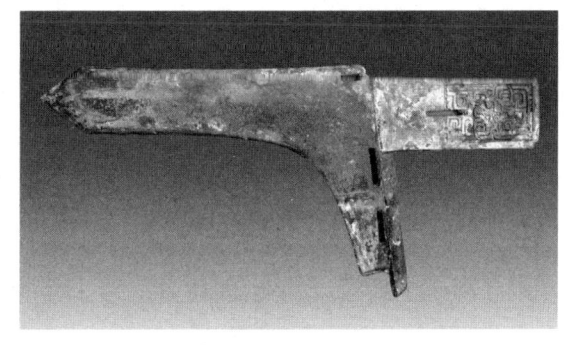

龙纹圭援戈(春秋)

忧狐之无裳也，为鳏夫之无裳也，见鳏夫而忧其无裳，则其情可知矣。然先王之世，内无怨女，外无旷夫，安有如此诗之所言乎？何以观世矣。

木瓜

【总评】

疑亦男女相赠答之词，言人交际之礼，施而不报，则情中辍，报而不厚则情不坚。

【原文】

投我以木瓜，报之以琼琚。

【张居正讲评】

故人之好我者，或投我以木瓜，其物至微也，我必报之以琼琚，即重宝有所不计焉。

【原文】

匪报也，

【张居正讲评】

夫彼以微来，我以厚往，若足以言报矣，然此犹未足以尽吾心，匪以为报也。

【原文】

永以为好也。

【张居正讲评】

特欲假此以达夫缱绻之怀，庶几彼见其物，犹见其人，而和好之请求因而不忘耳，岂为报哉。

【原文】

投我以木桃，报之以琼瑶。匪报也，永以为好也。

【原文】

投我以木李，报之以琼玖。匪报也，永以为好也。

【张居正讲评】

讲同上。是人之交际如此，故能相与有终也，然则男女之际，其物之厚往薄来者岂有他哉，亦欲其情好之有来耳。

王风

【总评】

不称周而称王,所以存王号也。

黍离

【总评】

此大夫悯周室作也。若曰:周盛时建宗庙以妥先灵,万国之骏奔在是焉,管宫室以奉至尊,万国之供极在是焉,乃今则又不胜其异感之悲矣。

【原文】

彼黍离离,

【张居正讲评】

但见宗社丘墟,而黍之生于其中者,离离然而垂矣。

【原文】

彼稷之苗。

【张居正讲评】

稷之生于其中者,恹恹然其苗矣,此其时事之变何如耶?

【原文】

行迈靡靡,中心摇摇。

【张居正讲评】

夫彼黍则离离矣,彼稷则为苗矣,况我睹此大变,则行迈靡靡而不进矣,中心摇摇而不定矣。盖悯周室之沦没,而其情致不能自已如此也。

【原文】

知我者谓我心忧,

【张居正讲评】

然此时之知我者不过谓我心有忧而已,忧周一念固不知也。

【原文】

不知我者谓我何求。

【张居正讲评】

不知我者则又谓我有所求而然,忧周一念愈不知也,然则靡靡摇摇之忧,我自知之耳。

【原文】

悠悠苍天,此何人哉!

【张居正讲评】

夫事必有始,悠悠苍天是周家也,创之者吾知其为文武矣,守之者吾知其为成康矣。今所以致此,宗庙宫室尽变为禾黍之区者,果何人哉?举累世之成业而败坏之一旦,是必有任其咎者矣。

【原文】

彼黍离离,彼稷之穗。

【张居正讲评】

观此宗庙宫室之中,彼黍则离离矣,彼稷则成穗矣。

【原文】

行迈靡靡,中心如醉。

【张居正讲评】

我也愤周室之颠覆,则行迈靡靡,而中心之如醉矣。

【原文】

知我者谓我心忧,不知我者谓我何求。

【张居正讲评】

此时之知我者,不过谓我心忧而已,不知我者则又谓我何所求而然,是我有周之心其谁知之耶?

【原文】

悠悠苍天,此何人哉!

【张居正讲评】

夫祸必有始,悠悠苍天,所以致此宗国之地鞠为禾黍者果何人哉?诚有令人痛恨者矣。

【原文】

彼黍离离,彼稷之实。行迈靡靡,中心如噎。知我者谓我心忧,不知我者谓我何求。悠悠苍天,此何人哉!

【张居正讲评】

讲同上。吁,行役大夫可谓有忠君爱国之心。

君子于役

【总评】

大夫久役于外,其室家思之。曰:乐相保而恶相离,人情也,乃今君子不在,我将何如以为情哉?

【原文】

君子于役,不知其期。

【张居正讲评】

我君子以王事而从役于外,吾不知其返还之期矣。

【原文】

曷至哉?

【张居正讲评】

且今亦何所至哉?而其所履之地,吾亦不得而知也。

【原文】

鸡栖于埘,日之夕矣,羊牛下来。

【张居正讲评】

夫既莫卜其至家之期,又莫得其攸阻之地,则君子果有一日之休息乎?夫鸡栖于埘,则日夕矣,则羊牛下来矣,是畜牲出入尚有旦暮之节。

【原文】

君子于役,如之何勿思!

【张居正讲评】

而君子于役乃无休息之期,使我如何而不思哉?触物动念而悠悠我思,诚有不容以自已矣。

【原文】

君子于役,不日不月。

【张居正讲评】

君子之于役也,盖不可计以日月矣。

【原文】

曷其有佸?

【张居正讲评】

今不知其果,何时可以来会哉?

【原文】

鸡栖于桀,日之夕矣,羊牛下括。

【张居正讲评】

夫更阅岁月之多,又莫必其会晤之日,则君子果有一日之休息乎?夫鸡栖于桀,则日夕矣,日夕则牛羊下括矣,是畜牲出入尚有旦暮之节。

【原文】

君子于役,苟无饥渴?

【张居正讲评】

而君子行役乃无休息之期,则今之归,何可必哉?惟庶几饮食以充,苟无饥渴之患,诚为吾之所深幸矣。不然君子之归既不可必,而饥渴之患又所不免,则我之情又当何如耶?是则望其来归者忧思之情也,冀其免于饥渴者忧思之切也,若室家者可谓专一之至矣。

君子阳阳

【总评】

此疑亦前篇妇人所作,言人情劳于久役者,易致独贤之叹,而困于贫贱者,每兴终窭之嗟,求其能乐者鲜矣。

【原文】

君子阳阳,

【张居正讲评】

惟我君子归自行役,而所遭贫贱,虽恒情所难堪也,彼则胸次悠然,物感无累劳苦之顿计也,贫贱之不知也,此心之中真有造物与游,而阳阳其自得者矣。

【原文】

左执簧,右招我由房。

【张居正讲评】

但见乐起有簧,而乐之位有房也,左手则执簧,右手则招我以由房焉。

【原文】

其乐只且。

【张居正讲评】

适情于声音之间,盖不知此外更有何物,足以累其心,惟觉其阳阳而已,其乐为何如哉?

【原文】

君子陶陶，

【张居正讲评】

惟我君子归自行役，而所值困穷，虽恒情所易戚也，彼则志意舒展，世态无拘，劳苦而能安也，贫贱而能忘也，此心之中真有俯仰之皆适，而陶陶其安乐矣。

【原文】

左执翿，右招我由敖。

【张居正讲评】

但见乐舞有翿，而舞之位有敖也，左手则执翿，右手则招我由敖焉。

【原文】

其乐只且。

【张居正讲评】

优游缀兆之间，盖不知此外更有何物，足以介其怀，惟觉其陶陶然而已，其乐为何如哉。吁，大夫能乐其乐，室家能知其乐，均可谓贤矣，抑岂非先王之泽哉？

扬之水

【总评】

此戍申者怨思。

【原文】

扬之水，不流束薪。

【张居正讲评】

悠扬之水，其势微缓，则不流束薪矣。

【原文】

彼其之子，不与我戍申。

【张居正讲评】

彼其之子，天各一方，则不与我同戍申矣。

【原文】

怀哉怀哉，

【张居正讲评】

斯时也室家在念，契阔莫伸，怀哉怀哉，其情有不能以自已矣。

【原文】

曷月予还归哉？

【张居正讲评】

今不知王家戍事何月可毕，得以言旋言归，而慰我室家之怀乎？

【原文】

扬之水，不流束楚。

【原文】

彼其之子，不与我戍甫。怀哉怀哉，曷月予还归哉？

【张居正讲评】

讲同上。

【原文】

扬之水，不流束蒲。彼其之子，不与我戍许。怀哉怀哉，曷月予还归哉？

【张居正讲评】

讲同上。吁，观戍人之怨思，而时王之不道甚矣，人民之离散极矣，周辙之终于冬宜哉。

中谷有蓷

【总评】

被弃妇人自述其悲叹之词。

【原文】

中谷有蓷，暵其干矣。

【张居正讲评】

中谷有蓷，旱既太甚，则暵然而干矣！

【原文】

有女仳离，嘅其叹矣。

【张居正讲评】

况我有女仳离室家之情皆于一旦，则于忧愤之怀不能自已，嘅然而叹息矣。

【原文】

嘅其叹矣，遇人之艰难矣。

【张居正讲评】

夫我之嘅然而叹也，固为深伤其仳离，然岂斯人情义之薄哉。盖饥馑荐臻，周身不给，而遇斯人之艰难也，是彼且不能自为谋，而能为我谋哉？仳离之变，盖不得已而然焉耳。

【原文】

中谷有蓷，暵其修矣。

【张居正讲评】

中谷有蓷，旱既太甚，则修然而长者今亦暵矣。

【原文】

有女仳离，条其歗矣。

【张居正讲评】

况我有女仳离，室家之好弃于一朝，则忧伤之情不能自遏，于是条然蹙口出声，以舒愤闷之气矣。

【原文】

条其歗矣，遇人之不淑矣。

【张居正讲评】

夫其条然而歗也，固为深悲其仳离，然岂君子恩意之薄哉？盖饥馑荐臻，变生意外，而遇斯人之不淑矣，彼且不能自全而能为我全哉？仳离之事，盖不获已而然焉耳。

【原文】

中谷有蓷，暵其湿矣。

【张居正讲评】

中谷有蓷，旱既太甚，泽生于湿者，今亦暵矣。

【原文】

有女仳离，啜其泣矣。

【张居正讲评】

况此有女仳离，偕老之约遽尔睽违，则悲怨之极，不能自禁，而至于潜焉出涕，啜然而泣矣。

【原文】

啜其泣矣，何嗟及矣！

【张居正讲评】

夫啜然其泣也，虽为仳离之故，然艰难之遇，非人力之所能为，不淑之遭，非人力之知所能挽，事已至此，虽嗟叹以泣而无及矣，吾惟安之而已，其将奈之何哉？夫以饥馑而遽相弃背，盖衰薄之甚也，而妇人乃无怨怼过甚之词，可谓厚矣，然为人上者而使民至此，则王政之恶不一可知哉。

兔爰

【总评】

君子不乐其生作也。

【原文】

有兔爰爰,雉离于罗。

【张居正讲评】

张罗本以取兔也,今兔性阴狡,其行爰爰而反得脱,雉以耿介则反罹于罗焉,然则小人致乱而以巧计幸免,君子无辜而以忠直受祸,岂异是哉?

【原文】

我生之初,尚无为。

【张居正讲评】

若然则乱于是乎日甚矣,忆昔我生之初,文武成康之盛,虽不及见也,然直道未泯,赏罚犹明,君子小人,不至于紊乱,尚无事之可为也。

【原文】

我生之后,逢此百罹。

【张居正讲评】

夫何我生之后,刑加于君子,福及于小人,赏罚既紊,祸乱日滋,乃逢百罹之如是也。

【原文】

尚寐无吪!

【张居正讲评】

然则将如之何哉?则庶几寐而不动以死耳,不然祸生不测,动辄得咎安能以自免也。

【原文】

有兔爰爰,雉离于罦。

【张居正讲评】

夫罦本以取兔也,今有兔爰爰而得脱,雉以耿介反罹于罦焉,然则小人致乱而以巧计幸免,君子无辜而以忠直受祸,何异是哉。

【原文】

我生之初,尚无造。

【张居正讲评】

若然则世之可忧甚矣,迨我生之初刑罚不僭,世道清明,天下尚无造也。

【原文】

我生之后,逢此百忧。

【张居正讲评】

岂止我生之后邪正混淆,善者不能自必,恶者得以肆志,祸乱日增而逢百忧之苦是也。

【原文】

尚寐无觉。

【张居正讲评】

然则我将如之何哉?则但庶几寐而无觉以死耳,不然祸患之及不能自免,有觉不益深其忧耶。

【原文】

有兔爰爰,雉离于罿。

【张居正讲评】

夫罿本以取兔也,今有兔爰爰而得脱,雉以耿介反罹于罿焉,然则小人致乱而得以巧计幸免,君子无辜而以忠直受祸,何异是哉。

【原文】

我生之初,尚无庸。

【张居正讲评】

若然则世之凶甚矣,追我生之初,刑罚适中民生优游,天下尚无庸也。

【原文】

我生之后,逢此百凶。

【张居正讲评】

岂知我生之后,忠佞不分,善者日以丧气,恶者日以恣横,祸乱益进而逢百凶之始是也。

【原文】

尚寐无聪。

【张居正讲评】

然则我将如之何哉?则但庶几寐而无闻以死耳,不然祸变之来,不能自全,有聪不益重其惧耶?夫使君子至于不乐其生,则世道从可知矣。

葛藟

【总评】

流离之民作此以自叹。

【原文】

绵绵葛藟,在河之浒。

【张居正讲评】

绵绵葛藟,则在河之浒,物故有所托矣。

【原文】

终远兄弟,谓他人父。

【张居正讲评】

况我也去其乡里家族,而终远兄弟,至谓他人为己父。

【原文】

谓他人父,亦莫我顾。

【张居正讲评】

此固欲望其我顾也,然我虽谓彼为父,彼乃视我流离,恬不动念而曾莫我顾焉。夫以他人之疏至称之以父之尊,乃亦不足为吾怙卑而竟失所焉,是葛藟之不如矣,其穷不益甚乎。

【原文】

绵绵葛藟,在河之涘。

【张居正讲评】

绵绵葛藟,则在河之涘,物故有所托矣。

【原文】

终远兄弟,谓他人母。

【张居正讲评】

况我也去其乡里家族,而终远兄弟,至谓他人为己母。

【原文】

谓他人母,亦莫我有。

【张居正讲评】

此固欲望其我有也,然我虽以彼为母,彼乃视我困苦,漠然若无而莫我有矣,夫以他人之疏,至呼之以母之亲,乃亦不足为吾恃,而竟失所托焉,是葛藟之不如矣,其穷不益甚乎。

【原文】

绵绵葛藟,在河之滑。

【张居正讲评】

绵绵葛藟,则在河之滑,物故有所托者矣。

【原文】

终远兄弟,谓他人昆。

【张居正讲评】

况我也去其乡里家族,而终远兄弟,至谓他人为己兄。

【原文】

谓他人昆,亦莫我闻。

【张居正讲评】

此固欲望其我闻也,然我虽以彼为兄,彼乃视我忧戚,褎如充耳而曾莫我闻矣。夫以他人之疏,至视之以兄弟之爱,乃亦不足以相须而竟失所托焉,是葛藟之不如矣,其穷不益甚乎。噫,君民者睹此可以惕然省矣。

透雕螭纹戈鐏(春秋)

采葛

【总评】

淫奔者歌此。

【原文】

彼采葛兮,

【张居正讲评】

彼之有事于采葛也,非重一葛也,盖托之以行而欲与我一会晤耳。

【原文】

一日不见,如三月兮!

【张居正讲评】

斯人也,我所欲常常见之而日相亲者也,故一日不见,则思念之切犹如三月之久矣。夫以一日之近而视之以三月之久,则我之于尔岂忍一日相违也乎?

【原文】

彼采萧兮,一日不见,如三秋兮。

【张居正讲评】

讲同上,只换字面耳。

【原文】

彼采艾兮,一日不见,如三岁兮。

【张居正讲评】

讲同上,只换字面耳。

大车

【总评】

大夫有以刑政治其私邑,淫奔者畏而歌之。

【原文】

大车槛槛,

【张居正讲评】

大车之行,槛槛其有声矣。

【原文】

毳衣如菼。

【张居正讲评】

毳衣之服如菼而青色矣。

【原文】

岂不尔思? 畏子不敢。

【张居正讲评】

我也闻其车声,睹其服色,真有凛然令人畏者,故我岂不尔思哉。特以畏子之政刑森不可犯,虽欲奔而有所不敢耳,伊人固可怀也,法度亦可畏也,焉得不顾而冒为之耶?

【原文】

大车啍啍,

【张居正讲评】

大声之行,啍啍而重迟矣。

【原文】

毳衣如璊。

【张居正讲评】

我也闻其车声,睹其服色真有凛然令人恐者,故我岂不尔思哉? 特以畏子之政刑严不可越,而有不敢以相奔耳。伊人固可念,法禁亦可惧也,焉得不顾而冒行之耶?

【原文】

岂不尔思? 畏子不奔。

【张居正讲评】

然大夫之刑政岂特禁我于一时而已哉。

【原文】

穀则异室,

【张居正讲评】

吾知终身不如其志,生不得相奔以同室矣。

【原文】

死则同穴。

【张居正讲评】

惟庶几死得合葬以同穴,于以遂生前未遂之志也。

【原文】

谓予不信,有如皦日。

【张居正讲评】

若谓予同穴之言为不信,则有如皦日在焉,足以鉴我之衷而永不逾盟者矣,徒为一时感激之言哉。吁,观淫奔者畏大夫之刑政而不敢奔是特苟免刑罚耳,而相奔之心未尝忘也。其去二南之化远矣哉,是可以观世变矣。

丘中有麻

【总评】

妇人望所与私者而不来,故言。

【原文】

丘中有麻,彼留子嗟。

【张居正讲评】

彼子嗟也,我之所期而来今者也,今者不来意者,丘中有麻之处,复有与之私而留子嗟者乎？

【原文】

彼留子嗟，将其来施。

【张居正讲评】

顾安得所留之子嗟，将其施施而来以慰我之思耶？

【原文】

丘中有麦，彼留子国。彼留子国，将其来食。

【张居正讲评】

讲同。

【原文】

丘中有李，彼留之子。彼留之子，贻我佩玖。

【张居正讲评】

讲同。

郑风

【总评】

郑伯爵姬姓，周厉王之后，凡二十一篇。

缁衣

【总评】

此周人爱司徒作也，言人情之不能忘者德，而犹不能忘者继世之德，吾人被我公世德深矣，将何以为情哉。

【原文】

缁衣之宜兮，

【张居正讲评】

彼卿大夫居私朝而服缁衣制耶，但德有不称，而能宜之者鲜矣，惟之子也继先公而政敬，敷五教无忝前人，其服缁衣也甚宜，而无不衷之诮者矣。

【原文】

敝，予又改为兮。

【张居正讲评】

使其敝也，吾将为子改为之，是非子之不足于衣也，吾人欲报德无由，聊于改衣,以寄吾情耳。

【原文】

适子之馆兮,

【张居正讲评】

然改衣未足以尽吾情也,吾子有馆,且将适子之馆焉,虽吾侪小人,不可以履君子之堂,而欲亲其德,自不容于馆乎一适也已。

【原文】

还,予授子之粲兮。

【张居正讲评】

然适馆犹未足以馨吾情之无已也,吾人有粲,既还,又将授子以粲焉,虽吾侪藿食不可以为君子之奉,而欲酬其德,自不容不于粲乎一授也已。

【原文】

缁衣之好兮,

【张居正讲评】

子以盛德而服缁衣也,允协而无愧盖甚好矣。

【原文】

敝,予又改造兮。

【张居正讲评】

敝,则予将为子改造之,使其常新也。

【原文】

适子之馆兮,还,予授子之粲兮。

【张居正讲评】

犹未已也,且将适子之馆焉,既还而又未授子以粲焉,盖庶几吾一念仰德之私,于改衣而一伸,又于适馆授粲而重伸其情耳。

【原文】

缁衣之蓆兮,

【张居正讲评】

子以盛德而服缁衣,宽广而自如盖甚蓆矣。

【原文】

敝,予又改作兮。

【张居正讲评】

敝则予将为子改作之,使其常美也。

【原文】

适子之馆兮,还,予授子之粲兮。

【张居正讲评】

犹未已也,且将适子之馆焉,既还,又将授子以粲焉,盖庶几吾一念觊德之情,于改予而一致,又于适馆授粲,而重致其情耳。夫周人于武公改衣也,而继以适馆,适馆也而继以授粲,可谓好之无已矣,使非善于其职而无斁,于先公之德,何以得此于民哉。

将仲子

【总评】

此淫奔者有所畏而歌。

【原文】

将仲子兮,无逾我里,无折我树杞。

【张居正讲评】

将仲子兮,我里有树杞焉,夫固有内外之限矣,汝慎然无逾我之里,无折我树杞可也。

【原文】

岂敢爱之,

【张居正讲评】

然我岂敢爱一树杞而不结仲子之欢哉?

【原文】

畏我父母。

【张居正讲评】

特意畏我父母有所制而不敢焉耳。

【原文】

仲可怀也,父母之言,亦可畏也。

【张居正讲评】

盖仲子固可怀也,而父母之言亦可畏也,焉得肆然不顾而纵一己之私情乎。

【原文】

将仲子兮,无逾我墙,无折我树桑。岂敢爱之?畏我诸兄。仲可怀也,诸兄之言,亦可畏也。

【原文】

将仲子兮,无逾我园,无折我树檀。岂敢爱之?畏人之多言,仲可怀也,人之多言,亦可畏也。

叔于田

【总评】

国人爱段而作此。

【原文】

叔于田,巷无居人。

【张居正讲评】

我叔出而于田,则所居之巷若无居人矣。

【原文】

岂无居人,

【张居正讲评】

然非实无居人也。

【原文】

不如叔也,洵美且仁。

【张居正讲评】

但不如叔之多才多艺,信美矣,且与人之际又皆恩意之浃洽而仁焉,夫以所居之巷无一美且仁如我叔,则人虽多而若无耳,谓之无居人不亦可乎。

【原文】

叔于狩,巷无饮酒。

【张居正讲评】

我叔出而于狩,则所居之巷若无饮酒矣。

【原文】

岂无饮酒,

【张居正讲评】

然非实无饮酒也。

【原文】

不如叔也,洵美且好。

【张居正讲评】

但不如叔之多才多艺,信美矣,且饮酒之时,又能饮多而不乱,而好焉,夫以所居之巷无一美且好如我叔,则饮酒虽多而若无耳,谓之无饮酒不亦可乎。

【原文】

叔适野,巷无服马。

【张居正讲评】

我叔出而适野,所居之巷若无服马矣。

【原文】

岂无服马,

【张居正讲评】

然非实无服马也。

【原文】

不如叔也,洵美且武。

【张居正讲评】

但不如叔之多才多艺,信美矣,且御马之间,又能磬控之得宜而武焉。夫以所居之巷,无一美且武如我叔,则服马虽多亦若无耳,谓之无服马不亦可乎。吁,观国人夸美之词,则知国人之爱段也,以非义段之得众也,以非义卒之于鄢之克,则夸之者乃以祸之也,虽有美仁武好,奚足贵哉,是可以观衰世之民情矣。

大叔于田

【总评】

加以大者,所以别首章也,非有大叔之号也。

【张居正讲评】

此亦美叔段作也,言夫人而挟一技者固难,有技而能兼备者尤难,何幸于我叔见之乎。

【原文】

叔于田,乘乘马。

【张居正讲评】

我叔出而于田,则驾田车而乘四马焉。

【原文】

执辔如组,

【张居正讲评】

以言其执辔也御能使马,而辔有如组之柔。

【原文】

两骖如舞。

【张居正讲评】

以言其两骖也谐和中节,而马有如舞之善,是方往田之际而其善御足称矣。

【原文】

叔在薮,火烈具举。

【张居正讲评】

迨叔在薮也,火焚而射,则火烈俱举,而田事以行焉。

【原文】

袒裼暴虎,献于公所。

【张居正讲评】

斯时也我叔袒裼暴虎,以献于公所,何其勇也。

【原文】

将叔勿狃,戒其伤女。

【张居正讲评】

然以叔之勇,固无难于暴虎之事,而常习之下容或有不测之虞,请叔无习此事,恐其有时或伤女矣,可不知戒哉。

【原文】

叔于田,乘乘黄。

【张居正讲评】

我叔出而于田,则所乘之四马而皆色之黄矣。

【原文】

两服上襄,

【张居正讲评】

以言其中之两服也,则闲习调良而为上驾之选。

【原文】

两骖雁行,

【张居正讲评】

此言其外之两骖也,则少次服后,有如鸿行之序,是方往田之际,而其骊马为甚美矣。

【原文】

叔在薮,火烈具扬。

【张居正讲评】

迨叔在薮也,火焚而射,则火烈俱扬,而田事以行焉。

【原文】

叔善射忌,又良御忌。

【张居正讲评】

斯时也,我叔既善射忌,又良御忌何全材耶。

【原文】

抑磬控忌,

【张居正讲评】

夫御而不磬控非善也,今叔之御骋马以行而曲折适宜,止马以射而节制不逸,能磬又能控是其御善何如耶。

【原文】

抑纵送忌。

【张居正讲评】

射而不能纵送非善也,今叔之舍勇于舍拔,而四矢急直,力于挽弰,而弓弰外反能纵而又能送,是其射之善何如耶,叔之全才诚不多得矣。

【原文】

叔于田,乘乘鸨。

【张居正讲评】

我叔出而于田,则所乘之四马而皆色之鸨矣。

【原文】

两服齐首,

【张居正讲评】

以言其中之两服也,则并首在前而齐首。

【原文】

两骖如手。

【张居正讲评】

以言其外之两骖也,则稍次服后而如手是方往田之际,而其四马为甚良矣。

【原文】

叔在薮,火烈具阜。

【张居正讲评】

迨叔在薮也,火焚而射,则火烈以久而甚盛,田事盖将终者矣。

【原文】

叔马慢忌,

【张居正讲评】

斯时也马无事于磬控,叔马则慢忌。

【原文】

叔发罕忌。

【张居正讲评】

矢无事于纵,送叔发则罕忌。

【原文】

抑释挪忌,

【张居正讲评】

矢不复用则释挪以纳矢矣。

【原文】

抑鬯弓忌。

【张居正讲评】

弓不复张,则以幑而韬弓矣,是一田事之,终而从容整暇如此,伤女之虞可无虑矣,不亦深可喜哉。

清人

【总评】

此郑人恶文公之弃其师也,若曰:先王之世,有事则命将出征,屯兵守御,无事则将还于朝,卒休于国,乌有公而不招,坐视其离散如今日乎。

【原文】

清人在彭,

【张居正讲评】

清邑之人承命出师,在彼河上之彭,固将以御狄矣。

【原文】

驷介旁旁。

【张居正讲评】

然其师在彭日久,但见四马被甲,旁旁然驰驱不息。

【原文】

二矛重英,

【张居正讲评】

二矛并建,其英重叠而见。

【原文】

河上乎翱翔。

【张居正讲评】

惟在河上翱翔而已,果何为哉?马之旁旁者,非以攻敌矛之重英者,非以击刺,足以供三军游戏之资也,师久不召,怠玩人心如此,其势乌得而不溃散乎?

【原文】

清人在消,

【张居正讲评】

清邑之人承命出师,在彼河上之消,固将以御敌矣。

【原文】

驷介麃麃。

【张居正讲评】

然其师在消日久,但见四马被甲麃麃,然有武健之才。

【原文】

二矛重乔,

【张居正讲评】

二矛之饰英,尽有重乔之象。

【原文】

河上乎逍遥。

【张居正讲评】

惟在乎河上逍遥而已,是果何所为哉?马之麃麃者,不以御侮,矛之重乔者,不以攻取,只以为三军游乐之具也,师久不召,人心废弛如此,其势乌得而不溃散乎?

【原文】

清人在轴,

【张居正讲评】

清人在轴,以御狄也。

【原文】

驷介陶陶。

【张居正讲评】

然师久屯于河上,实无所事于折冲之举,但见驷介陶陶,而有自适之乐矣。

【原文】

左旋右抽,

【张居正讲评】

其执辔在左者,则旋车以优游。执兵在右者则抽刃以为戏士卒,何有锋镝之忧乎。

【原文】

中军作好。

【张居正讲评】

其任膺长子者,仅修饰于威仪礼隆,推毂者徒致美于容服,中军何有运筹之劳乎。夫车马士卒之众,日为河上之游,师久不召,人有怠心,宁无必溃之势哉。要之当时清邑之兵已散而归矣,诗人不言已溃,而言将溃,其词深,其情危也,春秋书郑弃其师,固以深罪文公也欤?

羔裘

【总评】

此美大夫作也,言吾人之德,以循理则称顺,以忠直则称刚,以华国则称文者备,然后于身服为无忝也,我今于之子见之。

【原文】

羔裘如濡,洵直且侯。

【张居正讲评】

羔羊之裘,如濡而润泽,其毛信顺,而且美者矣。

【原文】

彼其之子,舍命不渝。

【张居正讲评】

然服此者岂无顺德以称之哉,但见彼其之子当死生之际,以身居其所受之理而不逾,身可杀也而不求生以害仁。生可舍也,而不避患以害义,有此顺德而服顺美之裘,夫安有不称者乎?

【原文】

羔裘豹饰,孔武有力。

【张居正讲评】

羔羊之裘,以豹皮为饰,毅然甚武勇而有力矣。

【原文】

彼其之子,邦之司直。

【张居正讲评】

然其服此者,岂无刚德以称之哉,但见彼其之子,在邦也任直道之司,而不诡随以从人,有举世所不敢言者,彼独言之,有举世所不敢为者,彼独为之,有此刚德而服孔武之裘,夫岂有不称者乎。

错金武王之用戈(春秋)

【原文】

羔裘晏兮,三英粲兮。

【张居正讲评】

羔羊之裘,晏然其盛,以三英为饰,粲然其先明矣。

【原文】

彼其之子,邦之彦兮。

【张居正讲评】

然其服此者,岂无美德以称之哉,但见彼其之子在邦也,备盛德于躬,莫非文明之显设在朝,则可黼黻乎皇猷,而邦家以光在位,则可辉煌乎治道,而民俗以美,有此美德而服三英之裘,夫岂有不称者乎?

遵大路

【总评】

被弃妇人作也。

【原文】

遵大路兮,

【张居正讲评】

我也被弃遵大路以攸行。

【原文】

掺执子之袪兮,

【张居正讲评】

然其情有难于去也,故掺执子之袪,望其能我留也。

【原文】

无我恶兮,

【张居正讲评】

子幸其无恶我,而不留乎。

【原文】

不寁故也!

【张居正讲评】

故旧之情不可以遽绝也。

【原文】

遵大路兮,掺执子之手兮,无我魗兮,不寁好也!

【张居正讲评】

好情好也。

女曰鸡鸣

【总评】

此诗人述贤夫妇相儆戒之词,言人情莫不耽于逸乐而忽于忧勤,惟我贤夫妇则不然。

【原文】

女曰:"鸡鸣。"

【张居正讲评】

吾观女语于夫曰:鸡鸣而起,人事之常,以吾所闻则鸡既鸣矣,尚可以安寝乎?

【原文】

士曰:"昧旦。"

【张居正讲评】

男答于女曰:昧旦。载兴人道之常,以吾所见殆已,昧旦矣,岂止于鸡鸣而已乎。

【原文】

"子兴视夜,

【张居正讲评】

于是女又语其夫曰：既昧旦而不止于鸡鸣，则决非安寝时也，子可起而视夜之何如？

【原文】

明星有烂。"

【张居正讲评】

意者启明之星已出而灿然乎。

【原文】

"将翱将翔，弋凫与雁。"

【张居正讲评】

则当翱翔而往，弋取凫雁而归，以修其职业可也。若宴□情胜而犹安寝焉，岂吾二人相与有成之道乎？

【张居正讲评】

射者男子之事，而中馈乃妇人之职。

【原文】

"弋言加之，与子宜之。

【张居正讲评】

子苟弋言加之，既得凫雁以归，则我当烹而调之，以和其滋味之所宜。盖子既服事乎外，而治内故吾职也，吾亦安敢以自殆乎。

【原文】

宜言饮酒，

【张居正讲评】

由是以其所宜之凫雁，相与饮酒焉，而协酬之欢。

【原文】

与子偕老。

【张居正讲评】

以期偕老焉而结百年之爱。

【原文】

琴瑟在御，莫不静好。"

【张居正讲评】

若是则为夫妇唱随而不相忤，欢慕而不相乖，既安静而和好矣，吾见以和召和，而琴瑟之在御者，一搏一拊之间，自将节奏成文而不乱，声音和乐而不乖，亦莫不安静而和好矣。使子不服勤其业,则我虽欲与子宜言饮酒以相乐,不可得矣,又何琴瑟之静好哉。

【张居正讲评】

然不特勤其职业已也,而亲贤友善助成其德业,又我之所期于子者。

【原文】

"知子之来之,杂佩以赠之。

【张居正讲评】

故有以风声感召而至者,子所来之友也,我苟知子之来之,则解此杂佩以赠之,使有以结来者之心而永为来也,吾何吝一佩耶。

【原文】

知子之顺之,杂佩以问之。

【张居正讲评】

有意气相孚而无闻者,子所以顺之友也,我苟知子之顺之,则解此杂佩以问之,使有以固顺者之心,而永为顺焉,吾又何爱一佩耶。

【原文】

知子之好之,杂佩以报之。"

【张居正讲评】

有志意何慕而不已者,子所好之友也,我苟知子之好之,则解此杂佩以报之,使有以得好者之欢而来永为好焉,我又何□一佩耶? 盖丽□之益成之于子,则衣被之光归之于我矣。既无杂佩奚损于章身之文乎? 当此鸡鸣昧旦之际,尤其所倦倦者,岂特弋凫与雁为足以毕吾事哉? 信当夙夜以兴而不可狃于宴安矣。吁,以郑风淫靡而有贤夫妇如此,可谓不溺于流俗者矣。

有女同车

【总评】

疑亦淫奔之诗意。

【原文】

有女同车,颜如舜华。

【张居正讲评】

有女同车,其颜色之美有如舜华矣。

【原文】

将翱将翔,佩玉琼琚。

【张居正讲评】

且其翱翔之间而有佩玉琼琚之饰焉。

【原文】

彼美孟姜,洵美且都。

【张居正讲评】

夫以舜华之颜,加琼琚之佩尔,其美如此,则此彼美色之孟姜,信美矣。且动容闲雅如是,其甚都焉,纡徐不迫之度,蔼然可挹,不益见其为美耶。

【原文】

有女同行,颜如舜英。

【张居正讲评】

有女同行,其颜色之美有如舜英矣。

【原文】

将翱将翔,佩玉将将。

【张居正讲评】

且其翱翔之间,而有佩玉将将之声音焉。

【原文】

彼美孟姜,

【张居正讲评】

夫以舜英之颜,加将将之佩,则此彼美色之孟姜,信美矣。

【原文】

德音不忘。

【张居正讲评】

且令闻之昭彰永久而不忘焉,贤淑素称于外,油然可慕,不益见其为美耶。

山有扶苏

【总评】

淫女戏其所私者。

【原文】

山有扶苏,隰有荷华。

【张居正讲评】

山则有扶苏矣,隰则有荷花矣。

【原文】

不见子都,乃见狂且。

【张居正讲评】

我之所欲见者子都之美也,今乃不见子都,而见此狂人,何哉?虽得以谐一时之情,而子何以适吾愿也。

【原文】

山有乔松,隰有游龙。不见子充,乃见狡童。

【张居正讲评】

吁,观其戏玩之词,若有不足于彼,而其悦慕之意,则有难已于心,所谓其词若憾,而实深喜之意也。

萚兮

【总评】

此淫女之词言。

【原文】

萚兮萚兮,风其吹女。

【张居正讲评】

萚兮萚兮,已有槁而将落之渐,则风其吹女而落之不难矣。

【原文】

叔兮伯兮,倡予和女。

【张居正讲评】

叔兮伯兮,汝有懂然相爱之情,而倡之于先,予将和汝而从之于后矣。盖男女之欲虽我心之所愿,然不有倡者,亦有难于言也,故息叔伯之有所倡,使我不难于和耳。

【原文】

萚兮萚兮,风其漂女。叔兮伯兮,倡予要女。

狡童

【总评】

见绝淫女而戏其人。

【原文】

彼狡童兮,不与我言兮。

【张居正讲评】

彼狡童兮,昔者相亲之时尝与我言,而款款不置矣。今也情睽于一旦,乃不与我言,何其亲于昔而遽疏于今耶?

【原文】

维子之故,使我不能餐兮。

【张居正讲评】

然子虽不与我言而悦我者众,与言者岂谓无人,维子之故,遂至使我不能餐乎?盖据子绝我之意,则以使我能餐者惟一子也,然以我见悦之众,则可与我言者不独一子也,子亦何必于绝我者哉?

【原文】

彼狡童兮,不与我食兮。维子之故,使我不能息兮。

褰裳

【总评】

淫女语其所私者。

【原文】

子惠思我,褰裳涉溱。

【张居正讲评】

子惠然而思我,则我褰裳涉溱以从子矣。盖子既有意于我,我自不能忘情于子也。

【原文】

子不我思,岂无他人?狂童之狂也且!

【张居正讲评】

若子不我思,则岂无他人之可从,而必狂童之狂也哉?子其我思以无负我,涉溱之意可乎?

【原文】

子惠思我,褰裳涉洧。子不我思,岂无他士?狂童之狂也且!

丰

【总评】

妇人绝所期之男子,既而悔之,故作此。

【原文】

子之丰兮,俟我乎巷兮。

【张居正讲评】

子之容貌丰满可观,尝俟我于门外小巷,故有心于予矣。

【原文】

悔予不送兮!

【张居正讲评】

何予乃有异志而不之送也,自今思之,欲亲子之丰而不可得矣,甚悔予昔之不送也。

【原文】

子之昌兮,

【张居正讲评】

盛壮也。

【原文】

俟我乎堂兮,悔予不将兮!

【张居正讲评】

然要之何必于悔哉。

【原文】

衣锦褧衣,裳锦褧裳。

【张居正讲评】

以予之衣锦而加之褧衣,裳锦而加之褧裳,其服饰盛备如此。

【原文】

叔兮伯兮,驾予与行。

【张居正讲评】

吾知叔兮伯兮,睹我之服饰,必有慕悦于我者,岂无驾车以迎我而偕行者乎。我虽失子之丰也,而未尝无丰者矣。

【原文】

裳锦褧裳，衣锦褧衣。叔兮伯兮，驾予与归。

【张居正讲评】

夫既悔其不送之人，又冀其驾予之人，若此妇人可谓淫纵无极矣，何无羞恶之心若是哉。

东门之墠

【总评】

此淫奔者思其人。

【原文】

东门之墠，茹藘在阪。

【张居正讲评】

东门之旁有墠，墠之外有坂，而茹藘草生于其上焉。

【原文】

其室则迩，

【张居正讲评】

我所思之人其展固在于是也，则其室为甚迩者矣。

【原文】

其人甚远。

【张居正讲评】

但其人我思之而不得见，何其远哉？是其室之迩，若可幸也，其人之远，则深有动我之念也。

【原文】

东门之栗，有践家室。

【张居正讲评】

东门之旁有栗，栗之下有成行之家室，而族党之众胥聚以居焉。

【原文】

岂不尔思？子不我即？

【张居正讲评】

我所思之人，其居亦在于是也，则我岂不尔思，但我思之而子不我即，何可以得见哉？是其人之思固甚切也，而其人莫即，则深有劳我之心矣。

风雨

此淫奔者见期之人而喜。

【原文】

风雨凄凄,鸡鸣喈喈。

【张居正讲评】

风雨凄凄而寒凉,鸡鸣喈喈而可闻,此非夜未央之时乎?

【原文】

既见君子,云胡不夷。

【张居正讲评】

斯时得以既见君子,而积忧之心于是乎平矣,云何而不夷哉。

【原文】

风雨潇潇,鸡鸣胶胶。既见君子,云胡不瘳。

【张居正讲评】

瘳者积忧之病,于是乎愈也。

【原文】

风雨如晦,鸡鸣不已。既见君子,云胡不喜?

子衿

【总评】

淫奔者歌此。

【原文】

青青子衿,悠悠我心。

【张居正讲评】

我之子其服青青之衿,乃我所愿见之人也,故我心思之,悠悠其长而不容自已矣。

【原文】

纵我不往,子宁不嗣音?

【张居正讲评】

纵我或有故而不得往,子宁可不继续其声问,而信息之相通,于以慰我悠悠之思也。

【原文】

青青子佩,悠悠我思。

【张居正讲评】

我之子其服青青之佩,乃我所愿见之人也,故我心思之悠悠其长,而不容或忘矣。

【原文】

纵我不往,子宁不来?

【张居正讲评】

纵我或有故而不往,子宁可不来会于我,而彼此之相亲于以宽我悠悠之思耶?

【原文】

挑兮达兮,在城阙兮。

【张居正讲评】

夫我青青之子衿也,跳跃之轻猥,举动之放恣,在彼城阙之间,诚系吾之思者矣!

【原文】

一日不见,如三月兮。

【张居正讲评】

故我也一日不见有如三月之久,而不能以为情昔矣,使其见不止于一日也,又当何如哉,子之嗣音而来也,焉得不倦倦于望耶?

扬之水

【总评】

淫者相谓。

【原文】

扬之水,不流束楚。

【张居正讲评】

扬之水,其势微缓,则不流束楚矣。

【原文】

终鲜兄弟,维予与女。

【张居正讲评】

况我终鲜兄弟,相亲者少,则维予与女者矣。

【原文】

无信人之言,

【张居正讲评】

如是而予女之情,其绸缪当何如者,岂可信他人离间之言而疑之也哉。

【原文】

人实诳女。

【张居正讲评】

彼人之言实以诳女哉,我二人之好不终耳,信之夫何为耶?

【原文】

扬之水,不流束薪。终鲜兄弟,维予二人。无信人之言,人实不信。

出其东门

【总评】

人见淫奔之女而作,言目之于色也,固有同美,而非礼之色,则不可慕者也。

【原文】

出其东门,有女如云。

【张居正讲评】

今夫东门者非男女聚会之所乎,我也出其东门,见其聚会之女,有如云焉,美而且众矣。

【原文】

虽则如云,匪我思存。

【张居正讲评】

然虽则如云,而非我思之所存也。

【原文】

缟衣綦巾。

【张居正讲评】

若我之室家所服者乃缟衣綦巾,固云贫陋也。

【原文】

聊乐我员。

【张居正讲评】

而亦聊可以自乐焉,盖既为我之定配,则闺门好和所乐,自在于是矣,如云之女我何思之哉?

【原文】

出其闉阇,有女如荼。

【张居正讲评】

今夫闉阇非男女聚会之处乎,我也出其闉阇,见其聚会之女有如荼焉,而轻白可爱矣。

【原文】

虽则如荼,匪我思且。

【张居正讲评】

然虽则如荼,而非我心之所思也。

【原文】

缟衣茹藘,聊可与娱。

【张居正讲评】

若我之室家所服者缟衣茹藘,固云贫陋也,而亦聊可以共乐焉,盖既为我之佳偶,则闺门唱随,吾之同乐自在于是矣,如荼之女我又何思哉。夫是时淫风大行,而其间乃有如是之人,亦可谓自好而不为习俗所移矣。羞恶之心人皆有之,其不信哉?

野有蔓草

【总评】

男女相遇作。

【原文】

野有蔓草,零露漙兮。

【张居正讲评】

野有蔓草则零露漙于其上矣。

【原文】

有美一人,清扬婉兮。

【张居正讲评】

况有美一人,则视之清眉之扬,而眉目之间皆婉然其美矣。

【原文】

邂逅相遇,适我愿兮。

【张居正讲评】

今乃邂逅相遇与斯焉,则会出不期,喜生望外而得以适我之愿矣。

【原文】

野有蔓草,零露瀼瀼。有美一人,婉如清扬。邂逅相遇,与子偕臧。

溱洧

【总评】

三月上巳,男女采兰水上,相与赠戏。

【原文】

溱与洧,方涣涣兮。

【张居正讲评】

三月之际乃冰解、水散之时也,维溱与洧则方涣涣兮而水之盛矣。

【原文】

士与女,方秉蕳兮。

【张居正讲评】

上巳之辰,正祓除游玩之日也,维我士与女则方秉蕳兮,而薄采于上矣。

【原文】

女曰:“观乎?”

【张居正讲评】

值暮春之芳辰,适溱洧之可观,故其女问于士曰:何往观之乎?

【原文】

士曰:“既且。”

【张居正讲评】

士答之曰:吾既往矣。

【原文】

“且往观乎!”洧之外,洵訏且乐。

【张居正讲评】

女复要之曰:且往观乎? 盖洧水之外,其地信宽大而可乐也,以如是可乐之地
而又何吝于再往哉。

【原文】

维士与女,伊其相谑,

【张居正讲评】

相与戏谑于洧水之上,而其情洽矣。

【原文】

赠之以勺药。

【张居正讲评】

且不欲其遽忘也,乃以勺药为赠而结其恩情之厚焉,此其采兰之行,而何幸其遂我两人之愿也耶。

【原文】

溱与洧,浏其清矣。

【张居正讲评】

三月之际,正春水方盛之时也,溱与洧则浏然其流之清矣。

【原文】

士与女,殷其盈矣。

【张居正讲评】

上巳之辰,正被除游玩之日也,士与女则殷然其人之盈矣。

【原文】

女曰:"观乎?"

【张居正讲评】

值暮春之佳景,适溱洧之可观,故其女问于士曰:盍往观之乎?

【原文】

士曰:"既且。"

【张居正讲评】

士答之曰:吾既往矣。

【原文】

"且往观乎!"洧之外,洵訏且乐。

【张居正讲评】

女复要之曰:且往观乎?盖洧水之外,其地信宽大而可乐也,以如是可乐之地而又何吝于再往哉?

虎纹短剑(春秋)

【原文】

维士与女,伊其将谑,

【张居正讲评】

于是士女相与戏谑于洧水之上,而其情亲矣。

【原文】

赠之以勺药。

【张居正讲评】

且不欲其鲜终也,乃以勺药为赠而结其亲爱之厚焉,此其一时游戏之雅,而何幸其谐我两人之愿心耶。

齐风

【总评】

姜姓侯爵,太公之后,凡十一篇。

鸡鸣

【总评】

此诗述贤妃告君之事而美之也。言天下理乱之原,本于君心,而君心勤怠之原,关于内助耶。后妃之裨于君德大矣,吾于齐之贤妃深有取焉。

【原文】

"鸡既鸣矣,朝既盈矣。"

【张居正讲评】

贤妃之进,御君所也,当将旦之时,初告于君曰:鸡鸣视朝,人君之度也。今也鸡既鸣矣,吾意会朝之臣,以俟君之出者,亦既盈矣,则载兴以慰朝者之望,此其时也,尚可以安于寝乎哉。

【原文】

"匪鸡则鸣,苍蝇之声。"

【张居正讲评】

即妃之言,固可以为鸡果鸣矣。然其实则非鸡之鸣,乃苍蝇之声也。盖苍蝇之声,有似于鸡鸣,贤妃心常恐晚,故声感于耳,遂以为鸡之鸣,而不暇辨其声之非真矣,则夫朝之盈者亦感于蝇声而广之耳。

【原文】

"东方明矣,朝既昌矣。"

【张居正讲评】

既而再告于君曰:昧爽临朝,人君之常也,今也东方明矣,吾意会朝之臣以俟君之出者,亦既昌矣,则载起以答朝之望,此其候也,尚可以安于寝哉。

【原文】

"匪东方则明,月出之光。"

【张居正讲评】

即妃之言,固以东方果明矣,然其实非东方之明,乃月出之光也。盖月出之光,有似于日明,贤妃心常恐晚故也,触于目遂以为东方之果明,而不暇辨其光之非真,则夫朝之昌者,亦眩于月光而度之耳。

【原文】

"虫飞薨薨,

【张居正讲评】

既而三告于君曰:夜将旦则百虫作,今也虫飞之声,吾已闻其薨矣。

【原文】

甘与子同梦。"

【张居正讲评】

斯时也,吾岂不欲与子同梦哉。

【原文】

"会且归矣,无庶予子憎。"

【张居正讲评】

但会朝之臣俟君不出,将散而归,则君为荒色殆政,而有憎于子矣,然实为予一人也,毋乃以予之故而并以子为憎乎,是同寝而梦,虽予之所欲,而殆君于憎,实予之所惧,君其思之,而毋安于寝可也。夫不溺于一梦之甘,而倦倦于三告之切,非心存敬畏而不恶于逸欲者,何以能此,若后妃者可谓贤矣,而齐之盛也,宁无赖于此乎?

还

【总评】

猎者相称誉。

【原文】

子之还兮，

【张居正讲评】

子也发纵指示，历险从禽，盖极其便捷之能矣。

【原文】

遭我乎猫之间兮。并驱从两肩兮，

【张居正讲评】

一旦造我乎猫之间，并驱以从两肩之兽。

【原文】

揖我谓我儇兮。

【张居正讲评】

夫此两肩之得，惟子之儇也，故乃不自居其能，揖我谓我儇兮，而以轻利归之于我焉，岂非溢美乎？

【原文】

子之茂兮，遭我乎猫之道兮。并驱从两牡兮，揖我谓我好兮。

【原文】

子之昌兮，遭我乎猫之阳兮。并驱从两狼兮，揖我谓我臧兮。

著

【总评】

齐女见婿俟已作也，言礼莫重于大婚，敬莫严于揖入。

【原文】

俟我于著乎而，

【张居正讲评】

方我始至君子之门，则见其俟我于门屏之间，而揖入之礼于是乎举矣。

【原文】

充耳以素乎而，

【张居正讲评】

斯时也但见其充耳之行，则以素丝为之。

【原文】

尚之以琼华乎而。

【张居正讲评】

充耳之瑱，则以琼华为之，是其俨然修饰之容，得于始见如此。

【原文】

俟我于庭乎而，

【张居正讲评】

由是而进之，则有门内之庭，吾见其俟我于堂，而行揖人之礼焉。

【原文】

充耳以青乎而，尚之以琼莹乎而。

【张居正讲评】

斯时也，见其充耳则以青丝也，其尚之则以琼莹也，是其至庭所睹，不宛然有雍容之风乎。

【原文】

俟我于堂乎而，

【张居正讲评】

由是而进之，则有庭内之堂矣，吾见其俟我于堂而行揖人之礼焉。

【原文】

充耳以黄乎而，尚之以琼英乎而。

【张居正讲评】

斯时也见其充耳，则以黄丝也，其尚之则以琼英也，是其升堂所接，不宛然有委蛇之度乎。夫不行于亲迎之礼，而徒举乎揖人之仪，固可以见当时礼节之废，而俗之不美有自来矣。

东方之日

【总评】

此亦淫奔之词。

【原文】

东方之日兮，

【张居正讲评】

东方之日兮，则初旦之时矣。

【原文】

彼姝者子，在我室兮。

【张居正讲评】

况夫彼姝者子,当此之旦,在我所居之室矣。

【原文】

在我室兮,履我即兮。

【张居正讲评】

夫在我之室,则履我之即而相就矣,有美一人,我之欲亲而不可得者,今一旦而我即也,不有以慰我之思耶。

【原文】

东方之月兮,

【张居正讲评】

东方之月兮,则初昏之时矣。

【原文】

彼姝者子,在我闼兮。

【张居正讲评】

况夫彼姝者子,当此之夜,在我门内之闼矣。

【原文】

在我闼兮,履我发兮。

【张居正讲评】

在我之闼,则履我之迹而行去矣。有美一人,我之所欲亲而不忍违者,今方剂二遽发也。不有以伤予之怀耶?

东方未明

【总评】

此刺其君居无节,号令不时。

【原文】

东方未明,颠倒衣裳。

【张居正讲评】

人臣会朝别色始入,今我也于东方未明之时,而颠倒其衣裳,固将以为入朝之举。

【原文】

颠之倒之,自公召之。

【张居正讲评】

夫颠之倒之于东方之未明,则既早矣,而当此之时已有从公所而来召之者,盖犹以为晚也,吾将何所据哉。

【原文】

东方未晞,颠倒裳衣。倒之颠之,自公令之。

【张居正讲评】

是以无节之兴君,行不时之号令,岂以晨夜之限为难知乎?

【原文】

折柳樊圃,狂夫瞿瞿。

【张居正讲评】

今夫折柳樊圃若无足恃也,然狂夫见之,犹瞿瞿然而不敢越焉者,以内外之限甚明,虽狂夫犹知之也,然则晨夜之限甚明,人所易知,岂异是哉。

【原文】

不能辰夜,不夙则莫。

【张居正讲评】

今乃寐兴之节不失之早,则失之暮焉。反狂夫之不若矣,夫兴居无节,则人无所遵从以为常,号令不时,则人无所据以为信,吾知国事将日非矣,诗人之言非深有所忧乎。

南山

【总评】

此刺齐襄、鲁桓之诗,言天下之莫丑者渎伦之行,天下之莫鄙者失夫之纲,何意齐有如侯,而鲁有如公者耶?

【原文】

南山崔崔,雄狐绥绥。

【张居正讲评】

彼崔崔高大南山,雄狐在其上者,绥绥而求匹,妖媚之物,邪淫之性,盖若是矣,然则公居高位,而行邪行,是即南山之雄狐者也。

【原文】

鲁道有荡,齐子由归。

【张居正讲评】

岂知鲁道有荡,齐子由此以归于鲁,则非公之可求矣。

【原文】

既由归止,曷又怀止?

【张居正讲评】

公何为而复思之,以纵其邪行乎?

【原文】

葛屦五两,冠緌双止。

【张居正讲评】

以葛为屦则有五两,冠上之緌则必有双,物各有偶一定,不可乱,盖若是矣。然则男女只有定偶,是即葛屦、冠绥也。

【原文】

鲁道有荡,齐子庸止。既曰庸止,曷又从止?

【张居正讲评】

今鲁道有荡,齐子既用此以归于鲁,则固有定偶矣,公曷又从之以乱其偶乎。

【张居正讲评】

夫齐侯之行,无足道矣,然所以防闲之者,宁非鲁侯责哉。

【原文】

艺麻如之何? 衡从其亩。

【张居正讲评】

彼艺麻如之何? 必也纵横耕治其田亩矣。

【原文】

取妻如之何? 必告父母。

【张居正讲评】

取妻如之何,必先告于父母以成其婚礼矣。

【原文】

既曰告止,曷又鞠止?

【张居正讲评】

今公既告父母而以礼娶之矣,则制义夫之道也,公独不可以礼闲之,又曷为使之得穷其欲而至此哉?

【原文】

析薪如之何? 匪斧不克。

【张居正讲评】

析薪如之何,匪斧则薪不可得而析矣。

【原文】

取妻如之何？匪媒不得。

【张居正讲评】

取妻如之何,匪媒则妻不可得而娶矣。

【原文】

既曰得止,曷又极止。

【张居正讲评】

今公既有媒而得妻矣,则刑于夫之事也,公独不可以礼御之,又曷为使之得穷其欲而至此哉。吁,在齐侯则渎男女之伦,在鲁侯则失夫纲之义,均难以在上矣。诗人两刺之,亦羞恶之心所不容已者欤？

甫田

【总评】

此戒躐等作也,言天下之事,躐等者无功,惟循序者有成,吾尝譬之物而知其然矣。

【原文】

无田甫田,维莠骄骄。

【张居正讲评】

彼田之大者则其力必多人,其无田甫田乎,甫田而力不给,则维莠骄骄而张王矣,甫田其可田耶？

【原文】

无思远人,劳心忉忉。

【张居正讲评】

人之远者则其至必难,人其无思远人乎？思远人而人不至,则劳心忉忉而徒劳矣,远人其可思耶？

【原文】

无田甫田,维莠桀桀。

【张居正讲评】

甫田不可田也,田甫桀桀所不免矣,何为不量力而欲田之乎？

【原文】

无思远人,劳心怛怛。

【张居正讲评】

远人不可思也，思远人而人不至，则心之怛怛所不免矣，何为不度势而妄思之耶？然则人之于事厌小而务大，而大终不成，忽近而图远终不就，何以异是哉。

【张居正讲评】

夫躐等固鲜益矣，而能循序，岂无有成哉？

【原文】

婉兮娈兮，总角丱兮。

【张居正讲评】

彼婉娈之童子，总角为饰，而有丱然之容，夫因为幼者之仪也。

【原文】

未几见兮，突而弁兮。

【张居正讲评】

然我见之未几，则突然戴弁，而有高出之象矣。固以为成人之饰也，此岂躐等而强求之哉？盖童子为成人之渐，而总角有戴弁之期，循其序而势有必至耳，然天下之事小之可大也，迩之可远也，人能循其序而修之，可以忽然而至其极者，理亦无异是矣，又何为躐等以取，欲速不达之敝哉。

卢令

【总评】

此诗与"还"略同。

【原文】

卢令令，

【张居正讲评】

田猎必资于犬，而田犬之卢有颔下之环，则其声令令而可闻者矣。

【原文】

其人美且仁。

【张居正讲评】

然发纵指示者人也，其人则何如哉，但见其便捷轻利，有以擅一时之能，洵美矣。且其与人相亲，为能忘忌刻之念，又何其仁耶？美而且仁，则一并驱之间，诚有令人慕者矣。

【原文】

卢重环，

【张居正讲评】

然卢不但有环也，又有子母之重环矣。

【原文】

其人美且鬈。

【张居正讲评】

其人之驱是犬者，则儇利可称信美矣，且有鬓鬓之好而若是其鬈也，岂特美而仁已哉。

【原文】

卢重鋂，

【张居正讲评】

然卢不但有重环也，又有一环贯二之鋂矣。

【原文】

其人美且偲。

【张居正讲评】

其人之驱是犬者，则儇利可称信美矣，且著多须之容，而若是其偲也，岂惟美而鬈已哉。夫猎者所称，不过轻利捷□而已，所贤者不过美鬓长大而已，美非所美，此可见民信之衰，而其来亦有自矣，导民者可不审所趋哉。

敝笱

【总评】

诗人刺庄公不能防闲其母，故作此诗。

【原文】

敝笱在梁，其鱼鲂鳏。

【张居正讲评】

笱所以取鱼也，今敝笱在梁，非制鱼之具矣，而其鱼乃鲂鳏之大，将何以制之也。然则鲁侯微弱，不能以礼防闲其母，夫岂异是乎。

【原文】

齐子归止，其从如云。

【张居正讲评】

是以齐子归止，其从有如云之众，而无所忌惮矣。使有以防闲之，则车马什从莫不俟命，何其从之若是众哉？

【原文】

敝笱在梁,其点鲂鲔。齐子归止,其从如雨。

【原文】

敝笱在梁,其鱼唯唯。

【张居正讲评】

敝笱在梁,无以闲鱼之出入,故其欲唯唯而出入之莫禁矣。

【原文】

齐子归止,其从如水。

【张居正讲评】

吁,哀痛思父,诚敬事母,以感动母心之道,庄公既有所不能矣,而又威令不行,无以御下,使归齐而从之者众。真可谓柔懦不振,而无以齐家矣,又何以治国乎哉?

载驱

【总评】

此诗刺文姜也。

【原文】

载驱薄薄,

【张居正讲评】

齐子乘车以行,将以会齐侯也,但见载驱之声薄薄,其急疾矣。

【原文】

簟茀朱鞹,

【张居正讲评】

簟茀朱鞹,仪卫其可观矣。

【原文】

鲁道有荡,齐子发夕。

【张居正讲评】

鲁道有荡之上,齐子由之发夕而离其所宿之舍,夫何为哉? 不过为淫纵之行耳。

【原文】

四骊济济,

【张居正讲评】

齐子驾马以行,将以会齐侯也。但见四骊之马济济然其美矣。

【原文】

垂辔沵沵。

【张居正讲评】

下辔之垂,沵沵然其柔矣。

【原文】

鲁道有荡,齐子岂弟。

【张居正讲评】

鲁道有荡之上,齐子岂弟以行而无忌惮,羞愧之意亦独何哉?盖不复知有人间可耻之事者也。

【原文】

汶水汤汤,行人彭彭。

【张居正讲评】

汶水汤汤而盛矣,行人彭彭而多矣。

【原文】

鲁道有荡,齐子翱翔。

【张居正讲评】

鲁道有荡,固行人属目之地也,齐子乃翱翔于斯而来其焉,盖面见然无所用耻矣,宁知有行人之多之足畏哉。

【原文】

汶水滔滔,行人儦儦。

【张居正讲评】

汶水滔滔而流矣,行人儦儦而众矣。

【原文】

鲁道有荡,齐子游敖。

【张居正讲评】

鲁道有荡,固行人共由之地也,齐子游敖于斯而来焉,盖恬然不以为耻矣,宁知有行人之众之足惮哉?

猗嗟

【总评】

此齐人刺庄公之意。

【原文】

猗嗟昌兮！

【张居正讲评】

猗嗟鲁公威仪技艺,盖无一不昌然而盛者也。

【原文】

颀而长兮,抑若扬兮,

【张居正讲评】

自其威仪言之,体貌颀然而长矣,而容止之不可掩,虽抑之而若扬也。

【原文】

美目扬兮,巧趋跄兮,

【张居正讲评】

美目扬然而动矣,而趋走之极其善,跄跄然趋翌知也。

【原文】

射则臧兮！

【张居正讲评】

自其技艺言之,特乎大射则中鹄,而大射臧也,时乎宾射则中正,而宾射臧也,然则公之威仪技艺信乎无一不昌矣,人孰得而议之哉！

【原文】

猗嗟名兮,

【张居正讲评】

猗嗟鲁公威仪技艺,盖无一而不可名也。

【原文】

美目清兮,

【张居正讲评】

自其威仪言之,美目则清明而不蔽也。

【原文】

仪既成兮。

【张居正讲评】

仪容则终事而礼无失也。

【原文】

虎纹戈（战国）

终日射侯,不出正兮。

【张居正讲评】

自其技艺言之,终日射侯,其为射非不久也,一皆不出于正,其为射则甚巧也,然则鲁公之威仪技艺,信乎无一之不可名矣。

【原文】

展我甥兮!

【张居正讲评】

以如是之威仪技艺不惟有重于鲁国,而且有光于齐邦,不展为我齐甥而无愧也哉。

【原文】

猗嗟娈兮,

【张居正讲评】

猗嗟鲁公,威仪技艺盖无一不娈然而好也。

【原文】

清扬婉兮,

【张居正讲评】

自其威仪言之,以目则清,而目婉然美也,以眉目则扬,而目婉然美也。

【原文】

舞则选兮。

【张居正讲评】

自其技艺而言之,以舞则文用羽籥也,武用干戚也。其屈伸缀兆之间,皆拔出于众而若选焉。

【原文】

射则贯兮,四矢反兮,

【张居正讲评】

以射则力能中革也,四矢皆得其故处也。

【原文】

以御乱兮!

【张居正讲评】

其射艺兼巧力之全,诚足以制人而御乱焉,然则鲁公之威仪技艺,信乎无一不变矣,人亦孰得而议之哉。要之人若于家庭伦理之际其大本也,威仪技艺之美其末节也。诗威于庄公之威仪技艺,嗟叹再三,则其所大缺者可知矣。盖曰惜乎不能以礼防闲其母耳,家法已失,虽有他美何足贵哉?

魏风

【总评】

本舜禹故都,周初以封同姓,后为晋献公所灭,诗凡七篇。

葛屦

【总评】

此诗疑即缝裳之女所作。

【原文】

纠纠葛屦,可以履霜?

【张居正讲评】

纠纠葛屦,本不可以履霜也,今则可以履霜而用之非其时矣。

【原文】

掺掺女手,可以缝裳?

【张居正讲评】

掺掺女手,本不可以缝衣裳也,今则可以缝裳,而使之非其礼矣。

【原文】

要之襋之,

【张居正讲评】

又不但缝裳已也,凡裳皆统于要也,又使之治其要,凡衣皆统于襋也,又使之治其襋焉。

【原文】

好人服之。

【张居正讲评】

而要襋之方已,好人遂从而服之,若有不待其功之毕矣,何其褊急之若是耶?

【张居正讲评】

夫我之致刺于好人者,岂以其有歉于容服之美哉!

【原文】

好人提提,

【张居正讲评】

国学经典文库

诗经

·张居正讲评《诗经》·

图文珍藏版

但见是好人也,提提然安舒而进退之有度也。

【原文】

宛然左辟,

【张居正讲评】

宛然而左辟蹊,退让之有节也。

【原文】

佩其象揥。

【张居正讲评】

且佩其象揥而服饰之贵盛也。

【原文】

维是褊心,是以为刺。

【张居正讲评】

以仪容如是,服饰如是,若无有可刺矣。惟是心之急褊焉,缝裳责于女子,要襋服于方成,殊无宽宏之度,是以为刺,而葛屦之咏作焉,不然吾何以刺之耶?盖俭虽美德,然不中礼而至于褊急之甚,则亦为可鄙矣。魏俗之美,一至此哉。

汾沮洳

【总评】

此亦刺俭不中礼之诗。

【原文】

彼汾沮洳,言采其莫。

【张居正讲评】

汾水沮洳之地,有莫生焉,则言采其莫矣。

【原文】

彼其之子,美无度。

【张居正讲评】

彼其之子,则仪容之修整,礼节之舒徐,其美不可以尺寸量矣。

【原文】

美无度,殊异乎公路。

【张居正讲评】

然虽美无度,而其俭啬褊急之态,每计较于毫忽之间,殊异乎公路之所为也。

盖贵人者，自当持乎大体，岂宜着是之琐琐哉？

【原文】

彼汾一方，言采其桑。

【张居正讲评】

汾水一方之地，有桑生焉，则言采其桑矣。

【原文】

彼其之子，美如英。

【张居正讲评】

彼其之子，自其威仪言之，则轻逸俊雅之可爱，美如英矣。

【原文】

美如英，殊异乎公行。

【张居正讲评】

然虽美如英，而其俭啬色褊急之态，每计较于分毫之际，殊异乎公行之所为也，盖贵人者自当崇乎雅度，岂宜若是之屑屑哉？

【原文】

彼汾一曲，言采其藚。

【张居正讲评】

彼汾一曲之地，有藚生焉，则言采其藚矣。

【原文】

彼其之子，美如玉。

【张居正讲评】

彼其之子，自其威仪言之，则温润缜密之可贵，美如玉矣。

【原文】

美如玉，殊异乎公族。

【张居正讲评】

虽其美如玉，而其俭啬色褊急之态，每计较于锱铢之间，殊异乎公族之所为也。盖贵人者自当恢乎雅量，岂宜若是之切切哉？盖俭可也，俭而不中礼则吝啬，迫隘之病其所必至者矣，此汾沮洳之所为刺也欤？

园有桃

国学经典文库

诗经

·张居正讲评《诗经》·

图文珍藏版

【总评】

诗人忧国小无政,故言曰:事有忧之行者,众人方以为忧,不知有其渐,而未及发者乃为深可忧者也,吾有感于魏矣。

【原文】

园有桃,其实之殽。

【张居正讲评】

今夫园而有桃,则其实可以为肴矣。

【原文】

心之忧矣,我歌且谣。

【张居正讲评】

况我也慨国小无政,而纲纪废弛,中心有忧,抑郁而不伸,则我歌且谣以泄其忧矣。

【原文】

不知我者,谓我士也骄。

【张居正讲评】

然不知我之心者,见我之歌谣,而反以为骄焉。

【原文】

彼人是哉,子曰何其!

【张居正讲评】

且曰纷更非小国之利,彼其不致详于政事,正以戒纷更之弊,其所为已是矣,而子之言独何为哉?

【原文】

心之忧矣,其谁知之,其谁知之?

【张居正讲评】

是人情狃于故常而不能灼于未然,则我之忧其谁知之乎,其谁知之乎?

【原文】

盖亦勿思!

【张居正讲评】

然此之可忧,初不难知彼之非我,盖亦未之思耳,一或思之,则知纪纲不张,国乃灭亡,将自忧之不暇矣,奚暇非我而以为骄也哉。

【原文】

园有棘,其实之食。

【张居正讲评】

园有棘,则其实可以为食者矣。

【原文】

心之忧矣,聊以行国。

【张居正讲评】

我也慨国小无政,而法度废坠,中心有忧,歌谣之不足,则聊以行国以洩其忧者矣。

【原文】

不知我者,谓我士也罔极。

【张居正讲评】

然不知我之心者,见我之行国,而反以为纵恣罔极焉。

【原文】

彼人是哉,子曰何其!

【张居正讲评】

且曰安静为小国之福,彼其不致详于政事,正以求安静之利,其所为已是矣,而子之言独何为哉?

【原文】

心之忧矣,其谁知之,其谁知之?

【张居正讲评】

是人情溺于故常,而不能察于隐微,则我之忧者其谁知之乎,其谁知之乎?

【原文】

盖亦勿思!

【张居正讲评】

然此之可忧,初不难知,彼之非我,盖亦未之思耳,一或思之,则知法度不立,国步斯频,将自忧之不暇矣,奚暇非我而以为罔极哉?夫感国政之日非而忧之切,叹众人之不察而君之思苦,诗人者诚忧深而思远矣。彼当时乃有狃积薪之安,忘栋焚之祸而不知戒焉,亦独何哉?此魏之所以免于晋也。

陟岵

【总评】

行役孝子思亲作也。

【原文】

陟彼岵兮,瞻望父兮。

【张居正讲评】

我也行役在外,违亲一方,故睹吾父之颜而不可得者,故陟岵兮,以瞻望吾父之所在,聊以寄吾不忘父之心耳。

【原文】

父曰:"嗟,予子! 行役夙夜无已。

【张居正讲评】

夫为父者,爱子之心无所不至,吾父宁不念我而祝之乎,吾想吾父必曰:嗟乎,我子行役,夙夜勤劳不得止息,良可深悯矣。

【原文】

上慎旃哉,

【张居正讲评】

然尽瘁于国,固尔之我而保身亦所当然,庶几其慎之哉,饮食起居必得其节,立身行己,必有其方。

【原文】

犹来无止。"

【张居正讲评】

则善处得全,犹可以归来,无止于彼而不来矣。陟岵瞻望之余,想象吾父念我、视我之言,意必出于此者,一思及此,盖有益动,吾靡瞻之情者,将何如以为心哉。

【原文】

陟彼屺兮,瞻望母兮。母曰:"嗟,予季! 行役,夙夜无寐。上慎旃哉,犹来无弃。"

【原文】

陟彼冈兮,瞻望兄兮。兄曰:"嗟,予弟! 行役,夙夜必偕。

【原文】

上慎旃哉,犹来无死。"

【张居正讲评】

吁,孝子既登高以望亲之所在,又想象以拟亲之念己,其不忘亲有如是者,则必能以亲之心为心,而善守其身,以无贻父母之忧矣。

十亩之间

【总评】

贤者去国作也,言君子处世,乐则行之,忧则违之而已,今何时乎,而犹可以仕者乎?

【原文】

十亩之间兮,

【张居正讲评】

十亩之间郊外所受之圃者也。

【原文】

桑者闲闲兮,

【张居正讲评】

桑者往来于此,理乱不知祸福,无所关于其心,何其闲闲而自得如此也。

【原文】

行与子还兮。

【张居正讲评】

今吾与子共仕于爵位之荣,视诸桑者,代食之贱固不侔矣,然与其荣于身,孰若无忧于心哉。我将行与子还兮,与桑者闲闲于十亩之间可也,不然见几不早,后悔无及,欲求一日之闲闲胡可得哉?

【原文】

十亩之外兮,

【张居正讲评】

邻圃所受之地,

【原文】

桑者泄泄兮,行与子逝兮。

【张居正讲评】

吁,魏之贤者兴言及此,则时事从可知矣。

伐檀

【总评】

此诗美贤者励志作也,言恒人苟且之心,多起于困穷之日,而怨尤之念,易生于失望之余。惟魏之贤者,则不然矣。

【原文】

坎坎伐檀兮,

【张居正讲评】

彼其坎坎然,用力伐檀,将以为车行陆,而食力于车也。

【原文】

置之河之干兮,河水清且涟猗。

【张居正讲评】

今乃置之河干,而河水清涟,则车无所用,其食力之志不遂矣。

【原文】

不稼不穑,胡取禾三百廛兮?

【原文】

不狩不猎,胡瞻尔庭有县貆兮?

【张居正讲评】

他人处此,鲜有不悔其伐檀之非计者,彼其志则以我之伐檀以为车,犹之稼穑以得禾,狩猎以得兽也。若不稼不穑,胡取禾有三百廛之多? 不狩不猎,胡瞻尔庭有县貆之兽? 是伐檀之事,在我所当为者如是耳,至于河干之置,则适然之遇,惟安之而已矣,我何悔其事之非计也耶?

【原文】

彼君子兮,不素餐兮!

【张居正讲评】

夫不以食力不遂者自悔,而益以事之当为者自励,则是君子之心,宁劳而无功,必不肯无功而食人之食,此先难后获之志,敬事后食之心也,彼君子者真能不素餐兮,夫岂有非分之求哉?

【原文】

坎坎伐辐兮,置之河之侧兮,河水清且直猗。不稼不穑,胡取禾三百亿兮? 不狩不猎,胡瞻尔庭有县特兮? 彼君子兮,不素食兮!

【张居正讲评】

同上。

【原文】

坎坎伐轮兮,置之河之漘兮,河水清且沦猗。不稼不穑,胡取禾三百囷兮?不狩不猎,胡瞻尔庭有县鹑兮?彼君子兮,不素飧兮!

【张居正讲评】

吁,以魏风颓靡之日,而有励志之贤者,可谓不溺于流俗矣。诗人述而美之,其亦秉彝好德之心也欤?

硕鼠

【总评】

民困于贪残,故托言。

【原文】

硕鼠硕鼠,无食我黍!

【张居正讲评】

硕鼠硕鼠,黍者民之所资以为生者也,汝毋食我之黍,以戕吾民之生可也。

【原文】

三岁贯女,

【张居正讲评】

且汝之肆虐于我者,岂一朝夕之故哉!盖以三岁贯习汝之苦。

【原文】

莫我肯顾。

【张居正讲评】

今亦宜少动念而我顾也,而犹莫我肯顾,肆虐之不已焉,我愈以不堪矣。

【原文】

逝将去女,适彼乐土。

【张居正讲评】

乌能攀攀久居此乎,我也逝将去女,而适彼可乐之土焉。

【原文】

乐土乐土,爰得我所。

【张居正讲评】

盖乐土乐土，黍我得而享之无忧，复有争我之食者矣，岂不爰得我所也哉？

【原文】

硕鼠硕鼠，无食我麦！三岁贯女，莫我肯德。逝将去女，适彼乐国。乐国乐国，爰得我直。

【张居正讲评】

同上。

【原文】

硕鼠硕鼠，无食我苗！三岁贯女，莫我肯劳。逝将去女，适彼乐郊。乐郊乐郊，谁之永号？

【张居正讲评】

诗人之意，盖欲在位者无贪残以竭民之财，而伤民之命可也。且尔之贪残已久，若今不知改焉，则我将去之以望救于他人矣，其托言于硕鼠者盖如此也。夫不直言其贪残而托言硕鼠，不忍于遽去而犹望其改图，若然则民之去故乡而适异国，岂其得已哉？毋亦在上之不仁殴之耳，为人上者可以惕然思矣。

唐风

【总评】

姬姓侯爵，周成王弟叔虞之后，其地本帝尧旧都。

蟋蟀

【总评】

唐人乘岁晚以为乐，其言曰：民生劳而不休，则力难给，是故相乐不可无也，乐而不节，则忧随至，是故思虑不可疏也。今日吾人之相乐，当知所以戒矣。

【原文】

蟋蟀在堂，岁聿其莫。

【张居正讲评】

吾向者农事方殷，固不得以为乐矣。今也蟋蟀在堂，而岁忽已暮矣。是故务闲之际，可以乐之时也。

【原文】

今我不乐，日月其除。

【张居正讲评】

及今不乐,则此务闲之日月,将舍我而去,而农桑之务又作矣,虽欲为乐,岂可得哉?

【原文】

无已太康,

【张居正讲评】

然乐可也,过于乐不可也,今日得无已过于乐也乎。

【原文】

职思其居。

【张居正讲评】

夫人情过于乐,则不暇为思勤于事,则不废所事,此良士所以虽为乐,每常虑而却顾也。盖亦顾念其职之所居,如田里农桑之务,皆一一为之图维焉。

【原文】

好乐无荒,良士瞿瞿。

【张居正讲评】

使其虽好乐而无荒,若彼良士瞿瞿然常虑,而却顾斯亦可矣。不然所居,以太康而废,能免于危亡乎哉?

【张居正讲评】

不特此也。

【原文】

蟋蟀在堂,岁聿其逝。

【张居正讲评】

蟋蟀在堂,岁聿其逝,是固可以为乐者也。

【原文】

今我不乐,日月其迈。

【张居正讲评】

及今不乐,则日月其边,虽欲为乐,而不可得矣。

【原文】

无已大康,

【张居正讲评】

然乐而不节,则得无已过于乐,而失之太康乎。

【原文】

职思其外。

【张居正讲评】

夫太康则不知有思，能思则不至废事，此良士所以虽为乐，而亦动敏于事也。故不惟所治之事当思之，至于所治之外，出于平常思虑所不及者，亦当过而计之。

【原文】

好乐无荒，良士蹶蹶。

【张居正讲评】

使其虽好乐而无荒，若彼良士蹶蹶然而敏于事，斯可矣。不然即有意外之变，其何以防之耶。

【张居正讲评】

又不特此已也。

【原文】

蟋蟀在堂，役车其休。

【张居正讲评】

蟋蟀在堂，役车其休，是故可以乐者也。

【原文】

今我不乐，日月其慆。

【张居正讲评】

今若不乐，则日月其慆，虽欲为乐，不可得者矣。

【原文】

无已太康，

【张居正讲评】

然乐而不节，则得无已过于乐，而失之太康乎。

【原文】

职思其忧。

【张居正讲评】

夫太康则不知有思，能思则不至废事，此良士所以乐不至于淫，而常得所安也。故不惟所职之外当思之久，其所职之忧，而为吾人终身之所困苦者，亦必预而防之。

【原文】

好乐无荒，良士休休。

舞蹈纹戈（战国）

【张居正讲评】

使其虽好乐而无荒,若彼良士之休休然,安闲而无患斯已矣。不然即有终身之忧,其何以弥之耶。夫必岁晚而后取于为乐,方乐而遂切于相戒,此唐俗之所以为勤俭也。先圣遗风之远,不可见哉。

山有枢

【总评】

此诗盖亦答前篇之意,而解其忧也。言子也,当岁晚务闲之际,方燕饮为乐,而遽切职思之忧也。岂知乐固不可纵,而忧亦不可过也乎。

【原文】

山有枢,隰有榆。

【张居正讲评】

彼山则有枢矣,隰有榆矣。

【原文】

子有衣裳,弗曳弗娄。

【张居正讲评】

况子有衣裳可服之,以为乐者也,而弗曳弗娄焉。

【原文】

子有车马,弗驰弗驱。

【张居正讲评】

子有车马可乘之,以为乐者也,而弗驰弗驱焉。

【原文】

宛其死矣,他人是愉。

【张居正讲评】

吾恐日月易除,一旦宛然以死,他人取之,以为己乐,而服子之衣裳,乘子之车马矣,是身后之物是为他人之乐耳。子不及时为乐,果何为哉?

【原文】

山有栲,隰有杻。

【张居正讲评】

山则有栲矣,隰则有杻矣。

【原文】

诗经 · 张居正讲评《诗经》· 图文珍藏版

子有廷内,弗洒弗扫。

【张居正讲评】

子有廷内,可洁以为乐也,而弗洒弗扫焉。

【原文】

子有钟鼓,弗鼓弗考。

【张居正讲评】

子有钟鼓可鸣,以为乐也,而弗鼓弗考焉。

【原文】

宛其死矣,他人是保。

【张居正讲评】

吾恐日月易逝,一旦宛然以死,他人保之,以为己有,而洁子之庭内,鸣子之钟鼓矣。是身后之物,适为他人之有耳,子不及时为乐,又何为哉!

【原文】

山有漆,隰有栗。

【张居正讲评】

山则有漆矣,隰则有栗矣。

【原文】

子有酒食,何不日鼓瑟?

【张居正讲评】

子有酒食,可燕饮以为乐也,何不日鼓瑟,以共享此酒食。

【原文】

且以喜乐,

【张居正讲评】

且以喜乐,而畅岁万之欢。

【原文】

且以永日。

【张居正讲评】

且以永日,而庆易尽之年也乎。

【原文】

宛其死矣,他人入室。

【张居正讲评】

使其不然,吾恐日月易慆,一旦宛然以死,他人入室,而鼓子之琴瑟,乐子之酒食矣。是物非吾有而乐属他人，子不及时为乐，不亦徒哉？然则乐方兴而忧，遂继者殆未思及相见之无几，而不可不乐者乎。夫唐人之为是诗，本以解前篇之忧也，然方欲乐于生前，而即虑及于身后，则其忧愈深，而意亦蹙矣。

扬之水

【总评】

此晋衰沃盛，国人将叛而归之。故作此。

【原文】

扬之水，白石凿凿。

【张居正讲评】

扬之水，其势微缓，而其中白石凿凿，巉岩而可仰也。是水之势不胜于石，而石之势反盛于水矣。然则晋微弱，而沃盛强，不犹是耶！

【原文】

素衣朱襮，从子于沃。

【张居正讲评】

夫微弱者不足倚，而惟盛强者有足赖。故素衣朱襮，诸侯之服也，吾愿以是从子于沃，而戴子为一国之主矣。

【原文】

既见君子，云何不乐？

【张居正讲评】

今得以既见君子，则从沃之愿以慰，云何不乐哉？

【原文】

扬之水，白石皓皓。

【张居正讲评】

扬之水其势微缓，而其中白石皓皓，而高洁之可观也，是水之势不胜于石，而石之势反盛于水矣。然则沃本出于晋，今晋微弱，而沃盛强，不犹于是耶！

【原文】

素衣朱绣，从子于鹄。

【张居正讲评】

夫微弱者不足依，而惟盛强者有足恃。故素衣朱绣，诸侯之服也，吾愿以此从子于鹄，而尊子为一国之君矣。

【原文】

既见君子,云何其忧?

【张居正讲评】

今得以既见君子,则从鹄之愿以遂,云何其有忧哉?

【张居正讲评】

夫既欲遂其愿,则凡所以为沃谋者,有何可不密乎。

【原文】

扬之水,白石粼粼。

【张居正讲评】

扬之水,其势微缓,而其中之白石粼粼而著见,是水弱而石强矣。然则晋微弱而沃强盛,不犹是耶!

【原文】

我闻有命,不敢以告人。

【张居正讲评】

夫积强之沃,而乘积弱之晋,我叔倾晋之谋起矣,然谋不可以轻泄也。故我闻有是谋,不敢以告人焉。盖或一告人,则事不成,即欲以绣襮而相以于沃,其可得乎?夫沃,晋之沃也,民,晋之民也,昭侯又非大无道之君也,特以微弱不振,不足恃赖,国人遂欲为沃之从。然则民心亦大可畏矣,然则为人君者,诚当有自强为治哉!

椒聊

【总评】

此诗序亦以为沃也,言天下之势,始于大而极于盛,我观曲沃,其进宁可量乎。

【原文】

椒聊之实,蕃衍盈升。

【张居正讲评】

彼椒聊之实,其生也蕃衍,则采之盈升矣。

【原文】

彼其之子,硕大无朋。

【张居正讲评】

况彼其之子也,人心之归日众,而其威莫敌,土地之辟日广,而其势莫京,盖硕大而无朋者矣。

【原文】

椒聊且,远条且。

【张居正讲评】

然岂止如斯而已乎,椒聊且,今固蕃衍盈升也。然其枝益远,则其实益蕃,采之固不啻盈升已也。然则之子之硕大无朋者,将日益昌大也,宁异是哉。

【原文】

椒聊之实,蕃衍盈匊。

【张居正讲评】

椒聊之实,其生也蕃衍,则采之盈匊。

【原文】

彼其之子,硕大且笃。

【张居正讲评】

况彼其之子也,人心日附,而有不摇之固,土地日辟,而有不拔之基,盖硕大而且笃者矣。

【原文】

椒聊且,远条且。

【张居正讲评】

然岂止如此而已乎,椒聊且,今固蕃衍盈匊矣。然其枝益远,则其实益蕃,采之固不啻盈匊已也。然则之子之硕大且笃者,将日益盛强也,不犹是哉?噫,曲沃之势至此,将极重而不可及矣,君子宁不伤晋之失驭乎!

绸缪

【总评】

此诗述夫妇庆幸之词,曰:夫人而得遂其婚姻固可幸,以过时而得,遂尤可幸,若今口是已。

【原文】

绸缪束薪,参星在天。

【张居正讲评】

观其妇语夫之词,曰:方绸缪以束薪也,则仰见三星之在天矣。

【原文】

今夕何夕,见此良人。

【张居正讲评】

今夕不知其何夕也,则忽见良人之在此矣。夫向值贫乱,吾意良人之不得见也,岂意其得见于今夕耶。

【原文】

子兮子兮,如此良人何?

【张居正讲评】

子兮子兮,当过时之余,得望外之幸,有家之乐,殆非言语之所能尽者矣,其如此良人何哉?

【原文】

绸缪束刍,参星在隅。

【张居正讲评】

观其夫妇相语之词,曰:方绸缪以束刍也,则仰见三星之在隅矣。

【原文】

今夕何夕,见此邂逅。

【张居正讲评】

今夕不知其何夕也,则忽见夫妇邂逅之在此矣。盖向值贫乱,吾意邂逅之不得遂也,岂意其得遂于今夕耶。

【原文】

子兮子兮,如此邂逅何?

【张居正讲评】

子兮子兮,男得女以为室,固为意外之欢,女得男以为家,亦为意外之庆。此时此情,相亲相爱,殆非言语之所能尽者矣,其如此邂逅何哉?

【原文】

绸缪束楚,参星在户。

【张居正讲评】

观其夫语妇之词,曰:方绸缪以束楚,则仰见参星之在户矣。

【原文】

今夕何夕,见此粲者。

【张居正讲评】

今夕不知其何夕也,则忽见粲者之在此矣。盖向遭贫乱,吾意粲者之不得见也,岂意其得见于今夕耶。

【原文】

子兮子兮，如此粲者何？

【张居正讲评】

子兮子兮，当过时之余，得望外之幸，有室之乐，殆非言语之所能尽者矣，其如此粲者何哉？是则婚姻一也及其时，则为常失其时，则为幸然，则为人上者，将使之常耶，将使之幸耶。

杕杜

【总评】

此求助于人也。

【原文】

有杕之杜，其叶湑湑。

【张居正讲评】

杕然特生之杜，本非有枝干相附也，然其叶犹湑湑然，而盛如此矣。

【原文】

独行踽踽，

【张居正讲评】

何人无兄弟，乃不免独行踽踽，而无所亲乎，曾杕杜之不如矣。

【原文】

岂无他人？

【张居正讲评】

夫岂无他人可与同行哉？

【原文】

不如我同父。

【张居正讲评】

特以不如我同父之兄弟，一气而分情相维保，而能相亲相助，是以虽同行有人，而不免于踽踽耳。

【原文】

嗟行之人，

【张居正讲评】

嗟哉，行道之人。

【原文】

胡不比焉?

【张居正讲评】

胡不闵我之独行而见亲。

【原文】

人无兄弟,胡不佽焉?

【张居正讲评】

怜我之无兄弟而见助,视我不至有不如同父之叹也哉。

【原文】

有杕之杜,其叶菁菁。独行睘睘,岂无他人?不如我同姓。嗟行之人,胡不比焉?人无兄弟,胡不佽焉?

羔裘

【总评】

此诗不知所谓,不敢妄为之说,恐主司故出此题以难人,则作美其大夫之词。

【原文】

羔裘豹祛,

【张居正讲评】

我人以羔皮为裘,以豹皮饰祛。

【原文】

自我人居居。

【张居正讲评】

我从我人居居,所以亲炙其光辉也。

【原文】

岂无他人?

【张居正讲评】

是岂无他人之可与居哉?

【原文】

维子之故。

【张居正讲评】

诚以子之闻誉彰于人也,旧矣故从之居,居而不忍于相违也。

【原文】

羔裘豹褎，

【张居正讲评】

我人以羔皮为裘，以豹皮饰褎也。

【原文】

自我人究究。

【张居正讲评】

从我我人究究，于以穷极其议论也。

【原文】

岂无他人？

【张居正讲评】

是岂无他人之可与究哉？

【原文】

维子之好。

【张居正讲评】

诚以子之才，猷备于己也，美矣故从之以究究，而不忍相疏也。

鸨羽

【总评】

民从征役，而不得养父母，故歌此。

【原文】

肃肃鸨羽，集于苞栩。

【张居正讲评】

鸨之性本不树止，今乃肃肃鸨羽，集于苞栩之上，则非其性矣。然则民之性，本不便于劳苦，而今乃久从征役，不犹鸨之树止也耶。

【原文】

王事靡盬，不能蓺稷黍，父母何怙？

【张居正讲评】

夫我惟久从征役，故以王事不可以不坚固，日劳于外，不得蓺稷黍，以供子职焉，则父母其何怙以为命也乎。

【原文】

悠悠苍天，曷其有所？

【张居正讲评】

若是我之失所甚矣,悠悠苍天,不知何时得以毕事,使我蓺稷黍,以为父母之怙,而得其所乎。

【原文】

肃肃鸨翼,集于苞棘。

【张居正讲评】

鸨之性本不树止,今乃肃肃鸨羽,集于苞栩之上,则非其性矣。然则民之性,本不便于劳苦,而今乃久从征役,不犹鸨之树止也耶。

【原文】

王事靡盬,不能蓺黍稷,父母何食?

【张居正讲评】

夫我惟久从征役,故以王事不可以不坚固,日劳于外,不得蓺稷黍,以供子职焉,则父母其何资以为食也乎?

【原文】

悠悠苍天,曷其有极?

【张居正讲评】

若是我之从役,无穷极甚矣。悠悠苍天,不知何时得以早毕事,使我蓺黍食,以为父母之食,而有所极乎?

【原文】

肃肃鸨行,集于苞桑。

【张居正讲评】

鸨之性本不树止,今乃肃肃鸨羽,集于苞桑之上,则非其性矣。然则民之性,本不便于劳苦,而今乃久从征役,不犹鸨之树止也耶。

【原文】

王事靡盬,不能蓺稻粱,父母何尝?

【张居正讲评】

夫我惟久从征役,故以王事不可以不坚固,日劳于外,不得蓺稻粱,以供子职焉,则父母何所出,以为尝也乎?

【原文】

悠悠苍天,曷其有常?

【张居正讲评】

若是我之失其常甚矣,悠悠苍天,不知何时得以早毕事,使我蓺稻粱,以为父母之尝,而复其常乎。夫役民之义,有国者不废,至使民有劳苦失养之悲,而历诉之于天,则上之人必有烦役劳民,而无悯恤之意可知矣。故观王政者,观民风而已矣。

无衣

【总评】

此武公自述请命之意。

【原文】

岂曰无衣?七兮。

【张居正讲评】

我也据有晋国,则七章之衣,固吾力之能为矣,岂曰无衣?七兮,而必于请命哉。

【原文】

不如子之衣,安且吉兮!

【张居正讲评】

但以我自为之,而我自服之人,或有议吾后者,是不见有安吉之休也。不如子所命之衣而服之,则策词一颁,人皆帖服,无槸抗之危,有尊荣之美,安而且吉矣,此予所以请命于子也。

【原文】

岂曰无衣,六兮。不如子之衣,安且燠兮!

【张居正讲评】

燠乃服之久而无更易者也。嗟乎!武公灭晋,犹必请命者,是畏名分所在,而虑征讨之及也。今釐王乃诛讨不加,贪其宝赂,而爵命行焉,失天讨矣,则虽有方伯仗义而起,欲正其罪,将以主命而不敢发矣。彼篡贼之徒,又何惮哉?吁,礼乐征伐,移于诸侯,移于大夫,又窃于陪臣,是皆周之自失其权也。其后六卿分晋,殆效尤武公,而威烈之命,三晋其亦绍述于釐王也欤。

有杕之杜

【总评】

此人好贤,而恐不足以致之,故作此。曰:贤者曷尝无用世之心哉,顾非值昌盛之势,则不就以不足展其大行之志也,今予何不幸而限于其势耶?

【原文】

有杕之杜,生于道左。

【张居正讲评】

彼木之茂盛者,其荫可以休息也。若比特生之杜,生之道左,无茂盛之枝叶,则其荫不足以休息矣。然则我有寡弱之势,不足为贤者之恃赖,不犹是耶!

【原文】

彼君子兮,噬肯适我?

【张居正讲评】

夫广土众民,君子欲之,以我之寡弱如是,彼君子兮,亦安肯顾而适我哉?

【原文】

中心好之,

【张居正讲评】

然君子固无意于我也,而我于君子实中心好之,一念尊德之诚,殆非出于声音之伪矣。

【原文】

曷饮食之?

【张居正讲评】

但势既不足以致之,则虽欲隆大烹之养,以饮食之,而无其由耳,中心之好,其将何以自达哉。

【原文】

有杕之杜,生于道周。彼君子兮,噬肯来游?中心好之,曷饮食之?

【张居正讲评】

吁,以诗人好贤之心如此,则贤者安有不至,而何寡弱之足患哉!

葛生

【总评】

此妇人以夫久从征役而不归,故作此。曰:夫妇之间,甚乐乎相保,而甚无乐乎相离,倘不幸而相离,则吾人将何以为情也哉。

【原文】

葛生蒙楚,蔹蔓于野。

【张居正讲评】

彼葛生则蒙于楚,蔹生则蔓于野,是物固各有所依托矣。

【原文】

予美亡此，

【张居正讲评】

况予之所美者，正予之所依托也。今乃久从征役，而独不在是焉。

【原文】

谁与？独处。

【张居正讲评】

则谁与我处哉，惟睽然独处于此耳，不亦葛与蔹之不如乎。

【原文】

葛生蒙棘，蔹蔓于域。予美亡此，谁与？独息。

【原文】

角枕粲兮，

【张居正讲评】

以言乎角枕，则粲然而华美矣。

【原文】

锦衾烂兮。

【张居正讲评】

以言乎锦衾，则烂然其鲜明矣。

【原文】

予美亡此，

【张居正讲评】

非不可与予之所美者，共此枕裘也。而今乃久从征役，而不在是焉。

【原文】

谁与？独旦。

【张居正讲评】

则谁与共旦哉，惟独处至旦而已。物迩而人远，我抚枕衾，宁不益增予之叹息也耶。

【张居正讲评】

夫独居而忧思，吾已不胜睽违之感矣。况冬夏之时，而尤有难于为情者乎。

【原文】

夏之日，

【张居正讲评】

盖我君子亡,此固靡日而不思矣。但四时之日,莫如夏日之永,则忧思之念,于是独至,殆有日不得夕焉。

【原文】

冬之夜。

【张居正讲评】

亦靡夜而不思矣,但四时之夜,莫如冬夜之永,则忧思之念,于是独甚,殆有夜不得旦焉。

【原文】

百岁之后,归于其居。

【张居正讲评】

然思之,虽切如君子之归无期,何吾意其终,不可得而见矣。使百岁之后,同归于其居焉,则虽不得见于生前,而犹得相从于死后也,此心亦庶几其少慰矣乎。

【原文】

冬之夜,夏之日。百岁之后,归于其室。

【张居正讲评】

吁,居而相离,则思者人情之常也。思之深而无异心者,唐风之厚也,先王风化之远,于此可见矣。

采苓

【总评】

此刺听谗之诗。意曰:天下最不可信者,惟谗言,而人每为其所惑者,凡以听之轻耳。

【原文】

采苓采苓,首阳之巅。

【张居正讲评】

彼苓生于下隰,非首阳之巅所有也。子欲采苓,采苓于首阳之巅乎?然则谗人之言,虚伪反复,非理之所有,亦犹首阳之无苓也,子欲听谗人之言也乎?

【原文】

人之为言,苟亦无信。

【张居正讲评】

故人之为是言,以告子者,未可遽以为信也。

【原文】

舍旃舍旃,苟亦无然。

【张居正讲评】

必姑舍置之,姑舍置之,而无遽以为然,徐察而审听之焉。

【原文】

人之为言,胡得焉?

【张居正讲评】

则说者之情伪,以见不得以行其计,而谗自止矣,胡得焉?子何为而遽信之,以长彼之奸也耶?

【原文】

采苦采苦,首阳之下。人之为言,苟亦无与。舍旃舍旃,苟亦无然。人之为言,胡得焉?

【原文】

采葑采葑,首阳之东。人之为言,苟亦无从。舍旃舍旃,苟亦无然。人之为言,胡得焉?

【张居正讲评】

此可见轻信为召谗之门,详审乃绝讹之道。彼造谗者,故小人之常态矣,而轻于听信,非子之过哉?

秦风

【总评】

嬴姓伯益之裔,后为犬戎所灭,周平王封襄公为诸侯,兼有岐丰之地。诗几十篇。

车邻

【总评】

是时秦君始有车马,及此寺人之官,国人创见而夸美之。曰:吾君著伐戎之绩,受岐、丰之封,则一时邦家之新造,而其礼仪盛备,岂无可言乎。

【原文】

有车邻邻,有马白颠。

【张居正讲评】

彼吾君向为大夫,虽不徒行,然其车马犹未备也。今也位列侯爵,享有千乘,故以言其车马,则数多而色备,车有辚辚之声,马有白颠之色矣。

【原文】

未见君子,寺人之令。

【张居正讲评】

吾君向为大夫,虽有使令,然而寺人则未设也。今也位列邦君,官备内臣,故方未见君子之时,则有寺人以使令,通欲入之意,传许见之命矣。是车马也,寺人也,均非昔所未有,而今有之乎,一创见之余,诚有可夸者矣。

【张居正讲评】

夫以国家初兴,而礼仪始备,是固君民之深庆者也,可不及时以为乐哉。

【原文】

阪有漆,隰有栗。

【张居正讲评】

今夫阪则有漆矣,隰则有栗矣。

【原文】

既见君子,并坐鼓瑟。

【张居正讲评】

我也假寺人之通,而既见君子,则当并坐一堂之上,而相与鼓瑟,以庆一时之盛矣。

【原文】

今者不乐,逝者其耋。

【张居正讲评】

苟失今不乐,则逝者其耋矣,虽欲为乐不可得矣,乐其可后哉。

【原文】

阪有桑,隰有杨。既见君子,并坐鼓簧。今者不乐,逝者其亡。

几何纹短剑(战国)

【张居正讲评】

夫始夸车马寺人之盛,见欢欣鼓舞之情矣,观并坐鼓瑟之,习见简易相亲之意矣。观逝者其耋之言,见悲壮感慨之气矣。秦之强以此,而秦之止于秦亦以此。然则人君于立国之初,而道民之路,可不知所审哉!

驷驖

【总评】

此亦夸美其君之词。意曰:吾君膺侯爵之封,而举蒐狩之典,吾人得于创见之下,宁能已于夸美之私乎。

【原文】

驷驖孔阜,

【张居正讲评】

彼吾君之行狩也,驰驱必资于马,则驷驖孔阜而肥大。

【原文】

六辔在手。

【张居正讲评】

御马必资于辔,则六辔在手而可观。

【原文】

公之媚子,从公于狩。

【张居正讲评】

斯时也,有公所亲爱之人,而从公于狩,以举田猎之典焉。是车马盛备,使令有人见于往狩之始,有如此者。

【原文】

奉时辰牡,

【张居正讲评】

及其方狩也,虞人则奉时辰牡,以待我公之狩。

【原文】

辰牡孔硕。

【张居正讲评】

辰牡则孔硕而肥大,是供三杀之献。

【原文】

公曰左之,

【张居正讲评】

斯时也,公命御者,使左其车,以射兽之左焉。

【原文】

舍拔则获。

【张居正讲评】

公舍拔则获，而遂收乎左膘之功矣。是礼仪之备，射御之精，其见于方狩之时，有如此者。

【原文】

游于北园，

【张居正讲评】

迨夫毕狩也，吾君无事于舍拔矣，媚子无事于举柴矣，虞人亦无事于翼兽矣，于是相游北园之中，而优游以休焉。

【原文】

四马既闲。

【张居正讲评】

以言乎四马，则因其北园之游，而从禽非所事也，见其有调习之美者矣。

【原文】

輶车鸾镳，

【张居正讲评】

以言乎輶车，则因其北园之游，而驱逆非所用也，闻其有鸾镳之声者矣。

【原文】

载猃歇骄。

【张居正讲评】

至于长喙之猃，与夫短喙之歇，驱亦不烦于追逐走兽，则皆载之于輶车之中，以休其足力矣。是其终事之从容整暇，见于毕狩之时，又如此者。夫观吾君行狩终始之事，是皆昔所未有也，而今有之，则吾人何幸，而得以创见之耶，诚有不容于夸美者矣。

小戎

【总评】

襄公征西戎，其从役之家人作此诗。曰我公承天子之命，为复仇之举，此大义之不容已也，而军容之盛何如？

【原文】

小戎伐收，

【张居正讲评】

彼攻占必用小戎也,而小戎之收,所以收敛所载者,则杀大车以为度,而其制则甚浅矣。

【原文】

五楘梁辀。

【张居正讲评】

辀前之梁辀,所以钩衡驾马者,则用五皮以为束,而其之则历录矣。

【原文】

游环胁驱,

【张居正讲评】

骖马身不夹辕,虑其出入之靡定也,则有游环以制之,使不得外出,胁驱以驱之,使不得内入,而出入之防周矣。

【原文】

阴靷鋈续。

【张居正讲评】

骖马颈不当衡,虑其任载之偏重也,则有阴靷以系骖马之颈,白金以饰续靷之处,而任载之力齐矣。

【原文】

文茵畅毂,

【张居正讲评】

其车中所坐之褥,则以虎皮为之,其文炳也,有持辐受轴之毂,则视大车有加其制长也,此其车固为天下之完车矣。

【原文】

驾我骐馵。

【张居正讲评】

以是车而驾我青黑色之骐,左足白之馵,虽齐力而不齐色,而要皆极我泾渭之选也,马又岂有不良哉!

【原文】

言念君子,温其如玉。

【张居正讲评】

以是车甲而伐彼西戎,夫固人心之大愤,即我君子亦有不容辞者,其如我之私情,何故我也言念君子,其为人温然有如玉之美。

【原文】

在其板屋,乱我心曲。

【张居正讲评】

今乃在彼板屋之地,以伐西戎,虽欲相亲而无由也,不有乱我心曲也哉!

【张居正讲评】

然军容之盛,不特此已也。

【原文】

四牡孔阜,

【张居正讲评】

言其驾车之四牡,则孔阜而肥大矣。

【原文】

六辔在手。

【张居正讲评】

言其御车之六辔,则在手而操纵矣。

【原文】

骐骝是中,

【张居正讲评】

四牡有服马者,则青黑之骐,赤马黑鬣之骝,是其中之两服也。

【原文】

騧骊是骖。

【张居正讲评】

四牡有骖马者,则黄马黑喙之騧、黑色之骊,是其外之两骖也。

【原文】

龙盾之合,

【张居正讲评】

车之中必有为之卫也,于是画龙之盾,载之以二,不患夫破毁之无备矣。

【原文】

鋈以觼軜。

【张居正讲评】

骖内辔必有为之饰也,于是系軜之觼,沃以白金,不患夫文采之弗彰矣。

【原文】

言念君子,

【张居正讲评】

而此车甲,而伐彼西戎,夫固人心之大愤,即我君子亦有不可辞者,其如我之私情,何故我也言念君子。

【原文】

温其在邑。

【张居正讲评】

其为人温然有和厚之休,今方在彼西鄙之邑,以讨西戎。

【原文】

方何为期?

【张居正讲评】

不知将以何时为归期乎?

【原文】

胡然我念之!

【张居正讲评】

胡为乎使我思念之极耶!

【张居正讲评】

然军容之盛,又不特此也。

【原文】

伐驷孔群,

【张居正讲评】

言其驾车之四马,则以浅薄之金为甲,轻而易于旋习,吾见其群然而甚和矣。

【原文】

厹矛鋈錞。

【张居正讲评】

有厹矛焉,以备击刺也,则销白金,以沃矛之錞,浑然其制坚也。

【原文】

蒙伐有苑,

【张居正讲评】

有中干焉,以捍矢石也,则尽杂羽,以为伐之色,苑然其文照也。

【原文】

虎韔

【张居正讲评】

韔以藏弓,而以虎皮为之,藏弓不既固乎。

【原文】

镂膺。

【张居正讲评】

膺以饰焉,而以镂金饰之,物采不既章乎。

【原文】

交韔二弓,

【张居正讲评】

弓不以二,则患取用之不周,于是交置二弓,于虎韔之中,所以备折坏也。

【原文】

竹闭绲滕。

【张居正讲评】

弓不以檠,则虑弓体之或邪,于是以竹为闭,而以绳约之,所以正其体也。

【原文】

言念君子,载寝载兴。

【张居正讲评】

以此车甲,伐彼西戎,则君子之从役者,义也,而吾人之思念者,亦情也。故我也,言念君子,至于载寝载兴,而起居为之不宁焉。

【原文】

厌厌良人,

【张居正讲评】

盖想及君子之为人,则厌厌然安舒之良人也。

【原文】

秩秩德音。

【张居正讲评】

想及君子之德音,则秩秩然有序之德音也。其人如是,其德如是,而不得以遂其亲炙之心,则其思念之深,而寝兴之不宁也,乌容已哉。夫襄公以义兴师,则虽从役之家人,亦知勇于义焉。故先夸车甲之盛,而有感激之心,后及私念之情,而无怨怼之意,则信乎义之足以使人矣。惜乎伐戎之举,不出于周,而出于秦,小戎之诗,不出于平王,而出于妇人,则秦安得而不强,周安得而不弱哉!

蒹葭

【总评】

此思人而不得见之诗。若曰天下之人,有颓然于流俗之中,则见之恒易也,惟超然于尘寰之表者,则见之恒难也。

【原文】

蒹葭苍苍,白露为霜。

【张居正讲评】

彼蒹葭苍苍而未败,白露始凝而为霜。吾值斯时,不能不动伊人之思矣。

【原文】

所谓伊人,在水一方。

【张居正讲评】

而所谓伊人者,乃逃世自洁,在彼水之一方焉。

【原文】

溯洄从之,道阻且长。

【张居正讲评】

使其求而得以见也,吾思犹可以自慰也,奈何意其求之于上,而可得欤。固常溯流而上以从之,则道阻且长,可行而不可至矣。

【原文】

溯游从之,宛在水中央。

【张居正讲评】

又意求之于下,而可得欤,固尝顺流而下以从之,则宛在水央,可望而不可亲矣。夫以上下求之,而皆不可得,则感蒹葭之极,目睹白露之横秋,徒以重忧思之怀耳,其如此伊人何哉!

【原文】

蒹葭萋萋,白露未晞。

【张居正讲评】

蒹葭则萋萋而未败矣,白露则方湿而未晞矣。

【原文】

所谓伊人,在水之湄。

【张居正讲评】

斯时也,所谓伊人,而动我之思者,乃在水之湄焉。

【原文】

溯洄从之,道阻且跻。

【张居正讲评】

我也仰止伊人之居,固常溯洄以从之,则道阻且跻,限于势之难至也。

【原文】

溯游从之,宛在水中坻。

【张居正讲评】

又尝溯游以从之,则宛在水中坻,邈乎迹之难亲也,上下求之,而皆不可得,如此吾将何以为情哉!

【原文】

蒹葭采采,白露未已。

【张居正讲评】

蒹葭则方盛,而可采矣,白露则方零,而未已矣。

【原文】

所谓伊人,在水之涘。

【张居正讲评】

斯时也,所谓伊人,而动我之思者,在水之涘焉。

【原文】

溯洄从之,道阻且右。

【张居正讲评】

我也仰止伊人之居,固尝溯洄以从之,则道阻且右,而限于势之不相值也。

【原文】

溯游从之,宛在水中沚。

【张居正讲评】

又尝溯游以从之,则宛在水中沚,而孑然就之莫即也,上下求之,而皆不可得,如此吾又将何以为情哉。夫伊人□然,即水滨以常往,而不轻与人世为群,固可谓贤矣,而诗人思欲见之,深慨其不可得焉,其亦秉彝好德之心也与!

终南

【总评】

此亦美其君之词,言人君肇有国之封者,则必有君国之气象,今吾莅政新邦,其容貌佩服之□,岂无有可揄扬者乎。

【原文】

终南何有?有条有梅。

【张居正讲评】

彼终南之山,吾君所封之镇也,而果何所有乎?则有山楸之条与似杏之梅矣。

【原文】

君子至止,

【张居正讲评】

况我君子新受岐、丰之命,而至止终南之下也,夫岂无可见乎。

【原文】

锦衣狐裘。

【张居正讲评】

但见锦衣以裼,狐裘侈夫,七命之荣也。

【原文】

颜如渥丹,

【张居正讲评】

颜色有如渥丹,移于居养之异也。

【原文】

其君也哉!

【张居正讲评】

以此容服,而尊临于臣民之上,真无忝于邦君之度矣,不称其为君也哉!

【原文】

终南何有?有纪有堂。

【张居正讲评】

终南之山,吾君所封之岳也,而果何所有乎?则有廉之纪,与夫宽平之堂矣。

【原文】

君子至止,

【张居正讲评】

况我君子,新膺畿内之命,而至止终南之下也,夫岂无可见乎!

【原文】

黻衣绣裳。

【张居正讲评】

但见黻绣衣裳有以为身之章也。

【原文】

佩玉将将,

【张居正讲评】

玉佩于深有,以为德之比也。

【原文】

寿考不忘!

【张居正讲评】

以此服饰,而尊居于南面之中,吾愿其不止一时已也,殆将享寿考之隆,而求保于不忘矣,非吾人之情也哉。

黄鸟

【总评】

秦穆公卒,以子车氏之三子为殉,国人哀之。

【原文】

交交黄鸟,止于棘。

【张居正讲评】

交交然而飞之黄鸟,则止于棘矣。

【原文】

谁从穆公?子车奄息。

【张居正讲评】

谁从穆公之死,则子车氏之奄息矣。

【原文】

维此奄息,百夫之特。

【张居正讲评】

维此奄息,才德超出于□夷,乃百夫之特也。

【原文】

临其穴,惴惴其慄。

【张居正讲评】

今顾从先君之遗命,迫而生纳之圹中,但见临其穴,惴惴其栗而危惧,诚有令人伤者矣。

【原文】

彼苍者天,歼我良人。

【张居正讲评】

夫奄息乃国之良,天宜保全之,以为国之辅可也,彼苍者天,胡乃歼我良人之若是也哉。

【原文】

如可赎兮,

【张居正讲评】

使属圹之乱命,可以无从奄息之殉葬,可以他人代。

【原文】

人百其身。

【张居正讲评】

则人皆愿百其可以易之矣,盖一奄息,足以为百夫之特,则当我百人,不足以增重乎? 国而存一奄息,实足以有光于秦,而百其身以易之者,吾人之愿也,然如奄息之不可赎,何哉?

【原文】

交交黄鸟,止于桑。谁从穆公? 子车仲行。维此仲行,百夫之防。临其穴,惴惴其慄。彼苍者天,歼我良人。如何赎兮,人百其身。

【张居正讲评】

同上。

【原文】

交交黄鸟,止于楚。谁从穆公? 子车鍼虎。维此鍼虎,百夫之御。临其穴,惴惴其慄。彼苍者天,歼我良人。如可赎兮,人百其身。

【张居正讲评】

夫穆公以贤人从死,是乱命也。康公从父之乱命,以杀三良,则其罪不特在穆公矣。于三良则不仁,于穆公则不孝,康公乌能逭其罪乎!

晨风

国学经典文库

【总评】

夫人以夫不在而言。

【原文】

鴥彼晨风,郁彼北林。

【张居正讲评】

鴥然疾飞之晨风,则归于郁然茂盛之北林矣。

【原文】

未见君子,忧心钦钦。

【张居正讲评】

况我未见君子,不胜其睽违之感,则忧心钦钦,而不忘矣。

【原文】

如何如何,忘我实多。

【张居正讲评】

夫我不忘君子如此,亦宜君子之不忘我也。彼君子者,如何久而不归,而忘我之多如是乎。

【原文】

山有苞栎,隰有六駮。

【张居正讲评】

今夫山则有苞栎矣,隰则有六駮矣。

【原文】

未见君子,忧心靡乐。

【张居正讲评】

况我也,未见君子,则忧思之甚,而此心为之靡乐矣。

【原文】

如何如何,忘我实多。

【张居正讲评】

夫忧而至于靡乐,则我之不忘君子,可谓至矣。彼君子者如何如何,而忘我之多乎。

【原文】

山有苞棣，隰有树檖。未见君子，忧心如醉。如何如何，忘我实多。

【张居正讲评】

同上。

无衣

【总评】

秦人平居而相谓，曰平民无敢勇之气，则不能以效死，平日无同心之爱，又不可以同事。

【原文】

岂曰无衣？与子同袍。

【张居正讲评】

是故我以袍而同之子也，岂曰以子无衣之故，而与子同袍哉。

【原文】

王于兴师，修我戈矛，与子同仇。

【张居正讲评】

盖恩不共结于平时，则义不共奋于一旦。故我以同袍相固结，倘使主国有难，我公以天子之命而兴师，则将修我之戈矛，而与子同仇，相率以敌王之忾矣，是我之同袍为是故耳，岂曰子之无衣然哉！

【原文】

岂曰无衣？与子同泽。

【张居正讲评】

不特与子同袍已也，至于泽亦必同之矣，然岂曰无衣，而欲与子同泽哉。

【原文】

王于兴师，修我矛戟，与子偕作。

【张居正讲评】

盖我公一旦承天子之命而兴师，则将修

寺工戈（战国）

我矛戟，而与子偕作焉。我倡于先，子奋于后，相与共赴主国之难者，此今日同泽意也，非诚以无衣之故矣。不然彼此之情不相孚，安望其能偕作也耶！

【原文】

岂曰无衣？与子同裳。

【张居正讲评】

又不特与子同泽已也，至于裳亦必同之矣。然岂曰无衣，而与子同裳哉。

【原文】

王于兴师，修我甲兵，与子偕行。

【张居正讲评】

讲俱同上。夫秦本周地，故其民犹知尊王者，乃其周泽之未泯，而乐于战斗，则秦之强悍，有以驱而变之耳，使其导之以先王仁义之德，则其俗岂如是而已哉。噫，此秦之所以止于秦也。

渭阳

【总评】

此秦康公送其舅重耳作也。言人情之感，莫切于别离之际，而况于甥舅之情，无有不容已者乎。

【原文】

我送舅氏，曰至渭阳。

【张居正讲评】

诚以我舅在外十九年，而今始得以复国。顾晋之宗盟有赖，而秦之后会无期，故我送舅氏，曰至渭阳之地，盖有不忍以遽别者矣。

【原文】

何以赠之？

【张居正讲评】

然行必以赆礼也，我果何以赠之乎？

【原文】

路车乘黄。

【张居正讲评】

则赠之路车与乘马焉。盖舅氏返国，将继统而为诸侯也，以是赠之，庶有以光其行，而表吾甥舅之爱耳。

【原文】

我送舅氏，悠悠我思。

【张居正讲评】

我舅兄弟十九人,而彼独得以嗣立,顾废者可以复兴,而死者不可复存,故我送舅氏,悠悠我思,盖念吾母,而不得见矣。

【原文】

何以赠之?

【张居正讲评】

然行必以赆礼也,我果何以赠之乎?

【原文】

琼瑰玉佩。

【张居正讲评】

则赠之以琼瑰之玉佩焉。盖舅氏返国,将缵绪而为诸侯也,以是赠之,庶有以备其饰而达吾甥舅之情耳。夫康公送舅氏,而念母之不见,是故良心也,而卒连兵令孤,视甥舅不啻仇仇何哉,无廼怨欲不能制欤。噫,此康公之所以止于康公也。

权舆

【总评】

此人君待贤不继,故贤者作此。曰:人君养贤,固贵于礼意之殷勤,尤贵于终始之如一,自今言之。

【原文】

於,我乎,夏屋渠渠,

【张居正讲评】

君始于我也,处之以渠渠之夏屋,其于饮食之礼,无所不备,可谓能处其始矣。

【原文】

今也每食无余。

【张居正讲评】

今也乃每食而无余焉,其视夏屋之初为何如耶。

【原文】

于嗟乎,不承权舆。

【张居正讲评】

吁嗟乎,终不继于其始,是不承权舆矣,何其始勤终怠之,若是殊哉。

【原文】

於,我乎,每食四簋。

【张居正讲评】

吾君始于我也,养之以每四簋之多,其于供意之仪,无以不至,可谓能厚于始矣。

【原文】

今也每食不饱,

【张居正讲评】

今也乃每食之不饱焉,其视四簋之多,为何如耶。

【原文】

於嗟乎,不承权舆。

【张居正讲评】

吁,嗟乎,终不继于其始,是不承权舆矣。何其始厚终薄之,若是殊哉!要之权舆不承,是废礼也。废礼是忘道也,忘道之人,不可久处,君子可无见几之智乎?吁,此固贤者之意也欤。

陈风

【总评】

帝舜之胄阏父为周陶正,武王以太姬妻其子满,而封于陈。诗凡十篇。

宛丘

【总评】

国人见此人常游荡于宛丘之上,故刺之。

【原文】

子之汤兮,宛丘之上兮。洵有情兮,

【张居正讲评】

子游荡于宛丘之上,快意适观,流连风景,信有情思而可乐矣。

【原文】

而无望兮。

【张居正讲评】

然放纵不检,秩于礼法之外,何有威仪可瞻望乎。

【张居正讲评】

然使其荡而有节,犹之可也。

【原文】

坎其击鼓,宛丘之下。

【张居正讲评】

今子坎坎,其击鼓于宛丘之下,所以为乐也。

【原文】

无冬无夏,值其鹭羽。

【张居正讲评】

然岂特一时为然哉,且无冬无夏而击鼓,于是值其鹭羽以为舞焉,何其荒淫无度之若是耶。

【原文】

坎其击缶,宛丘之道。无冬无夏,值其鹭翿。

【张居正讲评】

吁,此人游荡,而诗人知刺之,亦可谓不移于流俗矣。

东门之枌

【总评】

此男女聚会歌舞而赋其事,以相乐。

【原文】

东门之枌,宛丘之栩。

【张居正讲评】

东门则有枌矣,宛丘则有栩矣,夫固为聚会歌舞之地也。

【原文】

子仲之子,婆娑其下。

【张居正讲评】

但见子仲氏之女,婆娑于其下,依蔽树之下荫,而快歌舞之情,诚有可乐者矣。

【原文】

榖旦于差,南方之原。

【张居正讲评】

是子仲氏之女也,差则善旦以会于南方之原,将以为歌舞之事也。

【原文】

不绩其麻,市也婆娑。

【张居正讲评】

于是不绩其麻,以会于市也,而婆娑以舞焉。盖苟得以遂歌舞之乐,则虽弃其业而不辞矣。

【原文】

榖旦于逝,越以鬷迈。

【张居正讲评】

是子仲氏之子也,以善旦而往,于是挟其众与偕行,所以为歌舞之事。

【原文】

视尔如荍,

【张居正讲评】

斯时也,我视尔颜色之美,有如荍若之华。

【原文】

贻我握椒。

【张居正讲评】

而尔复遗我以一握之椒,而交情好焉。盖彼此相爱之意,实有寓于物,而不尽于物者矣。意男女聚会,而赋其相乐之事如此,俗之不美见矣,夫岂无所自哉。

衡门

【总评】

此隐居自乐而无求者之词。言人当知有素位之乐,而不可有愿外之心。盖愿外则随在皆难必也,素位则无往非可适也。

【原文】

衡门之下,可以栖迟。

【张居正讲评】

故我也,横木为门,虽云浅陋也,然居于斯,即乐于斯,固泰然其有余,适者不可以栖迟乎,而衡门之下皆乐地矣。

【原文】

泌之洋洋,可以乐饥。

【张居正讲评】

泌水洋洋,虽不可饱也,然寓于斯,即玩于斯,故悠然其有余趣者,不可忘饥乎,而泌水皆乐境矣。夫如是而居,如是而玩吾心,盖无不自足也,而又何求于外哉。

【张居正讲评】

是故河鲂、河鲤,鱼之美者也,然必得之,则食不得则已。齐姜、宋女色之美者也,然必得之,则娶不得,则已而后于心无所累也。

【原文】

岂其食鱼,必河之鲂?

【张居正讲评】

今也岂其食鱼必河之鲂乎? 盖食惟取适口足矣,苟非河鲂亦可也。

【原文】

岂其取妻,必齐之姜?

【张居正讲评】

岂其娶妻必齐之姜乎? 盖妻惟取内助足矣,苟非齐姜亦可也。

【原文】

岂其食鱼,必河之鲤?

【张居正讲评】

岂其食鱼,必河之鲤乎? 盖食惟取属厌已矣,苟非鲤亦可也。

【原文】

岂取妻子,必宋之子?

【张居正讲评】

岂其娶妻必宋之子乎? 盖妻惟取代终已矣,苟非宋子,亦可也。盖食色之性,虽人所有,而位分之素亦人当安,若必切切然求其尽美而后为快焉,几何而不驰心于外,而丧吾自得之真哉? 夫以隐者之词如此,非有道之君子,其孰能之。

东门之池

【总评】

此亦男女会遇之词。

【原文】

东门之池,可以沤麻。

【张居正讲评】

东门之池,水所聚也,则可以沤麻矣。

【原文】

彼美淑姬,

【张居正讲评】

维彼淑姬,其色至美者也。

【原文】

可与晤歌。

【张居正讲评】

则可与晤歌矣,当会遇之顷,相与唱合以恰情,宁不适我愿乎。

【原文】

东门之池,可以沤纻。

【张居正讲评】

东门之池,则可以沤纻矣。

【原文】

彼关淑姬,可以晤语。

【张居正讲评】

彼美色之淑姬,于斯而一邂逅焉,岂不可与晤语乎？彼此答述之际,我其与子偕臧矣。

【原文】

东门之池,可以沤菅。彼关淑姬,可与晤言。

【张居正讲评】

同上。

东门之杨

【总评】

此男女期会,而有赴约不至者,故因所见以起兴。

【原文】

东门之杨,其叶牂牂。

【张居正讲评】

东门之杨,则其叶牂牂焉而甚盛矣。

【原文】

昏以为期,

【张居正讲评】

子与我昏以为期，欲于此一相会也。

【原文】

明星煌煌。

【张居正讲评】

今则见其启明之星，煌煌其大明矣。期于昏，而将旦之不见，我不知其何为负约至此也，宁不孤我之望乎哉。

【原文】

东门之杨，其叶肺肺。昏以为期，明星晢晢。

【张居正讲评】

同上。

墓门

【总评】

此刺人为恶之诗，但不知其何所□也。

【原文】

墓门有棘，斧以斯之。

【张居正讲评】

墓门有棘，不期于斧之斯也，而樵采者不废，则斧以斯之矣。

【原文】

夫也不良，国人知之。

【张居正讲评】

夫也不良，不欲于人之知也，然恶积而不可掩，则国人皆有以知之者矣。

【原文】

知而不已，

【张居正讲评】

夫为恶于独，而至为国人所知，此其事迹亦暴著矣，使其能速改焉，犹可以自新也，夫何国人知之而犹不改。

【原文】

谁昔然矣。

【张居正讲评】

则自畴昔已然，非适今日而然也。何其肆恶之无忌惮如是哉！

【原文】

墓门有梅,有鸮萃止。

【张居正讲评】

墓门有梅,不期于鸮之萃也。然招徕之有机,则必有鸮以萃之者矣。

【原文】

夫也不良,歌以讯之。

【张居正讲评】

夫也不良,不欲于人之讯也,然劝善亦人心之公,则必有歌其恶以讯之者矣。

【原文】

讯予不顾,颠倒思予。

【张居正讲评】

夫为恶不已,而至为予之讯,此其事势亦几殆矣,使其能予顾焉,则庶不至颠倒之患也。苟讯之而不予顾,至于颠倒而后思予,则岂有所及哉。此可见闻善速改者,固自善之道,亦免祸之道也。诗人既惓惓然望其改,而又惕其不改之祸,此其意良切矣,何此人之不悟哉!

防有鹊巢

【总评】

此男女之有私而忧,或间之之词意。

【原文】

防有鹊巢,邛有旨苕。

【张居正讲评】

言防之上,则有鹊之巢,邛丘之中,则有旨之苕矣,物各有所止如此。

【原文】

谁侜予美?

【张居正讲评】

况此人也,乃予之所美者也,今何人驾为虚诞之词,以侜张予之所美乎。

【原文】

心焉忉忉。

【张居正讲评】

使我虑谗间之,或人恐情好之不终,而忧之至于忉忉矣。彼何人斯,慎毋使我心忉乎哉！

【原文】

中唐有甓，邛有旨鹝。谁侜予美？心焉惕惕。

【张居正讲评】

同上。

月出

【总评】

此亦男女相悦而相念之词。

【原文】

月出皎兮，

【张居正讲评】

月出则皎然而光矣。

【原文】

佼人僚兮。

【张居正讲评】

佼人则僚然而好矣。

【原文】

舒窈纠兮，

【张居正讲评】

是佼人也，我欲见而不可得，则窈纠之情切矣。今安得施施而来见之，以舒其窈纠之情乎。

【原文】

劳心悄兮！

【张居正讲评】

愿见之心，日切于中，是以为之劳心，悄然有不堪其忧者矣。

【原文】

月出皓兮，佼人懰兮。舒忧受兮，劳心慅兮！

【张居正讲评】

同上。

【原文】

月出照兮,佼人燎兮。舒夭绍兮,劳心惨兮。

【张居正讲评】

同上。

株林

【总评】

灵公淫于夏徵舒之母,朝夕而往夏氏之邑,故其民相与语。

【原文】

胡为乎株林,从夏南兮?

【张居正讲评】

君胡为乎?适株林乎?曰从夏南焉耳。

【原文】

匪适株林,从夏南兮!

【张居正讲评】

然则君非适株林也,特以从夏南之故耳,使非为夏南之故,则一株林之小,何足以烦吾君之至止耶!

【原文】

驾我乘马,说于株野。

【张居正讲评】

夫君惟为从夏南也,是故驾我乘马,而说于株野焉,而岂为无故之行乎。

【原文】

驾我乘驹,朝食于株。

【张居正讲评】

驾我乘驹,而朝食于株焉,而岂为无故之往乎,盖既无心于夏南,则其说食于株也,固不得不若是其数数矣。夫灵公淫于夏姬,不可言也,故以从其子言之,诗人之忠厚如此。

泽陂

【总评】

此亦男女相悦而相念之词。

【原文】

彼泽之陂,有蒲与荷。

【张居正讲评】

彼泽之陂,则有蒲与荷矣。

【原文】

有美一人,伤如之何。

【张居正讲评】

有美一人,我欲见之而不可得,则虽忧伤,而如之何哉。

【原文】

寤寐无为,涕泗滂沱。

【张居正讲评】

则寤寐之际,无他所为,惟涕泗滂沱而已。盖忧伤之情,既不得遂于一见,而涕泗之零,自不觉其然耳。

【原文】

彼泽之陂,有蒲与蕳。

【张居正讲评】

彼泽之陂,有蒲与蕳矣。

【原文】

有美一人,硕大且卷。

【张居正讲评】

有美一人,则体貌之硕大,而且鬈鬓之皆美矣。

【原文】

寤寐无为,中心悁悁。

【张居正讲评】

我也念斯人之不见,而忧相亲之无由,则惟寤寐无为,中心悁悁然,而于悒之不胜矣,其如美人何哉。

【原文】

彼泽之陂,有蒲菡萏。

【张居正讲评】

彼泽之陂,则有蒲菡萏矣。

【原文】

有美一人,硕大且俨。

【张居正讲评】

有美一人，则形体之硕大，而且威仪之矜庄矣。

【原文】

寤寐无为，辗转伏枕。

【张居正讲评】

我也思斯人之不见，而伤相从之无自，则惟寤寐无为，辗转伏枕而卧，不能寐耳，其如美人何哉。

桧风

【总评】

桧姓之国，祝融之后也。诗凡四篇。

羔裘

【总评】

桧君好洁衣服，而不自强政治，故诗人忧之。曰：人君之治国也，功崇惟志而玩好不与焉。业崇惟德而文饰不与焉，何吾君之不知此耶。

【原文】

羔裘逍遥，

【张居正讲评】

彼羔裘属私朝之服也，今则服之以逍遥而已。

【原文】

狐裘以朝。

【张居正讲评】

狐裘朝天子之服也，今则服之以临朝而已。

【原文】

岂不尔思？劳心忉忉。

【张居正讲评】

致洁于服饰之间，至于政事，乃置之度外而不理焉，将无以为国矣，我岂不为尔思哉，思之之深，忧心盖为之忉忉也。

【原文】

羔裘翱翔，

【张居正讲评】

羔裘则服之以翱翔矣。

【原文】

狐裘在堂。

【张居正讲评】

狐裘则服之以在堂矣，此其衣服非不美也。

【原文】

岂不尔思？我心忧伤。

【张居正讲评】

然问其政事，则若罔闻，知焉如是，而我岂不为尔思哉？思之而至，于我心忧伤者，盖深虑纪纲之不立，而国家之日乱也已。

【原文】

羔裘如膏，

【张居正讲评】

羔裘则如膏而润泽矣。

【原文】

日出有曜。

【张居正讲评】

日出则有曜而光明矣，此其衣服非不鲜也。

建鼓座（战国）

【原文】

岂不尔思？中心是悼。

【张居正讲评】

然问其政事则若罔闻，知焉如是，而我岂不为尔思哉，思之而至于中心是悼者，盖深知其不可救，徒悲悯于己而已，此可见国以政事为先，衣服乃其末节也。君以逸豫为戒，宴游所以致忘也，桧君不知其非，而国人为之忧如此，国欲不亡得乎？

素冠

【总评】

当时不能行三年之丧，贤者庶几见之，而作此诗。

【原文】

庶见素冠兮，

【张居正讲评】

素冠者大祥之后,而禫服之冠也。今人不能行三年之丧,其不见此素冠也久矣,我当此希阔之时,安得见此服素冠之人。

【原文】

棘人栾栾兮,

【张居正讲评】

其哀遽之状,栾栾然有毁瘠之形乎。

【原文】

劳心忄专忄专兮。

【张居正讲评】

我也愿见之切,至于此心忄专忄专,而忧劳之甚焉。盖三年之丧,人道之纪,而当时不行,我固不能不为人道而深伤之焉耳。

【原文】

庶见素衣兮,

【张居正讲评】

夫冠素则衣亦素矣,我也冀见素衣之人。

【原文】

我心伤悲兮,

【张居正讲评】

其望之之切,我心至于伤悲,而愈甚矣。

【原文】

聊与子同归兮。

【张居正讲评】

使其苟得见之,是固守礼之君子也,聊与子同归兮,而行事之间,必与子相似而不违也,不知今果得以见之否乎。

【原文】

庶见素韠兮,

【张居正讲评】

天衣素,则韠亦素矣,我也冀见素韠之人。

【原文】

我心蕴结兮,

【张居正讲评】

其望之之切,我心至于蕴结,而不伸矣。

【原文】

聊与子如一兮。

【张居正讲评】

使其苟得见之,是固秉礼之君子也。我也聊与子如一兮,而意气之间必与之相孚而罔间也。不知今果得见之否乎?吁,歌是诗者,其欲复天下之大经乎,其欲挽世道之颓坏乎,思深哉,反古之志也。

隰有苌楚

【总评】

政烦赋重人不堪其苦,而作此诗。

【原文】

隰有苌楚,

【张居正讲评】

彼下隰之地,有苌楚生焉。

【原文】

猗傩其枝。夭之沃沃,

【张居正讲评】

但见其枝猗傩,而柔顺少好而光泽矣。

【原文】

乐子之无知。

【张居正讲评】

盖惟子之无知,故政烦不能为之扰,赋重不能为之困,而生意向荣之如是耳。若我之有知,不免敝于政而困于赋,岂能如子之尤知而无忧乎,我其乐子之无知矣。

【原文】

隰有苌楚,猗傩其华。夭之沃沃,乐子之无家。

【张居正讲评】

无家无父母兄弟妻子之累也。

【原文】

隰有苌楚,猗傩其实。夭之沃沃,乐子之无室。

【张居正讲评】

夫吁天地之间,贵莫贵于人,贱莫贱于物,乃至以人之贵,叹不如物之贱,泽民之无聊甚矣。为人上者,何乃使之至此极哉!

匪风

【总评】

周室衰微,贤人忧叹而作此诗,曰:文武众建侯王,以蕃屏周,故王室衰微,惟诸伯叔父扶持而尊奖之,毋使失坠,斯无负水木本源之思也,吾今不能无慨矣。

【原文】

匪风发兮,匪车偈兮。

【张居正讲评】

彼风发则有暴疾之象,车偈则有疾驰之声,皆足以扰乱我心者也。故常时风发而车偈,则中心怛然矣。今则匪风之发也,匪车之偈也。

【原文】

顾瞻周道,中心怛兮。

【张居正讲评】

特以顾瞻周道,见其西归之无人,而思王室之陵夷,故中心为之怛然,有不胜其伤悲之感者矣,岂曰风发车偈而然哉。

【原文】

匪风飘兮,匪车嘌兮。顾瞻周道,中心吊兮。

【张居正讲评】

同上。

【张居正讲评】

夫我之怛然而吊者,惟以西归无人故也。苟有西归之人,则我之情,又岂但已哉。

【原文】

谁能亨鱼?溉之釜鬵。

【张居正讲评】

彼鱼我所欲也,谁能烹鱼,以和其滋味之所宜乎,我愿为之溉其釜鬵焉,所以预其调饮之用,而为先事之助者,固吾心所乐为矣。

【原文】

谁将西归?

【张居正讲评】

况归周我所欲也,谁将西归,以明君臣之义乎。

【原文】

怀之好音。

【张居正讲评】

我愿怀之以好音焉,所以扬其忠节之良,而为臣子之倡者,非吾心不容已哉,夫切伤周之念,而欲厚归周之人,若诗人可谓笃于君臣之义矣。

曹风

【总评】

周武王以封其弟振铎。诗凡四篇。

蜉蝣

【总评】

时人有玩细娱而忘远虑者,故诗人做诗以刺之。曰:人贵有长久之计,而勿偷旦夕之安。盖远虑无患,而狃目前者近忧,可立睹也。

【原文】

蜉蝣之羽,衣裳楚楚。

【张居正讲评】

彼蜉蝣之为物,其羽翌鲜明,尤衣裳之楚楚可爱矣,但朝生暮死,不能久存,则所谓楚楚者安在哉?然则人之玩细娱而忘远虑,将有目前之近祸不尤是耶。

【原文】

心之忧矣,

【张居正讲评】

我也虑子近祸之不免,是以心之忧矣。

【原文】

于我归处。

【张居正讲评】

欲其于我归处焉,使我得尽其规诲之益,而知细误不可玩,远虑不可忘,得庶几无危亡之祸可矣。不然徒寄蜉蝣于天地,将何以自存而免吾忧耶。

【原文】

蜉蝣之翼,采采衣服。心之忧矣,于我归息。

【张居正讲评】

同上。

【原文】

蜉蝣掘阅,麻衣如雪。心之忧矣,于我归说。

【张居正讲评】

同上。

候人

【总评】

此刺其君远君子而近小人之词。言人君之用舍贵当,设一有不当,则君子小人必有不得其所者矣。

【原文】

彼候人兮,何戈与祋。

【张居正讲评】

彼候人者,王迎送宾客之官也。故何戈与祋,以执迎送之役宜矣。

【原文】

彼其之子,三百赤芾。

【张居正讲评】

彼其之子,其于日宣浚明之德何有也,乃三百之多,而皆服大夫赤芾之服,何哉?

【张居正讲评】

夫不宜服而服之,则于君之冠服,岂其称哉。

【原文】

维鹈在梁,不濡其翼。

【张居正讲评】

彼鹈必在水,方濡其翼。今维鹈在梁,则不濡而翼矣。

【原文】

彼其之子,不称其服。

【张居正讲评】

夫人必有大夫之德者,方无愧于赤芾之服。今彼其之子,其德何如也,则岂称其服乎？夫以其服而使不称之人，得之于名器，不亦滥邪。

【原文】

维鹈在梁，不濡其咮。

【张居正讲评】

鹈比在水，方濡其咮。今维鹈在梁，则不濡其咮矣。

【原文】

彼其之子，不遂其媾。

【张居正讲评】

夫人必有大夫之德者，方无忝于赤芾之冠。今彼其之子，其德何如也？则岂遂其媾乎，夫以其媾而使不遂之人，得之于爵赏，不亦妄乎？

【张居正讲评】

夫小人得志，则君子晦处。其低昂之势，可胜道哉。

【原文】

荟兮蔚兮，南山朝隮。

【张居正讲评】

彼南山之草木，荟蔚极其盛多，而朝旦之间，云气腾升于其上，益有以动人之观瞻矣。然则小人有三百之多，又极贵宠，而气焰盛不尤是乎！

【原文】

婉兮娈兮，季女斯饥。

【张居正讲评】

彼深闺之季女，婉娈极其少好，而自守之贞，不肯妄于从人，盖不免于饥饿之穷困矣。然则君子以道自守，反至贫贱，而晦处不耀，不尤是乎。夫亲小人以盛其势，远君子以穷其耳，而于举措之间倒置甚矣，其将何以为国哉！

鸤鸠

【总评】

此诗君子之用心均平专一而作也。若曰：大哉有恒之心乎，是仪之不衍所由征也，服之有度，所由验也，天人之感化，宠绥所由致也，吾今于君子见之。

【原文】

鸤鸠在桑，其子七兮。

【张居正讲评】

鸤鸠在桑,其子七兮。子虽不一,而鸤鸠所以饲之者,则至一矣。

【原文】

淑人君子,其仪一兮。

【张居正讲评】

况我淑人君子,其见于威仪者,则合隐显久暂无役致,何其至一也。

【原文】

其仪一兮,心如结兮。

【张居正讲评】

其仪之一如此,而孰非心之如结者为之乎。盖虽其地有隐显也,而心无隐显之间,时有久暂也,而心无久暂之异。诚有如物之固结,而不可触者,是以见之,于仪若此,其至一耳,其用心何均平专一哉。

【张居正讲评】

然所谓仪之一者,于何而验之。

【原文】

鸤鸠在桑,其子在梅。

【张居正讲评】

彼鸤鸠在桑,其子在梅,子自飞去,而母常不移,何其性之一耶。

【原文】

淑人君子,其带伊丝。

【张居正讲评】

况我淑人君子,自其带言之,则为之以素丝,而有杂色之饰,惟其度也。

【原文】

其带伊丝,其弁伊骐。

【张居正讲评】

自其弁言之,则制之以皮,而有如骐之色,惟其称也。即其带弁之有常,而所谓仪之一者,故可以见其一端矣。然何莫而非心之均平专一为之哉。

【张居正讲评】

夫惟其仪之一,则岂不足以化人乎。

【原文】

鸤鸠在桑,其子在棘。

【张居正讲评】

彼鸤鸠在桑,其子在棘,母之性何不易耶。

【原文】

淑人君子,其仪不忒。

【张居正讲评】

况我淑人君子其心一,而其度有常,威仪之形,各中其节,盖无有差忒矣。

【原文】

其仪不忒,正是四国。

【张居正讲评】

夫惟其仪不忒,则民极自我而建,岂不足以正四国,而变其颇僻之习乎,是正国之化,亦莫非心一之征者矣。

【张居正讲评】

夫惟仪足化人,则岂不足以得天乎。

【原文】

鸤鸠在桑,其子在榛。

【张居正讲评】

鸤鸠在桑,其子在榛,母之性何不易耶。

【原文】

淑人君子,正是国人。

【张居正讲评】

况我淑人君子其仪一,而其化自神,四国之中,悉协于极,盖足以正是国人矣。

【原文】

正是国人,胡不万年?

【张居正讲评】

夫能正国人,则天心监于有德,胡不于万斯年,常为吾民之则哉?是格天之应,亦莫非心一之符矣。夫以君子用心之一,而其仪不忒,至于化人而得天焉,则其贤可知矣,宜诗人托兴而咏歌之也欤。

下泉

【总评】

王室陵夷,而小国困敝,故诗人作此。曰:小国恒视王室以为安危,故王泽不流,则民生日蹙,君子目击时事,不能不为之感慨矣。

【原文】

洌彼下泉,浸彼苞稂。

【张居正讲评】

彼泉水本以润物也,今以寒洌之下泉,而浸彼苞稂,则沍寒之气多,而苞稂为之见伤矣。然则王室,本以庇小国也,今也王室陵夷,则威令不行,而小国为之困敝,不尤是耶。

【原文】

忾我寤叹,念彼周京。

【张居正讲评】

夫洌彼下泉,则浸彼苞稂矣,我当此陵夷之时,则忾然寤叹,以念彼周京矣。盖以周京之微弱,使小国无庇覆,而坐受其弊,感时触物之际,恶得不忾然以悲哉。

【原文】

洌彼下泉,浸彼苞萧。忾我寤叹,念彼京周。

【张居正讲评】

同上。

【原文】

洌彼下泉,浸彼苞蓍。忾我寤叹,念彼京师。

【张居正讲评】

同上。

【张居正讲评】

夫今日之困,固有以重吾之忾叹矣,而追思昔日,则何如哉。

【原文】

芃芃黍苗,阴雨膏之。

【张居正讲评】

彼黍苗芃芃然而美,非自美也,由有阴雨以膏之耳。然则小国怡怡然而安,不自安也,由有王室以庇之耳。

【原文】

四国有王,郇伯劳之。

【张居正讲评】

夫芃芃黍苗既美矣,又有阴雨以膏之,不益美乎。况四国有王,以庇之既安矣,又有郇伯以劳之,宣其德泽,布其威令,使大有所畏,而小有所恃,不益安乎。若在于今,则日益困敝,欲求如昔日之安而不可得矣,悲伤忾叹之念,乌得不测然于思古之下也耶。

豳风

【总评】

公刘所居之国,程元曰:敢问豳风何风也? 文中子曰:变风也。周公之际,亦有变风乎? 曰:成王终疑,则风遂变矣。非周公之至诚,孰能卒之哉! 曰:豳居变风之末,何也? 曰:夷王以下,变风不复正矣! 夫子盖伤之也,故终之以豳风言变之可正也。诗凡七篇。

七月

【总评】

此周公陈稼穑之艰难,以告嗣王也。若曰:衣食者民生之原也,忠爱所由兴也,故所以使之遂其民生,而鼓其忠爱者,则君上之化也,王欲知先公之风,盖观之豳俗乎。

【原文】

七月流火,九月授衣。

【张居正讲评】

彼御寒必资于衣,豳人岂寒至而后索哉! 自其为衣言之,气越大火西流则暑退而将寒矣。九月霜降始寒,则授衣以御之焉。

【原文】

一之日觱发,

【张居正讲评】

盖以一阳之月,觱发而风寒。

【原文】

二之日栗烈。

【张居正讲评】

耳阳之月,栗烈而气寒。

【原文】

无衣无褐,何以卒岁?

【张居正讲评】

使无衣无褐以御之,将何以卒岁,此衣所以必授于九月也,其为衣之豫有如此。

【原文】

三之日于耜,

【张居正讲评】

养生必资于食,豳人岂饥至而后索哉,自其为食,言之三阳之约,东作方兴,则往修其田器矣。

【原文】

四之日举趾。

【张居正讲评】

四阳之月,土膏已动,则举趾而耕焉。

【原文】

同我妇子,馌彼南亩。

【张居正讲评】

壮者既皆出而在田,老者则同妇子以来馌。

【原文】

田畯至喜。

【张居正讲评】

治田早而用力齐,田畯不至而喜之乎,盖喜其食有所出也,其为食之预有如此。

【张居正讲评】

自其为衣之,预而详言之。

【原文】

七月流火,九月授衣。

【张居正讲评】

七月流火暑退而将寒矣,至九月则授衣以御之焉。

【原文】

春日载阳,有鸣仓庚。女执懿筐,遵彼微行,爰求柔桑。

【张居正讲评】

然衣虽授于九月,而计实始于方春。故当春日载阳,有鸣仓庚之时,而蚕生已齐者,可饲以桑也。于是豳民之女,执深美之筐,遵微小之径,爰求柔桑,以饲始生之蚕焉。

【原文】

春日迟迟,采蘩祁祁。

【张居正讲评】

当春日迟迟,阳和暄长之候,蚕生未齐者,宜饲之以蘩也。于是,豳民之女,合贵贱以偕行,而极祁祁之众,于以采蘩,以饲未齐之蚕焉。夫惟及时,而力于蚕桑之务如此,则衣有所出,而九月可以授之矣。

【原文】

女心伤悲,

【张居正讲评】

且此治蚕之女,其连姻公室者,皆感时而伤悲。

【原文】

殆及公子同归。

【张居正讲评】

盖以春日之时,正婚姻之候,将及公子同归,而不免远其父母,故深以为忧耳。是豳人乘时治蚕,而有爱亲之孝如此。

【张居正讲评】

然为衣之预,又不止此也。

【原文】

七月流火,

【张居正讲评】

今夫七月流火,暑退将寒,而是岁御冬之备,亦庶几其成矣。

【原文】

八月萑苇。

【张居正讲评】

然来岁治蚕之用,又不可以不备,故当八月萑苇既成,于是收而蓄之,将以为曲薄,而使来岁之治蚕有资也。

【原文】

蚕月条桑,取彼斧斨,以伐远扬,

【张居正讲评】

及至治蚕之月,大桑可以条取也,则执彼斧斨以伐远扬之枝。

【原文】

猗彼女桑。

【张居正讲评】

小桑不可条取也,则但取其叶,而存其猗猗之条,大小毕取,尤可以见蚕生之盛,而力之齐者乎。

【原文】

七月鸣鵙,八月载绩。

【张居正讲评】

蚕室既备矣,又终于七月鸣鵙之后。八月麻熟,而可绩之时,则绩其麻以为布焉。

【原文】

载玄载黄,我朱孔阳,

【张居正讲评】

凡此蚕织之所成者,从而染之,或玄或黄,而我朱之色尤为鲜明。

【原文】

为公子裳。

【张居正讲评】

然岂敢以自私哉,皆以献之而为公子裳焉。盖吾人所以得安于蚕绩之务者,实我公幈幪之赐,而以是奉之,庶有以效其丝缕之忱耳。是豳人备衣御寒,而奉上之忠如此。

【张居正讲评】

然岂特为衣之预,而有奉上之忠哉。

【原文】

四月秀葽,

【张居正讲评】

当夫四月,阳极阴生,葽感之而先秀。

【原文】

五月鸣蜩。

【张居正讲评】

迨至五月,一阴成象,蜩感之而始鸣。

【原文】

八月其获,

【张居正讲评】

自一阴以至四阴,则八月而早禾可获矣。

【原文】

十月陨萚。

【张居正讲评】

自四阴以至纯阴,则十月而草木陨落矣,如时而大寒之候,不将至乎。

【原文】

一之日于貉,取彼狐狸,为公子裘。

【张居正讲评】

斯时也,虽蚕绩之功,无所不备,然犹恐其不足以御寒也,故于一阳之月,为于貉之举,而取彼狐狸之皮,以为公子之裘焉。

【原文】

二之日其同,载缵武功。言私其豵,献豜于公。

【张居正讲评】

又于二阳之月,竭作以狩,而载缵于貉之武功。言私其豵之小,而豜之大者,则献至于公焉。是豳人备竭御寒,而奉上之忠又如此。

铜禁(春秋)

【张居正讲评】

然豳人御寒之周,岂特见于蚕绩狩猎之预已哉,但见天时以渐,而推移物类,因时而变化。

【原文】

五月斯螽动股,

【张居正讲评】

时维五月,斯螽始跃,而以股鸣。

【原文】

六月莎鸡振羽。

【张居正讲评】

时维六月,莎鸡能飞而以翅鸣。

【原文】

七月在野,

【张居正讲评】

七月阴犹未盛,野尚可安也,则在野矣。

【原文】

八月在宇,

【张居正讲评】

自七月而八月,则自野而入宇焉。

【原文】

九月在户，

【张居正讲评】

九月阴气愈肃，户方可居也，则在户矣。

【原文】

十月蟋蟀入我床下。

【张居正讲评】

自九月而十月，则化为蟋蟀，而入我床下焉。夫观蟋蟀之依人，而大寒之将至，不可知乎。

【原文】

穹窒熏鼠，

【张居正讲评】

斯时也，衣褐虽备，然犹恐不足以御之也，而治室之功，不可缓矣。于是以穹所以生风也，则窒而塞之，鼠所以生穹也，则熏而去之。

【原文】

塞向墐户。

【张居正讲评】

有向焉塞之，以当北风，有户焉墐之，以御寒气。

【原文】

嗟我妇子，曰为改岁，入此室处。

【张居正讲评】

室既治矣，于是老者嗟其妇子，而谓之曰：十月届期，则年岁将改矣，天时既寒，人事亦已，可以舍田庐，而入此室处矣。见治室御寒，而老者之爱又如此。

【张居正讲评】

自其为食之，预而详言之。

【原文】

六月食郁及薁，

【张居正讲评】

时乎六月，郁薁熟矣，则食郁及薁。

【原文】

七月烹葵及菽。

【张居正讲评】

时乎七月,葵菽成矣,则烹葵及菽。

【原文】

八月剥枣,

【张居正讲评】

枣熟于八月,则剥之以供笾实。

【原文】

十月获稻,为此春酒,

【张居正讲评】

稻熟于十月,则获之以酿春酒。

【原文】

以介眉寿。

【张居正讲评】

凡此皆物之美者也,岂以之而自养哉。惟以供老疾奉宾祭,而颐养天和,以介眉寿而已,其丰于待老也如此。

【原文】

七月食瓜,

【张居正讲评】

至若瓜成,于七月则食瓜。

【原文】

八月断壶,

【张居正讲评】

壶成于八月则断壶。

【原文】

九月叔苴。

【张居正讲评】

麻子成于九月,则拾彼麻子。

【原文】

采荼

【张居正讲评】

荼苦莱也,则采之以为菹。

【原文】

薪樗,

【张居正讲评】

樗恶木也,则采之以为薪。

【原文】

食我农夫。

【张居正讲评】

凡此皆物之薄者也,岂以之而养老哉。盖自养不可过侈,顾惟淡薄自甘,以为农民之食,而已其俭于自奉也如此。

【张居正讲评】

然岂特饮食适丰俭之宜哉,至于农事,又始终极其忧勤之意焉。

【原文】

九月筑场圃,

【张居正讲评】

时乎九月,稼人成功之际也,则筑圃为场,以为敛稼之地。

【原文】

十月纳禾稼,

【张居正讲评】

时乎十月,百谷用登之时也,则禾稼既获,悉纳场圃之中。

【原文】

黍稷重穋,禾麻菽麦。

【张居正讲评】

其所纳之稼,若黍稷重穋,若禾麻菽麦,盖无一而不成登者矣。

【原文】

嗟我农夫,我稼既同,上入执宫功。

【张居正讲评】

然农事虽终,而尤不敢忘其始也,于是咨嗟而相谓曰:凡我农夫,我稼悉纳于场,幸既同矣,而宫功之在邑者,可不上入以治之乎。

【原文】

昼尔于茅,

【张居正讲评】

必昼往取茅,为覆盖之资。

【原文】

宵尔索绹。

【张居正讲评】

夜焉绞索以为束茅之具。

【原文】

亟其乘屋,

【张居正讲评】

于以亟升其屋而治之者。

【原文】

其始播百谷。

【张居正讲评】

非好劳也,盖今岁既来,岁之推播谷与治屋相庚,则来春将复始播百谷。即于粗举趾之不暇矣,而何暇为治屋之事乎。是以念及于播谷,则宫功之执,诚不容缓矣。即周于农事之终,而又预念乎农事之始,豳民之谋食,又何始其忧勤耶。

【张居正讲评】

然岂特己之农圃,饮食极其勤俭已哉,至于为君之事,尤致其忠爱焉。

【原文】

二之日凿冰冲冲,

【张居正讲评】

时乎二之日,则涸阴冱寒,而冲冲然凿冰于山。

【原文】

三之日纳于凌阴。

【张居正讲评】

及夫三之日,则风未触冻,相与纳于凌阴。

【原文】

四之日其蚤,献羔祭韭。

【张居正讲评】

所以然者,盖启冰庙荐,乃吾君调燮之一事也。至于四之日,其蚤将献羔取韭,以祭司寒之神,开泉颁赐以节阳气之盛者,在此举矣,则其趋于冰役,奚容以不速哉,是忠君之心,见于劝趋冰役者如此。

【原文】

九月肃霜,

【张居正讲评】

时乎九月肃霜,而天时之已寒。

【原文】

十月涤场。

【张居正讲评】

迨夫十月,则速毕场功,而人事之不敢缓。

【原文】

朋酒斯飨,曰杀羔羊。跻彼公堂,称彼兕觥,万寿无疆!

【张居正讲评】

所以然者,盖举酒祝寿,乃吾民报德之一端也。即将朋酒以享上,而羔羊之是杀,于以跻彼公堂,称彼兕觥,而祝君以万寿无疆者,在此举矣。则其毕场功,又乌得而不急哉。是爱君之心,见于登堂称觥者如此。是一祭祀燕享之间,豳人为君,而极其忠爱,又何如耶。夫豳民于衣食之事,其所自奉者,见勤俭之节焉,其所奉上者,见忠爱之诚焉,而莫不以预得之,此皆先公风化之所及也。吾王有天下之责,则所以为民衣食之计者,其可不绎思哉。

鸱鸮

【总评】

周公东征,而虑成王之不察其心也,故托为鸟言之。

【原文】

鸱鸮鸱鸮,既取我子,无毁我室。

【张居正讲评】

子者吾之所育,室者吾之所作,皆吾之所钟爱者也,使吾子之不取,而与之,相安于无事之天,以共蒙乎有室之处,固甚幸矣。今鸱鸮鸱鸮,尔既取我之子矣,不可更毁我之室也。

【原文】

恩斯勤斯,鬻子之闵斯。

【张居正讲评】

盖以我情爱之深,笃厚之意,育养此子,诚可怜悯,今既取之,其毒已甚矣,况又毁我之室,而益重其毒乎。

【张居正讲评】

且尔亦知我所以爱室之心乎。

【原文】

迨天之未阴雨,彻彼桑土,绸缪牖户。

【张居正讲评】

盖我之爱室也,以天之阴雨不常,而我之为计当预故,迨天未阴雨之时,往取桑根之皮,以缠绵其巢之牖户,使之坚固,有以备阴雨之患焉。

【原文】

今女下民,或敢侮予?

【张居正讲评】

诚如是,则今下土之民,谁敢有乘其隙而侮予者乎。盖下民能侮我于牖户未固之先,而不能侮我于牖户既固之后也,有备可以无患,理或然也,然则我之为室,其计不至预乎?

【张居正讲评】

夫我之治室,固如此其预矣,而其劳则何如哉?

【原文】

予手拮据,予所捋荼,予所蓄租,

【张居正讲评】

念我作巢之始,不特撤彼桑土也,手口并作,于以捋荼以为藉巢之资,从而蓄聚,以为后来之计。

【原文】

予口卒瘏。

【张居正讲评】

多方经营,不少休废,而手口至于尽病焉。

【原文】

曰予未有室家。

【张居正讲评】

若此者,以予未有室家也,则托身之无所,虽欲不如是之劳苦,不可得矣。

【张居正讲评】

然我之劳苦,岂持手口卒瘏哉。

【原文】

予羽谯谯,予尾翛翛。

【张居正讲评】

盖我之作巢,绸缪捋取,一身为之效劳,以予羽言之,则谯匕而杀矣,以予尾言之,则翛然而敝矣。此固予之所拟,以备阴雨之患者,固如此其尽瘁也。

【原文】

予室翘翘，

【张居正讲评】

然予之室，虽幸得于垂成，而犹翘然而未定。

【原文】

风雨所漂摇。

【张居正讲评】

斯时也，所患者惟风与雨耳，孰知风雨又从而飘摇之。

【原文】

予维音晓晓。

【张居正讲评】

是绸缪捄取之功，几于尽弃吾耳，安居之谋，不得以自遂矣。予之哀鸣，安得不晓晓而急哉？周公托讽之意，盖以武庚既败，管叔不可更毁我王室也，若己之深爱王室，则为计也，预勤劳王室，则为力也竭，惟以王室之新造，而未安故耳。岂意又有武庚流言煽乱，而多难乘之，则平日勤劳之功，几废于一旦，而平生忠爱之心，亦几于不白矣。则其作诗以贻王，以乌得不汲汲哉。惜乎成王悟之不早，而疑虑之心，犹有待于风雷之变，而后释也。

东山

【总评】

周人劳东征之归士，为之述其意而言。

【原文】

我徂东山，慆慆不归。

【张居正讲评】

昔以三监启衅，而我徂东山也，慆慆三年不归，在外亦已久矣。

【原文】

我来自东，零雨其濛。

【张居正讲评】

今以罪人既得，而我来自东也，适遇零雨之濛，归途亦甚劳矣。

【原文】

我东曰归，我心西悲。

【张居正讲评】

夫以我东曰归之时,虽云可乐,然此心已西,何而悲焉?盖思我室家,犹在西土之远,感触之间,宁不惕然动念乎哉。

【原文】

制彼裳衣,勿士行枚。

【张居正讲评】

于是制彼裳衣,以为平居之服。盖大难既夷,自今可以勿士行枚之事矣,在东言归之情如此。

【原文】

蜎蜎者蠋,烝在桑野。

【张居正讲评】

及今而在途也,睹彼蜎蜎者蠋,则烝在桑野,而得动息之宜矣。

【原文】

敦彼独宿,亦在车下。

【张居正讲评】

况此敦然而独宿者,则亦在此车下,而有生全之庆矣,不亦深可幸哉!

【原文】

我徂东山,慆慆不归。

【张居正讲评】

我□□□□□,不归在外亦久矣。

【原文】

我来自东,零雨其濛。

【张居正讲评】

我来自东,零雨之濛,归途又甚劳矣。

【原文】

果臝之实,亦施于宇。

【张居正讲评】

夫惟其在外之久,则吾室庐之荒废,当何如哉?吾想果臝之实,亦施于庭宇之下矣。

【原文】

伊威在室,

【张居正讲评】

室焉洒扫无人，则伊威在室矣。

【原文】

蠨蛸在户。

【张居正讲评】

户焉出入无人，则蠨蛸在户矣。

【原文】

町疃鹿场，熠耀宵行。

【张居正讲评】

町疃隙地也，则鹿以之为场，而熠耀亦且宵行于其中矣。

【原文】

不可畏也，伊可怀也。

【张居正讲评】

室庐荒废，如如在途，一想象之亦可畏矣，然岂可畏而不归哉。盖室庐吾之室庐也，虽荒废如斯，而吾人之居处，在于是诚有系吾之念者，亦可怀思而已矣，安得恐然而忘情耶。

【原文】

我徂东山，慆慆不归。

【张居正讲评】

我徂东山，慆慆不归，在外亦已久矣。

【原文】

我来自东，零雨其濛。

【张居正讲评】

我来自东，零雨其濛，归途其劳甚矣。

【原文】

鹳鸣于垤，妇叹于室。

【张居正讲评】

夫雨之将零，则穴处者先知，亦为行者为甚苦也。故蚁出而鹳就食之，因鸣于其上，妇有所感，而思行者有遇雨之劳，遂叹于室焉。

【原文】

洒扫穹窒，我征聿至。

【张居正讲评】

然妇亦知我之归期甚迩也，于是洒扫穹窒，以待我之归，而我征聿至，适有以慰彼之望矣。

【原文】

有敦瓜苦,烝在栗薪。

【张居正讲评】

斯时也,不惟喜室家之攸聚,而凡一触物之际,何者而不足以志吾喜耶,但见敦然苦瓜系于栗薪之上,二者虽皆至微之物,实惟周土之所有也。

【原文】

自我不见,于今三年。

【张居正讲评】

惟我自徂东不归,而此物之不见,已有三年之久矣,其开落荣瘁,吾不知其几,然以三年之不见者,而今见之,宁不喜溢于望外也乎。

【原文】

我徂东山,慆慆不归。

【张居正讲评】

我徂东山,慆慆不归,在外亦已久矣。

【原文】

我来自东,零雨其濛。

【张居正讲评】

我来自东,零雨其濛,归途又甚劳矣。

【原文】

仓庚于飞,熠耀其羽。

【张居正讲评】

然当我征事至之日,正男女婚姻之期也,故观仓庚于飞,则熠耀其羽而鲜明矣。

【原文】

之子于归,皇驳其马。

【张居正讲评】

况我之子于归,则皇驳其马而异色矣。

【原文】

亲结其缡,

【张居正讲评】

亲结其缡,而申敬戒之命焉。

【原文】

九十其仪。

【张居正讲评】

九十其仪而盛,送往之礼焉,室家顾于是乎遂矣。

【原文】

其新孔嘉,

【张居正讲评】

夫以东征方归之日,其未有室家者,及时而婚姻,新固甚美矣。

【原文】

其旧如之何?

【张居正讲评】

其旧有室家者,得伸契阔之约,相见而喜,当何如耶。盖归者既离,而复合于新者,无室而有室,诚同一庆幸之至者矣,然此非归士之言也,周公代为之言也。述其在外劳苦之情,伤其在内室庐之废,体其夫妇感激之怀,慰其男女聚会之乐,此所以击通天下之志,而破斧缺戕之士,皆忘劳也欤!

破斧

【总评】

军士歌此以答周公。曰:人知圣人之用武也,劳天下而不怨,而不知圣人之用心也,公天下而不私,吾人从公三年,而知公之心矣。

【原文】

既破我斧,又缺我斨。

【张居正讲评】

彼东征之役,既破我斧,又缺我斨,慆慆然三年于外,此其劳亦云甚矣。

【原文】

周公东征,四国是皇。

【张居正讲评】

然我公之为此举,岂出于一己之私哉。盖以三监启衅,四国有反侧之心,吾知其渐流于不正矣。故周公仗大义以东征,所以使四方之人,由是知反侧之非,而莫敢不一于正焉。

【原文】

哀我人斯,亦孔之将。

【张居正讲评】

夫悯其随于邪,而欲挽之于正,此其哀我人耶。直将置之于平康之域,而油然天地之为量矣,不亦孔之将哉。夫东征之师,既为哀我人而举,虽有破斧缺斨之劳,亦吾人之自为身计耳,于养义奚辞乎。

【原文】

既破我斧,又缺我锜。

【张居正讲评】

然是役也,不惟缺戕已也,但见既破我斧,又缺我锜,劳云甚矣。

【原文】

周公东征,四国是吪。

【张居正讲评】

然周公岂固为,是以病我哉,特以流言鼓祸,四国之人,或因之而邪僻矣。今也东征以致讨,盖将潜消其悖逆之心,而使之化于正己耳。

【原文】

哀我人斯,亦孔之嘉。

【张居正讲评】

此其哀我之人也,一念恳恻之意,直欲其同归于善,不亦孔之嘉也哉!故虽有破斧缺锜之劳,亦其不得已者矣。

【原文】

既破我斧,又缺我銶。

【张居正讲评】

然是役也,不惟破锜已也,但见既破我斧,又缺我銶,劳云甚矣。

【原文】

周公东征,四国是遒。

【张居正讲评】

然周公岂固为是以苦我哉,特以流言倡乱,四国人心或因之而涣散矣。今也东征以正罪,盖将收敛其携二之心,使之坚固不摇已耳。

【原文】

哀我人斯,亦孔之休。

【张居正讲评】

此其哀我人也,一念笃厚之意,直欲其同入于善,不亦孔之休也哉?虽有破斧缺銶之劳,亦其不容辞者矣。夫管叔、蔡叔流言以谤周公,而公以六军之众往而征之，使其心一有出于自私，而不在于天下，则托之虽勤劳之难至，而从征之士乌出不怨哉？今观此诗，固足以见周公之心，大公至正，天下信其无有一毫自爱之私，抑又以见当是之时，虽披坚执锐之人，亦皆以周公之心为心，而不自为一身一家之计者矣。

伐柯

【总评】

周公居东之时，东人喜得见之，故托喻而言。

【原文】

伐柯如何？匪斧不克。

【张居正讲评】

伐柯如何，必有资于斧也。匪斧则无以为取，则之具柯不可得而伐之矣。

【原文】

取妻如何？匪媒不得。

【张居正讲评】

娶妻如何，必有资于媒也，匪媒则无以通二姓之好，妻不可得而取之矣。然则我公向也秉钧天朝，吾人欲见之无由，不犹伐柯之无斧，娶妻之无媒乎。以今思昔，其始时得见之难，如此。

【张居正讲评】

然在昔如此，而今不然矣。

【原文】

伐柯伐柯，其则不远。

【张居正讲评】

彼伐柯而有斧也，则不过即此旧斧之柯，而得新柯之法，其则固伊迩而不远矣。

【原文】

我觏之子，笾豆有践。

【张居正讲评】

娶妻而有媒也，则不过即此见之，而成其同牢之礼，笾豆有践而陈列矣。然则我公今日莅止东土，而吾人幸得于亲炙，不犹伐柯之有斧，娶妻之有媒乎。以昔观今，其得见之易妒此要之，不有昔日之难，不见今日之易为可喜，不有今日之易，不终阻于昔日之难，而其情莫慰哉。吁，若东人者，可谓爱公之至者矣。

九罭

【总评】

此亦东人喜见周公之诗。言曰：夫人有顾见之心者，则必深以得见为幸，有得见之喜者，又必以将去为悲，若今日之于公是已。

【原文】

九罭之鱼，鳟、鲂。

【张居正讲评】

彼九罭之网，用之以取鱼，而丽于其中者，果何有乎？则有鳟鲂之鱼者矣。

【原文】

我觏之子，衮衣绣裳。

【张居正讲评】

况我觏之子，以天朝之重臣，而莅止于东者，果何有乎？则有衮衣绣裳之服者矣。自山龙以至黼黻，而上下之辉映，以圣人之德，服上公之服，而我东人一旦得以快睹之，不亦深可幸耶。

【张居正讲评】

夫公之来也，吾人固甚喜矣，其如公之不可以久当何哉。

【原文】

鸿飞遵渚，

【张居正讲评】

彼鸿之飞，则遵渚矣。

【原文】

公归无所。

【张居正讲评】

况我公之归也，盖将持衡政府，出入庙堂之上，其无所乎。

【原文】

于女信处。

【张居正讲评】

今计其在东之日，不过于女信处而已，信处之外，虽爱公之至者，亦不可得而当矣。

【原文】

鸿飞遵陆。

【张居正讲评】

彼鸿之飞，则遵陆矣。

【原文】

公归不复，

【张居正讲评】

况我公之归也，盖将当相王室，永居家宰之任，岂复来乎。

【原文】

于女信宿。

【张居正讲评】

今计其在东之期，不过于女信宿而已。信宿之外，虽爱公之深者，亦不可得而挽矣。

【原文】

是以有衮衣兮，

【张居正讲评】

夫惟我公，信处信宿于此，是以东方有此服衮之人，以为吾人之瞻依者矣。

【原文】

无以我公归兮，无使我心悲兮。

【张居正讲评】

然公之留也，吾人以之为喜，公之去也，吾人以之为悲。吾顾其留于此，无遽迎公以归，无使我喜幸之心，转而为伤悲之念也。夫喜幸于始见之时，致留于将归之际，东人惓惓于公，可谓爱慕之至矣，然非周公之忠诚感人而有是哉。

狼跋

【总评】

诗美周公作也。若曰：安常履顺，常人或能勉之，至于事变之遭，苟非有大圣人之德，未有不失其常度者，予今观德于公，而知其善处变矣。

【原文】

狼跋其胡，载疐其尾。

【张居正讲评】

彼狼之为物也，进而踏其胡，则退而跆其尾，进退不得以自如矣。

【原文】

公孙硕肤，

【张居正讲评】

我公岂其然乎,彼勤劳王室,忠贞贯乎日月,其美大矣,公则自处以谦逊之不居,而居于危疑之地。

【原文】

赤舄几几。

【张居正讲评】

此因事变之冲,若易以失其常度也。然中心无愧,而著于动履之际者,惟见赤舄几几然,安重之自若也,何致失其常哉。

【原文】

狼疐其尾,载跋其胡。

【张居正讲评】

狼之为物也,退而跆其尾,则进而踏其胡,进退不得以自适矣。

【原文】

公孙硕肤,

【张居正讲评】

我公岂其然乎,彼笃棐王家,精诚动乎天地,其美大矣,公则自处以让逊之不居,而居于猜嫌之地。

【原文】

德音不瑕。

【张居正讲评】

此固变故之会,若易以玷其令名也。然素行无歉而发之为威德之音者,但见其中外交孚,无有于瑕疵也,何至失其常乎。盖公道隆德盛,所以虽遭大变,内不失其常度,外不失其令名也。夫公之被毁,以管蔡之流言也,而诗人以为此,非四国之所为,乃公自让其大美而不居耳。盖不使馋邪之口得以加乎公之忠圣,此可见爱公之深,敬公之全,而其立言小有法矣。

雅

小雅

【总评】

鹿鸣篇凡十。

鹿鸣

【总评】

此燕享宾客之诗也。言君臣之间，莫贵于相孚，而莫痛于相暌。盖情以分而暌，则言以拘而不尽，虽欲闻乎大道，终无由也，我于嘉宾何如。

【原文】

呦呦鹿鸣，食野之苹。

【张居正讲评】

彼呦呦鹿鸣，食野之苹，其情适则其情和矣。

【原文】

我有嘉宾，鼓瑟吹笙。吹笙鼓簧，

【张居正讲评】

况我有嘉宾，大道素备于身，足以龙光乎国家，而可无宴以通其情，而使之尽言乎，是故其燕之也。鼓瑟于堂上，而工歌之尽耳，吹笙于堂下，而鼓簧以出声乐之，以乐无不备矣。

【原文】

承筐是将。

【张居正讲评】

奉筐而行币帛，饮则以酬宾，送酒食则以侑宾劝饱，隆之以礼，无不备矣。

【原文】

人之好我，示我周行。

【张居正讲评】

其礼意之厚如此者，善以嘉宾素怀忠君爱国之心，其好我有日矣。但君臣之分至严，朝廷之礼主敬，使不有以通之，则言不敢尽，故今日之燕礼，备乐和旷，然相期于形骸之外庶乎。人之好我者，分无所拘，而言语得尽。凡帝王修己治人之方，莫不敷陈无隐，而示我以周行也，岂特为是弥文哉。

【原文】

呦呦鹿鸣，食野之蒿。

【张居正讲评】

呦呦鹿鸣，食野之蒿，其情适则其声和矣。

【原文】

我有嘉宾,德音孔昭。

【张居正讲评】

况我嘉宾,实德之隆,发之而为声,闻之美,其焕然甚明者。

【原文】

视民不恌,

【张居正讲评】

诚足以感化斯民,而使之不偷薄矣。

【原文】

君子是则是效。

【张居正讲评】

凡我君子,皆有化民之责者,则亦所当则效,而若嘉宾之德音,足以示民可也。

【原文】

我有旨酒,嘉宾式燕以敖。

【张居正讲评】

夫佳宾之德如此,则所以示我者有本,殆非空言之教矣。故我有旨酒,与嘉宾以式燕,而尽其遨游之欢,庶几忘分之余,而周行之示,自不容隐矣。

【原文】

呦呦鹿鸣,食野之芩。

【张居正讲评】

呦呦鹿鸣,食野之芩,其情适则其声和矣。

【原文】

我有嘉宾,鼓瑟鼓琴。

【张居正讲评】

况我有嘉宾,其燕之也。鼓我瑟焉,鼓我琴焉,声音动荡,以尽和乐之情。

【原文】

鼓瑟鼓琴,和乐且湛。

【张居正讲评】

殷勤无已,又极和乐之久。

【原文】

我有旨酒,以燕乐嘉宾之心。

【张居正讲评】

若此者,岂徒养其体娱其外已哉。盖我有旨酒,以燕宾而和乐,且湛者正欲势两忘,形迹无拘,以安乐嘉宾之心耳。心因燕而什则言,因心而宣,而其周行之示,自将无已矣。吁,周王歌是诗以燕宾,可谓尽乞言之道矣,尚何人臣之不乐于效忠哉。

四牡

【总评】

此劳使臣之诗,而王者代之。言曰:人臣一出而奉使也,业已任国事之忧,则不得计及身家。盖义重情轻,而情为义夺也。

【原文】

四牡騑騑,

【张居正讲评】

我今奉命出使也,驾彼四牡騑騑而不止。

【原文】

周道逶迟。

【张居正讲评】

行彼周道,逶迟而回怀。

【原文】

岂不怀归?

【张居正讲评】

斯时也,违亲一方,岂无思归之心乎?

【原文】

王事靡盬,

【张居正讲评】

特以今日之事,王事也。上德当宣下情当达,而不可以不坚固。

【原文】

我心伤悲。

【张居正讲评】

是以私为公夺,此心特内顾而悲伤耳,安得以遂吾之思而旋归哉。

【原文】

四牡騑騑,

【张居正讲评】

我之奉命出使也，驾四牡骓骓而不止。

【原文】

啴啴骆马。

【张居正讲评】

四牡皆骆，啴啴而众盛。

【原文】

岂不怀归？

【张居正讲评】

斯时也，去亲万里，岂无思归之心乎？

【原文】

王事靡盬，

【张居正讲评】

特以今日之事，王事也，上德当宣下情当达，而不可以不坚固。

【原文】

不遑启处。

【张居正讲评】

是以服劳尽瘁，此身虽启处而不遑耳，安得以遂吾之情，而言归哉。

【张居正讲评】

夫我之所以怀归者，亦以父母之缺养为可念耳。

【原文】

翩翩者鵻，载飞载下，集于苞栩。

【张居正讲评】

今夫翩翩者鵻，犹载飞载下，而集于苞栩之上，盖亦得安所矣。

【原文】

王事靡盬，不遑将父。

【张居正讲评】

我也以王事不可以不坚固劳苦于外，虽有父，不得以遑将焉，朝夕之奉缺，曾鵻之不如矣，乌能不动吾之怀乎。

【原文】

翩翩者鵻，载飞载止，集于苞杞。

【张居正讲评】

翩翩者鵻，犹载飞载止，而集于苞杞之上，盖亦得所安矣。

【原文】

王事靡盬，不遑将母。

【张居正讲评】

我也以王事不可以不坚固劳苦于外，虽有母，不得以遑将焉。其旨之仪废，曾雏之不如矣，乌能不系吾之怀哉。

【张居正讲评】

夫既不得以养父母，得不陈情以告君乎。

【原文】

驾彼四骆，载骤骎骎。

【张居正讲评】

驾彼四骆，载骤骎骎，所以奔走王事也。

【原文】

岂不怀归？

【张居正讲评】

斯时也，念及父母之不遑将，岂无怀归之情乎？

【原文】

是用作歌，将母来谂。

【张居正讲评】

是情也，固吾君之所深恤者也，但君门远于万里，而未必知之耳。是以我也作此四牡之歌，以不获养父母之情，来告于君，庶几吾君闻言之下，而知夫缺养之情，使我早毕事以旋归，而父母之得以遑将矣。不然，既不得致养于亲，又不以直告于君，其如此情何哉，要之非使人作是歌也，乃周王设言其情而劳之耳。臣劳于事而不自言，君探其情而代之言，若使臣者固可谓忠，若周王者亦真能通人之志者矣，上下之道，各尽其道，有如是哉。

皇皇者华

【总评】

此遣使臣之诗，而讽之以义，曰：使职亦难尽哉。顾有歉于心者，即所以无歉于职也。求善于人者，即所以求尽于心也，何则？

【原文】

皇皇者华，于彼原隰。

【张居正讲评】

彼皇皇草木之华,其生也,于彼高原,于彼下隰,盖无地而不有矣。

【原文】

骎骎征夫,每怀靡及。

【张居正讲评】

况我骎骎然众多疾行之征夫也,以为是行也,上德赖我以宣,下情赖我以达,仰思付托之甚重,而恒惧才力之弗堪,其每怀靡及也,盖无时而不然矣。

【张居正讲评】

夫我既怀靡及之心矣,则将何以补其不及而副其心哉。

【原文】

我马维驹,

【张居正讲评】

是故驾车之马,故则维驹矣。

【原文】

六辔如濡。

【张居正讲评】

御马之六辔,则如濡矣。

【原文】

载驰载驱,周爰咨诹。

【张居正讲评】

以是而载驰载驱于天下,岂漫游哉?盖一人之闻见有限,必萃众人之闻见而后广也。用是周于咨诹,而凡民风之利病,吏治之得失,罔不于人乎,是究焉,此今驰驱意矣。

【原文】

我马维骐,

【张居正讲评】

驾车之四马,则维骐矣。

【原文】

六辔如丝。

【张居正讲评】

御马之六辔,则如丝矣。

【原文】

载驰载驱,周爰咨谋。

【张居正讲评】

以是而载驰载驱于四方,岂徒行哉。盖一人之智虑难周,必合众人之智虑而后裕也。用是周于咨谋,而凡闾里之休戚,政事之因革,罔不于人乎是稽焉,此今日驰驱意矣。

【原文】

我马维骆,

【张居正讲评】

我马在御,则维骆矣。

【原文】

六辔沃若。

【张居正讲评】

六辔在手,则沃若矣。

【原文】

载驰载驱,周爰咨度。

【张居正讲评】

其驰驱之不息者,盖将咨度之,必周而集众思以广忠益者,无不用也。故不敢以咨诹为己足矣。

【原文】

我马维骃,

【张居正讲评】

我马在驾,则维骃矣。

【原文】

六辔既均。

【张居正讲评】

六辔之御马,则既均矣。

【原文】

载驰载驱,周爰咨询。

【张居正讲评】

其驰驱之不已者,盖将咨询之必周而广,采择以助聪明者无不用也,固不敢以一咨谋为己尽矣。凡我征夫,果能若斯,则与德庶乎可宣,下情庶乎可达,而有以尽其职矣。不然,靡及之心,将何以自副哉? 吁,周王歌此于临遣之时,可谓讽之以义矣。

常棣

【总评】

此燕兄弟之乐歌也。若曰：兄弟之亲，一体而分者也。故无论常变殊遭，而情终不能离也。

【原文】

常棣之华，鄂不铧铧。

【张居正讲评】

常棣之华，内向而下垂者，未必能铧铧也，彼鄂然而外见者，岂不铧铧而光明乎。

【原文】

凡今之人，莫如兄弟。

【张居正讲评】

况当今之人，分疏而情薄者，未必能相亲也。求其至亲相须，岂有如我之兄弟者乎。

【张居正讲评】

然所谓莫如兄弟者，果何以见之哉。

【原文】

死丧之威，兄弟孔怀。

【张居正讲评】

彼死丧之祸，他人所畏恶也，而唯兄弟为相恤耳。

【原文】

原隰哀矣，兄弟求矣。

【张居止讲评】

义不幸至于积尸哀其原野之间，他人或不恤也，亦唯兄弟为相求耳。兄弟之亲，见于意外之变者，有如此夫。

【张居正讲评】

然死丧相收，犹曰变之大耳。兄弟之亲，岂必待此而后见哉。

【原文】

脊令在原，

【张居正讲评】

彼脊令在原,飞鸣而行,摇夫固不得以自适矣。

【原文】

兄弟急难。

【张居正讲评】

况我兄弟在急难之中,相睹而不相救,亦有不容以自安矣。

【原文】

每有良朋,况也永叹。

【张居正讲评】

当此之时,虽有同心共济之良朋,亦不过为之长叹息而已,力岂能以相及哉?兄弟之亲,见于急难之时,有如此夫。

【张居正讲评】

然相救相助,犹曰情之厚耳。兄弟之亲,岂必情厚而后见哉。

【原文】

兄弟阋于墙,

【张居正讲评】

彼兄弟设有不幸,而斗狠于内,此其情义亦乖矣。

【原文】

外御其侮。

【张居正讲评】

然或有外侮之来,则必共心御之,须忘其前日之忿,而不觉其真情之如初焉。

【原文】

每有良朋,烝也无戎。

【张居正讲评】

当此之时,虽有同道相益之,良朋其交孚,非不有素也,然岂能有所助哉。

【张居正讲评】

夫患难之时,兄弟相救,固非良友之可比矣。

【原文】

丧乱既平,既安且宁。

【张居正讲评】

然当夫无死丧哀野之事,是丧之既平,而且安宁矣。无急难外侮之事,是乱之即平,而且安宁矣。

【原文】

虽有兄弟,不如友生。

【张居正讲评】

斯时也,乃有视兄弟之亲,反不如友生者之重焉。天理每形于患难,而人欲易弱于宴安,常情往往如此,亦独何哉。

【张居正讲评】

夫人于安宁之后,乃视兄弟不如友生者,意以安宁无须于兄弟也,岂如兄弟之亲,无适而不相须者乎,吾试以室家之燕言之。

【原文】

侯尔笾豆,饮酒之饫。

【张居正讲评】

今夫侯尔笾豆,而饮酒之饫,若可乐矣。

【原文】

兄弟既具,和乐且孺。

【张居正讲评】

然使兄弟有不具焉,则无与共享其乐,虽乐不甚笃也。必也兄弟既具,而与夫燕饮之欢,则和乐且孺,樽俎之间,其喜洋洋,有如小儿之慕父母,而不能自已矣。

【张居正讲评】

又以妻孥之乐言之。

【原文】

妻子好合,如鼓瑟琴。

【张居正讲评】

今夫妻子相和,有如琴瑟之和,若可乐之。

【原文】

兄弟既翕,和乐且湛。

【张居正讲评】

然使兄弟有不和焉,则无以久其乐,虽乐亦易间也。必也兄弟既翕,而无有暌离之意,则和乐且湛,闺门之内,其乐浅浅,有不觉其愈久而愈至者矣。

【原文】

宜尔室家,

【张居正讲评】

夫兄弟具而和乐且孺,是兄弟有以宜尔之室家矣。

【原文】

乐尔妻孥。

【张居正讲评】

兄弟翕而和乐且湛，是兄弟有以乐尔之妻孥矣。安宁之后，亦必须于兄弟如此。

【原文】

是究是图，

【张居正讲评】

然是理也，苟非究图之，亦未必信其然也，是必究之于良心真切之地矣，之于家庭日用之间。

【原文】

亶其然乎！

【张居正讲评】

体验既真实，实理自见，则室家之宜，诚必由于兄弟之具矣。妻孥之乐，诚必由于兄弟之翕矣，岂不信其然乎！夫以兄弟之亲，死生苦乐，无适而不相须如此。所谓凡今之人，莫如兄弟者，不可见哉。然则今日之燕，以笃亲亲之恩者，诚不容已矣。

伐木

【总评】

此燕朋友故旧之乐歌。若曰：朋友之伦，自古重之，岂其惜小礼，废大义，而使和平之福，不见于天下哉，必不然矣。

【原文】

伐木丁丁，鸟鸣嘤嘤。

【张居正讲评】

彼伐木则丁丁，而声之相应矣。鸟鸣则嘤嘤，而声之和矣。

【原文】

出自幽谷，迁于乔木。嘤其鸣矣，求其友声。

【张居正讲评】

是鸟也，出自幽谷之中，迁于乔木之上，所以嘤然其鸣者非他，有所求也，亦肆其求友之声耳。

【原文】

相彼鸟矣,犹求友声。

【张居正讲评】

相彼鸟矣,乃一物之微也,犹有求友之声。

【原文】

矧伊人矣,不求友生?

【张居正讲评】

矧伊人矣,为万物之灵,乃不求友生,而鸟之不如乎?

【原文】

神之听之,终和且平。

【张居正讲评】

知人之不可无友,则知友之不可以不笃矣,入诚能笃朋友之好焉。吾知天道人伦,同条共贯,无愧于友者,则亦无愧于神,由是神听之于漠漠之中,而锡之以终和且平之福矣。盖万国时雍,今固无不和矣,而神笃其庆,必使和者终和焉,四方宁谧,今固无不平矣,而神延其休,必使平者终平焉,岂特一时已哉。夫以笃友之有,其应如此,则信乎友之当笃矣。

【张居正讲评】

然则我之于友,当何如哉。

【原文】

伐木许许,

【张居正讲评】

彼人之伐木也,许许然同声以相应也。

【原文】

酾酒有薁。既有肥羜,

【张居正讲评】

而我之于友,可不同气以相求乎,燕必酒也,而骊酒之有薁,燕必有肴也,而肥羜之既有。

【原文】

以速诸父。宁适不来,微我弗顾。

【张居正讲评】

以是而速我之诸父,固欲其来矣。然事出于人不可必,诸父之中,岂无有故而不得来者乎,而我之礼则不可不尽也。故不得已,宁使彼有故而不得来,不可此酒忘设,使我有不顾之愆也。

【原文】

于粲洒扫,陈馈八簋。既有肥牡,

【张居正讲评】

然不特诸父在所当燕也,于粲洒扫而堂宇之鲜明,陈馈八簋,而肥壮之既有。

【原文】

以速诸舅。宁适不来,微我有咎。

【张居正讲评】

以是而速我之诸舅,固欲其来矣。然事出于人不可知,诸舅之中,岂无有故而不得来者乎,而我之礼则不可不尽也。故不得已,宁使彼有故而不得来,不可此酒忘设,使我有失礼之咎也。

【张居正讲评】

然不许特尊者在所当燕也。

【原文】

伐木于阪,

【张居正讲评】

彼伐木于陂,则有其地矣。

【原文】

酾酒有衍。笾豆有践,

【张居正讲评】

我于兄弟,岂无以尽其情乎。燕资于酒,酾酒则有衍其多者矣。燕资于肴,笾豆则有践而列矣。

【原文】

兄弟无远。

【张居正讲评】

以是而速我同侪之兄弟,则欲其亲者、疏者皆在,而无远焉,此吾今日设宴意也。

【原文】

民之失德,干餱以愆。

【张居正讲评】

然是宴之设夫岂徒哉,正以朋友之义甚重,不可吝微物而失大义也。彼凡民所以失朋友之义者,非必有大故也,特以干餱之薄不以分人,而至于有愆耳。

【原文】

有酒湑我，无酒酤我。

【张居正讲评】

故我之于朋友，不敢不用情也。有酒也而我湑之，无酒也而我酤之，有与无之不计焉。

【原文】

坎坎鼓我，蹲蹲舞我。

【张居正讲评】

有鼓也，我坎坎鼓之，有舞也，我蹲蹲舞之，声与容之咸备焉。

【原文】

迨我暇矣，饮此湑矣。

【张居正讲评】

然是燕也，岂限于定时哉，惟怡我万几之暇，则与我朋友饮此湑焉，以协笑语之欢，而不至于凡民之失德，斯可矣。我能笃友如是，庶乎无愧于乌，而或者鬼神之我听乎。吁，迨暇无不举之燕，设燕无不尽之情，若周王者，真可谓能笃友之矣，宜太和在或周宇宙间也。

天保

【总评】

此人臣答君而歌此诗。曰：我臣子受君之赐厚矣，而将何以为报哉，彼君为天之子，吾愿天之福君何如也。

【原文】

天保定尔，亦孔之固。

【张居正讲评】

是必天之十君也，扶持之极其至，抚绥之极其笃，所以保定尔者，亦孔之固乎。

【原文】

俾尔单厚，何福不除。

【张居正讲评】

彼福莫难于日新也，则俾尔以单厚之福，往者过矣，来者续之，盖相禅而不穷也，何福之不除旧而生新乎。

【原文】

俾尔多益，以莫不庶。

【张居正讲评】

福莫难于富有也，则俾尔以多益之，福其来如几，其多如式，盖繁祉之骈臻也，何福之莫不庶乎，天之保定吾君如是诚哉，其为孔固矣。

【张居正讲评】

犹未也。

【原文】

天保定尔，俾尔戬谷。罄无不宜，

【张居正讲评】

天之保定我君也，俾尔以尽善之理，使其见之经纶化裁者，皆协于尔极之中，而无事之不得其宜焉。

【原文】

受天百禄。

【张居正讲评】

如是，则戬谷罄宜之百禄，君既受之于天矣。

【原文】

降尔遐福，维日不足。

【张居正讲评】

然天之于君，不但已也，又必可大之庆，延之为可久之休，降尔以遐福，使其戬谷罄宜者，日以继日，盖有无日上足者矣，是天又有以申命乎，君也其保定诚无已矣。

龙耳虎足方壶（春秋）

【张居正讲评】

【原文】

天保定尔，以莫不兴。

【张居正讲评】

夫天之保定吾君也，单厚多益之，咸福百禄，遐福之毕集，夫固以莫不兴矣。

【原文】

如山如阜，如冈如陵。

【张居正讲评】

自其高大者言之，则峻极莫御，犹山阜冈陵而巍乎，其不可逾也。

【原文】

如川之方至,以莫不增。

【张居正讲评】

自其盛丧者言之,则瑞庆大来,犹之川之方至而浩乎,以莫不增也。夫以吾君之福,其莫不兴之象,有如此者,则天之福君,尚有一之不至哉。

【张居正讲评】

天之福君如是矣,然君为神之主,吾愿神之福君何如也。

【原文】

吉蠲为饎,

【张居正讲评】

彼吾君承宗庙之祭也,诹曰择士,以致其慎焉,斋戒涤濯,以致其洁焉,为之酒食,以备其物焉。

【原文】

是用孝享。禴祠烝尝,于公先王。

【张居正讲评】

由是举孝享之典,以行四时之祭,于彼先公先王,而所以格神者,为有道矣。

【原文】

君曰卜尔,万寿无疆。

【张居正讲评】

但见先君居歆申锡,以福尸为之,传其意以假之,曰尔之祭祀,既诚敬矣。今君卜尔以万寿无疆之福,必使尔常为宗庙鬼神之主也。

【张居正讲评】

犹未也。

【原文】

神之吊矣,诒尔多福。

【张居正讲评】

祖考之来格也,诒尔以多福之全,则不惟及于一身,而又及于天下焉。

【原文】

民之质矣,日用饮食。

【张居正讲评】

盖民俗不淳,治道之累,非福也。神必使尔之民,皆革薄泛忠,质实无伪于日用之间,惟知饥食渴饮而已,而饮食之外,无余巧也。

【原文】

群黎百姓,遍为尔德。

【张居正讲评】

民行不兴,君德之玷,非福也。神必使尔之群黎百姓,皆则君之德,而象其休,使一人之德,日光昭于天下,而若为之多助也。民俗淳而民行兴,多福之贻,孰加焉。

【张居正讲评】

夫神之赐君也,万寿之福在一身,而治道之福在天下,夫固无不备矣,又将何以拟之哉。

【原文】

如月之恒,如日之升。

【张居正讲评】

自其进盛言之,但见多福之善方享,而水又有如月之上弦,驳驳乎就盈,有如月之始出,驳驳乎就明,其进盛不可御矣。若夫既望之月则易亏,既中之日则易昃,其何以象君福之进盛耶!

【原文】

如南山之寿,不骞不崩。如松柏之茂,无不尔或承。

【张居正讲评】

自其悠久言之,但见多福之萃,长远而不息,有如南山之寿,而无骞崩之虞,有如松柏之茂,而有相继之机,其悠久不可量矣。若非南山之寿则易倾,非松柏之茂则易衰,其何以象君福之悠久耶。夫以吾君之福,其进盛悠久之象如此,则神之福君,又何有一之不至哉!

采薇

【总评】

此遣戍役之诗,王者代为之。言曰:吾人有不容己之私情,天下有不容外之公义,义为重,则情为轻矣。

【原文】

采薇采薇,薇亦作止。

【张居正讲评】

我之出戍也,采薇以食,则薇生而出地,今岁之暮春也。

【原文】

曰归曰归,岁亦莫止。

【张居正讲评】

念我归期,则岁亦莫止,而为来岁之仲冬矣。

【原文】

靡室靡家,猃狁之故。不遑启居,猃狁之故。

【张居正讲评】

若是,则我当舍其室家,而不遑启居矣。然所以使我靡室靡家者,岂上之人故为,是以若我哉,盖以猃狁内侵之故,君亦忧,亦我之忧也,则虽舍其室家,义固不容辞矣。所以,使我不惶启居者,亦岂上之人故为是若我哉,盖以猃狁入寇之,故君之忾,亦我之忾也,则虽启君不惶,义固不容已矣。

【张居正讲评】

夫我之出戍,既由于义,则岂可以顾其家乎。

【原文】

采薇采薇,薇亦柔止。

【张居正讲评】

彼采薇采薇,则薇始生而柔矣。

【原文】

曰归曰归,心亦忧止。

【张居正讲评】

念我归期,载离寒暑,则心亦忧止矣。

【原文】

忧心烈烈,

【张居正讲评】

忧心烈烈,忧之甚也。

【原文】

载饥载渴。

【张居正讲评】

载饥载渴,劳之甚也。

【原文】

我戍未定,靡使归聘。

【张居正讲评】

是行也,宁无问及室家之情乎?但疆圉之务方殷,而我戍未定,将何人可使归,以问我室家之安否乎,何也?国为重,则家为轻,自不得不为国而忘其家矣。

【张居正讲评】

夫我之出戍,既由于义,则岂可以自爱其身乎。

【原文】

采薇采薇,薇亦刚止。

【张居正讲评】

彼采薇采薇,则薇亦既成而刚止矣。

【原文】

曰归曰归,岁亦阳止。

【张居正讲评】

念我归期,载越寒暑,则在来岁之阳矣。

【原文】

王事靡盬,不遑启处。

【张居正讲评】

若此者,以王事不可以不坚固,故虽启处有所不遑,而如是其久耳。

【原文】

忧心孔疚,我行不来。

【张居正讲评】

是行也,可无来归之愿哉,但我愤国耻之未雪,而忧心之孔疚,盖必灭此丑虏,以归报吾君而后已焉。不然,我行其不来乎,何也?盖君为重,身为轻,自不得不为君而忘其身也。

【张居正讲评】

夫我既有忘其身家之心矣,然不勇于立功,则将何以副其心乎。

【原文】

彼尔维何?维常之华。

【张居正讲评】

彼尔然而盛者,乃棠棣之华也。

【原文】

彼路斯何?君子之车。

【张居正讲评】

彼戎路之车者,非君子之车乎?

【原文】

戎车既驾，四牡业业。

【张居正讲评】

由是以戎车，则既驾以四牡，则盛壮而所以制敌者，有其具矣。

【原文】

岂敢定居，一月三捷。

【张居正讲评】

然岂敢恃此而遂急，情以定居乎，是必励死绥焉，倡勇取焉，庶乎一月之间，三战三捷，而有以收常胜之功矣。不然，我之忘其身家，为何而顾定居，以隳厥功哉！

【张居正讲评】

夫我固当奋勇以立功矣，然使无敬戒之心，宁保其无虞乎。

【原文】

彼驾四牡，四牡骙骙。

【张居正讲评】

是故以戎车而驾四牡，四车骙骙而强壮。

【原文】

君子所依，小人所腓。

【张居正讲评】

君子依之，以运筹决策者，恒于斯也。小人随之，以动静进退者，恒于斯也。车子为用何大□□□□□。

【原文】

四牡翼翼，象弭鱼服。

【张居正讲评】

且四牡翼翼，而行列之整治，象弭与鱼服，□□□□□精好，则所以备敌者，为甚顸矣。

【原文】

岂不日戒，狰狁孔棘。

【张居正讲评】

然岂敢持此而遂轻忽，而不戒哉？是必谨烽燧焉，严斥候焉。盖以狰狁之难甚急，一不戒，则恐其恃吾之虚，诚不可以忘备矣。不然，我之忘其身家，又谓何而顾不戒，以启虏衅哉！

【张居正讲评】

夫战必胜,守必固,则吾事以毕,而旋归有日矣,自其归时之事言之。

【原文】

昔我往矣,杨柳依依。今我来思,雨雪霏霏。

【张居正讲评】

昔我之承命以往也,适杨柳依依,去岁之暮春也。今我毕戎而来也,乃雨雪之霏霏,今岁之仲冬也。往来殊遭,诚有令人感者。

【原文】

行道迟迟,载渴载饥。

【张居正讲评】

且当此雨雪之候,行道迟迟,而跋涉之难,尽载渴载饥,而饮食之不充。

【原文】

我心伤悲,

【张居正讲评】

其勤劳之甚,实非人所能堪也,我心不伤悲乎。

【原文】

莫知我哀。

【张居正讲评】

然是伤悲也,不过我自知之,亦我同行知之耳。君门远于万里,恐未必知也,孰有能知我之哀乎? 吁,周王遣戍,其往也讽之以义,其来也体之以情,义则足以使人效忠,情则足以使人忘劳,此其所以能成天下之务也欤。

出车

【总评】

此劳还率之诗。

【原文】

我出我车,于彼牧矣。

【张居正讲评】

我也任分阃之寄,而为朔方之行,尝我出我车,于彼郊外之牧矣。

【原文】

自天子所,谓我来矣。

【张居正讲评】

然我之出,岂无自哉,盖自天子之所,谓我以来,其付托何其重也。

【原文】

召彼仆夫,谓之载矣。

【张居正讲评】

如是,则其趋事诚不可不敏矣。于是,召彼仆夫,使之载车以行。

【原文】

王事多难,维其棘矣。

【张居正讲评】

而谓之曰猃狁陆梁王事,盖多难矣,是行也,正宜急以靖其难者,岂可以或缓哉。是其始出,而承命以饬乎下如此。

【原文】

我出我车,于彼郊矣。

【张居正讲评】

夫前军固至牧,而后军犹在郊也。是故我出我车,于彼牧内之郊矣。

【原文】

设此旐矣,

【张居正讲评】

前军之在牧者,既有旐以统之,而后军不可无统也,则设彼旐矣,以为进退之司。

【原文】

建彼旄矣。

【张居正讲评】

而旐不可以无饰也,则建彼旄矣,以为表章之文。

【原文】

彼旐旄斯,胡不旆旆?

【张居正讲评】

但是其旐旄也,前后掩映,披拂于郊牧之间,胡不旆旆而飞扬乎。

【原文】

忧心悄悄,

【张居正讲评】

以此师律之有犯,非不足以致胜也,然将帅方以任大责重,惧其不堪,而怀悄悄之忧。

【原文】

仆夫况瘁。

【张居正讲评】

彼仆夫者,亦有所感而为之憔悴焉。盖将率以天子之忧为忧,而仆夫则以将率之忧为忧矣。是其在道而戒惧,以感乎下如此。

【张居正讲评】

夫行师,固以戒惧为本,而尤以愤扬为先也。

【原文】

王命南仲,往城于方。

【张居正讲评】

王命南仲,往城于方,所以峻夷夏之防,而明荒服之制者,一以委之矣。

【原文】

出车彭彭,旟旐央央。

【张居正讲评】

南仲承命而往也,出车彭彭而众盛,旟旐央央而鲜明,车马旟旐之间,有以壮三军之精神矣。

【原文】

天子命我,城彼朔方。

【张居正讲评】

且传命以令军众,曰:天子命我,城彼朔方,凡尔有众,所当掠力以固守者也。发号施令之下,有以鼓三军之锐气矣,其奋扬之威又如此者。

【原文】

赫赫南仲,玁狁于襄。

【张居正讲评】

此赫赫之南仲也,以戒惧之念,发之为奋扬之威。但见昼郊比固,封守屹乎为一方之重镇,由是威灵气焰先声夺人,玁狁皆知中国之不可犯矣,不于是而于襄乎。

【张居正讲评】

夫玁狁既平,班师而归,南仲在途有感而言。

【原文】

昔我往矣,黍稷方华。今我来思,雨雪载途。

【张居正讲评】

昔我往矣,黍稷方华,非往岁之季夏乎。今我来思,雨雪载途,非今岁之孟春乎。往来殊遭,所行亦云久矣。

【原文】

王事多难,不遑启居。

【张居正讲评】

所以然者,盖以猃狁内侵,而王事之多难,固载离寒暑之久,虽启处有所不遑也。

【原文】

岂不怀归?

【张居正讲评】

当此之时,岂无怀归之心乎?

【原文】

畏此简书。

【张居正讲评】

但以临遭之时,常承简书之重,一或不副如此王命,何乌何以言归哉。

【张居正讲评】

将帅之归,未至室家,感事物之变而思之。

【原文】

喓喓草虫,

【张居正讲评】

向也,草虫未闻其有声也,今草虫则喓喓其鸣耳,得之而成声矣。

【原文】

趯趯阜螽。

【张居正讲评】

向也阜螽,未见其成形也,今也阜螽则趯趯,目得之而成色矣。

【原文】

未见君子,忧心忡忡。

【张居正讲评】

仲春届期,时物皆变,正君子至家之日也,而今犹未得以见之,忧心盖冲冲矣。

【原文】

既见君子,我心则降。

【张居正讲评】

是必既见君子,而后忡忡之心始降耳。

【原文】

赫赫南仲,薄伐西戎。

【张居正讲评】

然我赫赫南仲,今之未归,果何在乎,意者狁既平,方还师以薄西戎,故未得归也。不然两期之制,固有定期,何为不归哉。

【张居正讲评】

然室家固于此时而兴思,而将帅亦于此时而奏凯。

【原文】

春日迟迟,

【张居正讲评】

但见仰而观之,春日则迟迟而暄妍矣。

【原文】

卉木萋萋。

【张居正讲评】

俯而察之,卉木萋萋而茂盛矣。

【原文】

仓庚喈喈,

【张居正讲评】

耳之所闻,仓庚喈喈而和鸣矣。

【原文】

采蘩祁祁。

【张居正讲评】

目之所接,采蘩则祁祁而众多矣。

【原文】

执讯获丑,薄言还归。

【张居正讲评】

当此之时,执讯获丑而薄言旋归焉。以大功之成,适际太和之景,其可乐为何如哉。

【原文】

赫赫南仲,狁于夷。

【张居正讲评】

然是功也,伊谁之功乎?盖赫赫南仲,朔方之城守有道,故狁奏于夷之绩耳,使非南仲，何以成是功，而春日亦何见其可乐哉？夫详叙其出师之事而归其功，复叙其凯还之乐而庆其功，周王之劳，还率以之，可谓得功臣之道矣。

杕杜

【总评】

此劳还役之诗，以追述其未还之时，室家感于事物之变，而思之。

【原文】

有杕之杜，有睆其实。

【张居正讲评】

野生之杜，有睆其实，则时物已变，而为秋冬之交矣。

【原文】

王事靡盬，继嗣我日。

【张居正讲评】

我征夫以王事不可以不坚固，乃以日继日而无休息之期，何哉？

【原文】

日月阳止，

【张居正讲评】

夫杕杜睆实，正日月阳止之候，而毕戍之期也。

【原文】

女心伤止，征夫遑止。

【张居正讲评】

今犹不归，故我女心伤止，而曰：征夫亦可以暇矣，曷为而不归哉？

【张居正讲评】

然十月不归，犹其为毕戍时也，自今言之。

【原文】

有杕之杜，其叶萋萋。

【张居正讲评】

有杕之杜，其叶萋萋，则时物已变，而为春将暮之时矣。

【原文】

王事靡盬，我心伤悲。

【张居正讲评】

我征夫以王事不可以不坚固而未得归,我心其主以无伤悲哉。

【原文】

卉木萋止,

【张居正讲评】

夫卉木萋止,正仲春之候,而至家之期也。

【原文】

女心悲止,征夫归止!

【张居正讲评】

今犹不至,故我女心悲止,而曰:征夫亦可以归矣,曷为而不至哉!

【张居正讲评】

然卉木萋止,犹曰至家之时,而未过期也,自今言之。

【原文】

陟彼北山,言采其杞。

【张居正讲评】

陟彼北山,以望其君子之归,则杞生可食,而言采其杞矣。是春已暮,而期已过矣。

【原文】

王事靡盬,忧我父母。

【张居正讲评】

君子以王事靡盬,犹不得归焉,则不惟动吾室家之念,而且以贻我父母之忧也。

【原文】

檀车幝幝,四牡痯痯。

【张居正讲评】

然征夫今虽未归,而以物理度之,其归有可必谅者,吾想檀车之坚者已幝幝而敝矣,四牡之壮者已痯痯而罢矣。

【原文】

征夫不远!

【张居正讲评】

是前番之戍事已毕,而所以慎守强圉者,在后番之人,则征夫之归,可指日而待也,夫岂远哉。

【张居正讲评】

夫我以物理度之,固知征夫之不远矣,然此心犹不敢自信也。

【原文】

匪载匪来，忧心孔疚。

【张居正讲评】

念我征夫，当至家之期，不装载而来归，固以使我忧心孔疚矣。

【原文】

期逝不至，而多为恤。

【张居正讲评】

况当采杞之时，归期已过，而犹不至，则使我多为忧恤，宜何如哉？盖有感念亦切，而不能为心之甚矣。

【原文】

卜筮偕止，

【张居正讲评】

夫因车马而度征夫之不远，特在我之见则然耳。然人见不如神见之为真，于是且卜且筮，相袭俱作，惟欲前知其事，而不厌其为频也。

【原文】

会言近止，

【张居正讲评】

但见卜之与筮，合言于繇而皆曰：近止筮龟，无异辞矣。

【原文】

征夫迩止！

【张居正讲评】

吾知神不我欺，非若我臆度之未审，则征夫其亦迩而将至矣，其不可即此而见之哉。夫期而不至，则忧疑而不决，则卜室家之情大抵然也。而王者体悉至此，真去以己之心，度人之心矣，民亦安得不忘其劳，以忠于上哉。

鱼丽

【原文】

鱼丽于罶，鲿鲨。

【张居正讲评】

此燕享通用之乐歌也。罶以取鱼，而丽其中者，既有鲿矣，又有鲨焉。

【原文】

君子有酒，旨且多。

【张居正讲评】

况君子之有酒以燕宾也，其所荐之羞，品物芳洁而极一时之盛，其旨而且多也乎。

【原文】

鱼丽于罶，鲂鳢。

【张居正讲评】

罶以取鱼，而丽其中者，既有鲂矣，又有鳢焉。

【原文】

君子有酒，多且旨。

【张居正讲评】

况君子之有酒，以燕宾也，其所荐之羞，品物并陈，而极一时之选，其多而且旨也乎。

【原文】

鱼丽于罶，鰋鲤。

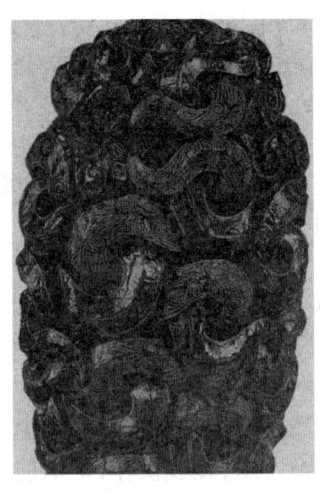

蛇形卮（战国）

【张居正讲评】

罶以取鱼，而丽其中者，既有鰋矣，又有鲤焉。

【原文】

君子有酒，旨且有。

【张居正讲评】

况君子之有酒以燕宾也。其所荐之羞，品物珍奇，而极兼乎天下之味，其多而且旨也乎。

【张居正讲评】

若是，则今日之燕，不其曲全哉。

【原文】

物其多矣，维其嘉矣。

【张居正讲评】

彼物之多者，恒患其不嘉，多而不嘉，何取于多也。今君子所荐之物，惟其旨且多也，则不徒侈蕃衍，而又有以昭其异焉，其多而能嘉矣。

【原文】

物其旨矣，维其偕矣。

【张居正讲评】

物之旨者,恒患其不偕者,而不偕何取于旨也。今君子所为之物,惟其旨且多也,则非徒示间有,而又有以昭其备焉,其旨而能偕矣。

【原文】

物其有矣,维其时矣。

【张居正讲评】

物之有者恒患其不时有,而不时何取于有也。今君子所荐之物,惟其旨且有也,则非徒昭其侈,而又莫非新美之味焉,其有而能时矣。君子之燕,其曲全有如是哉。主人优宾之意,可谓至矣。宜工歌之,以鸣其盛欤。

南有嘉鱼

【总评】

此燕享通用之乐也。

【原文】

南有嘉鱼,烝然罩罩。

【张居正讲评】

江汉之间有嘉鱼焉,则必烝然罩罩,以取之矣。

【原文】

君子有酒,嘉宾式燕以乐。

【张居正讲评】

况君子之有酒也,则必与嘉宾共之,而式燕以衎,忘形迹之拘,于以协一时笑语之情矣。

【原文】

南有嘉鱼,烝然汕汕。

【张居止讲评】

江汉之间嘉鱼生焉,则必烝然汕汕,以取之矣。

【原文】

君子有酒,嘉宾式燕以衎。

【张居正讲评】

况君子之有酒也,则必与嘉宾共之,而式燕以衎,脱势分之拘,于以尽一时欢爱之情者矣。

【原文】

南有樛木,甘瓠累之。

【张居正讲评】

南山有下垂之木,则其瓠得以累之,而固结之不可触矣。

【原文】

君子有酒,嘉宾式燕绥之。

【张居正讲评】

况君子有酒,则与嘉宾以式燕也,情通于分之外,心孚于意之适,嘉宾之心,殆与君子相孚,契而无或间矣,与甘瓠之累樛木何异哉。

【原文】

翩翩者雏,烝然来思。

【张居正讲评】

翩翩者雏,则烝然来思矣。

【原文】

君子有酒,嘉宾式燕又思。

【张居正讲评】

况君子有酒,则与嘉宾以式燕也,殷勤之意无已,献酬之礼屡更,盖有既燕而又燕矣,其以一燕而遂足哉。

南山有台

【总评】

此亦燕享通用之乐也。

【原文】

南山有台,北山有莱。

【张居正讲评】

南山有台,北山有莱,是南山之生物,台与莱之无不有矣。

【原文】

乐只君子,邦家之基。

【张居正讲评】

况此乐只君子,但见内外恃以无恐,宗庙赖以久安,而为邦家之基矣,德何盛耶。

【原文】

乐只君子,万寿无期。

【张居正讲评】

乐只君子,殆必永难老之,锡获胡考之休,而万寿之无期矣。寿何永耶,君子一身德与寿,岂有一之不备乎。

【原文】

南山有桑,北山有杨。

【张居正讲评】

南山有桑,北山有杨,是南山之生物,桑与杨之无下有矣。

【原文】

乐只君子,邦家之光。

【张居正讲评】

况此乐只君子,但见在朝则黼黻皇献,在国则辉煌治道,而为邦家之光矣,德何盛耶。

【原文】

乐只君子,万寿无疆。

【张居正讲评】

乐只君子,殆必为难老之锡,获胡考之体,而万寿之无疆矣。寿何永耶,君子一身德与寿,岂有一之不备乎。

【原文】

南山有杞,北山有李。

【张居正讲评】

南山则有杞矣,北山则有李矣。

【原文】

乐只君子,民之父母。

【张居正讲评】

况此乐只之君子也,好恶同于斯民,而民皆有瞻而有依矣,不为民之父母乎。

【原文】

乐只君子,德音不已。

【张居正讲评】

乐只君子也,令闻垂于有永,而无一时之或间矣。德音其不已乎,有令德而有令闻,何幸我邦家而获睹此君子也哉。

【原文】

南山有栲,北山有杻。

【张居正讲评】

南山则有栲矣,北山则有杻矣。

【原文】

乐只君子,遐不眉寿。

【张居正讲评】

况此乐只君子也,遐不天锡,以寿祥征于眉,而享年之未艾乎。

【原文】

乐此君子,德音是茂。

【张居正讲评】

乐只之君子也,殆必声明洋溢及于天外,而德音之是茂乎,有盛德而又有遐寿,何幸我邦家而获睹此君子也哉。

【原文】

南山有枸,北山有楰。

【张居正讲评】

南山则有枸矣,北山则有楰矣。

【原文】

乐只君子,遐不黄耇?

【张居正讲评】

况此乐只之君子也,遐不发白复黄,面东孚垢,寿考之征,以身享之者乎。

【原文】

乐只君子,保艾尔后。

【张居正讲评】

乐只之君子也,殆必气日固,元神日滋,保艾之休终身而不替者乎,有其寿矣,而又寿而康宁焉,我邦家何幸而得此元老之君子乎。夫德之与齿,天下之达尊也,诗人与君子美其德而祝其寿,其尊宾不亦至哉。

蓼萧

【总评】

此天子燕诸侯,曰:诸侯有时观射也,所以尽臣职也。天子有燕享之恩,所以隆眷宠也,要其眷注深,而天休锡者,尤在列辟道德之隆也,吾今于来朝君子有感矣。

【原文】

蓼彼萧斯,零露湑兮。

【张居正讲评】

萧之生也,蓼然而长大,有以为受露之地,则露之零于其上者,湑然矣。

【原文】

既见君子,我心写兮。

【张居正讲评】

况我君子,各处藩封,愿见而不可得,于心不无留恨也。今也来朝而得以既见之,则夙昔之愿于是而慰我心,不输写而无留恨乎。

【原文】

燕笑语兮,

【张居正讲评】

夫惟我心之写,则乐且有仪,是以燕礼攸行,而笑语以合,一堂之上,再见喜起之风矣。

【原文】

是以有誉处兮。

【张居正讲评】

夫君臣相得,自古以为难得,君者则其名必著。君臣之好,每患不终得,得君者,则其位必固,岂不有誉处也哉。

【原文】

蓼彼萧斯,零露瀼瀼。

【张居正讲评】

蓼然长大之萧也,则露之零于其上者,瀼瀼而蕃矣。

【原文】

既见君子,为龙为光。

【张居正讲评】

况我既见君子,则其道德之隆能为龙也,而王国为之增重能为光也,而王国为之增显。

【原文】

其德不爽,

【张居正讲评】

且此龙光之德,终犹夫始,而不见其或爽焉。

【原文】

寿考不忘。

【张居正讲评】

夫惟德动天德,有常者寿,亦有常,岂不永锡难老,而寿考不忘者乎,使其德有或爽,何以有是不忘之寿哉。

【原文】

蓼彼萧斯,零露泥泥。

【张居正讲评】

蓼然长大之萧也,则露之零于其上也,泥泥而濡矣。

【原文】

既见君子,孔燕岂弟。

【张居正讲评】

况我既见君子,厚为燕饮,以彰一时之喜,而晋接之余,吾见其人之,岂而乐也,弟而易也。

【原文】

宜兄宜弟,

【张居正讲评】

有此岂弟之德,则必上有以宜兄,下有以宜弟,而无相尤之隙矣。

【原文】

令德寿岂。

【张居正讲评】

君子之令德如此,夫惟天眷德,德之善者,寿亦至善,遐美优游岂不寿,而且乐者乎使其德有不令,何以有是岂乐之寿哉。

【原文】

蓼彼萧斯,零露浓浓。

【张居正讲评】

蓼然萧之长大也,则露之零于其上也,浓浓而厚矣。

【原文】

既见君子,鞗革冲冲。和鸾雝雝,

【张居正讲评】

况我君子来朝,而我得以见之,而其舆卫之闲何如哉,但见御马之辔,匕首之革冲冲而下垂,在轼之和在辘之鸾,雝雝而和鸣,修此以入觐,而侯度谨矣。

【原文】

万福攸同。

【张居正讲评】

夫侯度既谨,则获福有机,由是沐九重之眷,而福禄申之矣,岂不为万福之所聚哉。吁,周王之燕诸侯,而其恩意之厚,劝诫之至如此,所以示以慈惠者深矣,其怀诸侯,诚有道哉。

湛露

【总评】

此亦天子燕诸侯之诗,言堂陛之分虽严,而燕饮之际,其通不可不通也。吾今日之燕,君子当如何。

【原文】

湛湛露斯,匪阳不晞。

【张居正讲评】

露之零也,湛湛其盛,则必待阳而后晞,苟匪阳不晞矣。

【原文】

厌厌夜饮,不醉无归。

【张居正讲评】

况我厌厌之夜饮也,历时之久,安于势分之两忘,欢洽之深,充然情义之各足,是必既醉而后归,苟不醉,则无归焉。凡我君子要当乐酒,今夕以馨,吾笃厚之心可也。

【原文】

湛湛露斯,在彼丰草。

【张居正讲评】

露之零也,湛湛甚盛,果何在耶?则在彼丰草矣。

【原文】

厌厌夜饮,在宗载考。

【张居正讲评】

况我厌厌夜饮也,朝廷之上,或拘于分之严,君臣之间,或至于情之隔,非所以成燕矣,则必在彼宗室,而成此夜饮之礼焉广。我今日之燕,情意交孚,而不阻于势分之疏己也。

【张居正讲评】

夫我之设燕,固欲以尽其情矣,而诸臣之与燕,亦岂无以善其礼哉。

【原文】

湛湛露斯,在彼杞棘。

【张居正讲评】

彼湛湛露斯,在彼杞棘,固无一物之不被矣。

【原文】

显允君子,莫不令德。

【张居正讲评】

况此光明信实之君子,厌厌夜饮,其饮非不多也,然敬谨自持,而心志不乱,何有一人之不令德哉。

【原文】

其桐其椅,其实离离。

【张居正讲评】

其桐其椅,其实离离,固无一物之不实矣。

【原文】

岂弟君子,莫不令仪。

【张居正讲评】

况此和乐平易之君子,厌厌夜饮,其饮非不多也,然温恭自持,而容止不愆,何有一人之不令仪乎哉。吁,君燕其臣,而臣善其燕,此可以见明良交孚之盛矣。

彤弓

【总评】

此天子燕诸侯,而锡以弓矢之乐歌也。言赏有功者,国家之大典也。虽忠臣不藉,是后劝而在人君,则不可不自尽其报功之道也,今我嘉宾何如。

【原文】

彤弓弨兮,受言藏之。

【张居正讲评】

朱色之弓弛而不张,弓人献之,我受而藏之,其慎重不敢轻与人,所以待有功也。

【原文】

我有嘉宾,中心贶之。

【张居正讲评】

今我有嘉宾,敌王所忾,其功大矣,弓人藏,正以待斯人耳。故我也中心实欲贶之以是弓焉,殆非出于利诱,势迫之私矣。

【原文】

钟鼓既设,一朝飨之。

【张居正讲评】

然非燕无以成礼,非乐无以成燕。由是钟鼓既设,于以达乎。欢爱之情,一朝享之,于以行吾报功之礼而向也,所藏之重弓,即于是锡之矣,宁复有迟留顾惜之意乎。

【原文】

彤弓弨兮,受言栽之。

【张居正讲评】

彤弓昭兮,受言载之,使其体之常正焉,将以待有功之人也。

【原文】

我有嘉宾,中心喜之。

【张居正讲评】

今我有嘉宾,其功当报也,故我也中心则喜,而欲锡之以是弓焉。

【原文】

钟鼓既设,一朝右之。

【张居正讲评】

由是钟鼓既设,一朝右之,举从劝之典以宾,尊之而不敢慢,而其弓之赐也,岂后时也哉。

【原文】

彤弓弨兮,受言櫜之。

【张居正讲评】

彤弓弨兮,受言櫜之,使其色之常新焉,将以待有功之人也。

【原文】

我有嘉宾,中心好之。

【张居正讲评】

今我有嘉宾,其功当报也。故我也,心中好之,而欲界之以是弓焉。

【原文】

钟鼓既设,一朝酹之。

【张居正讲评】

由是钟鼓既设,一朝酹之,致亲厚之意,以崇劝之而不敢忘,而其弓之畀也,亦岂后时也哉。夫周王重报功之器,则人得之必以为难尽,报功之道,则人得之必以为惠。吁,此所以鼓舞人臣,而益奋于立功也欤。

菁菁者莪

【总评】

此燕饮宾客之诗。若曰:国家之所以倚赖者,惟贤才,则吾心之所愿见者,亦惟贤才,今我于君子可知。

【原文】

菁菁者莪,在彼中阿。

【张居正讲评】

菁菁者莪,则在彼中阿矣。

【原文】

既见君子,乐且有仪。

【张居正讲评】

况此君子,而我得以既见之,则以其德之写我心也,而有悦乐之念,以其情之无由适也,而有多仪之享,不乐且有仪乎,是我今日之喜,固如此矣。

【张居正讲评】

然是喜也,非出于矫也。

【原文】

菁菁者莪,在彼中沚。

【张居正讲评】

菁菁者莪,则在彼中沚矣。

【原文】

既见君子,我心则喜。

【张居正讲评】

况我既见君子,慕其嘉乐之德,其喜也该根于中心诚矣,夫岂笑貌也哉。

【张居正讲评】

然是喜也,不可以轻拟也。

【原文】

菁菁者莪,在彼中陵。

【张居正讲评】

菁菁者莪,则在彼中陵矣。

【原文】

既见君子,锡我百朋。

【张居正讲评】

况我既见君子,慕其金玉之德,其喜之至也。盖有如百朋之锡矣。夫岂寻常乎哉。

【张居正讲评】

若此者,惟其昔有硕见之思,而今幸得以自慰焉耳。

【原文】

泛泛杨舟,载沉载浮。

【张居正讲评】

彼泛泛杨舟,载沉载浮,而未有所定也。然则我也向未见君子,而往来于怀其不定也,不扰之杨舟耶。

【原文】

既见君子,我心则休。

【张居正讲评】

夫我之未见而思如此,今也幸既见止,则夙昔之怀慰,此心休休而安定矣,则其喜之若是也,固其宜哉。然则今日之燕,固以志喜也,而不容以燕设矣。

六月

【总评】

诗美吉甫北伐而成功,言征伐之命,虽自天子出之,而安攘之勋,则自人臣建之,我吉甫奉命北伐何如。

【原文】

六月栖栖,

【张居正讲评】

冬夏不兴师,司法之法也。今乃当此六月之中,仓促兴师,师出非时,人心盖栖栖而不安矣。

【原文】

戎车既饬。

【张居正讲评】

彼车以攻取,而戎车之既饬。

【原文】

四牡骙骙,

【张居正讲评】

马以驾车,而四牡之骙骙。

【原文】

载是常服。

【张居正讲评】

凡所谓常弁常衣素裳,白舄之戎服,莫不载之以行焉。

【原文】

俨狁孔炽,我是用急。

【张居正讲评】

夫今日之兴师,所以若是其急者何哉?盖以狎狁内侵,其难孔炽,夷夏之防,以粜荒服之制不明,则王国不正甚矣,所以御之者,诚不容不急也。

【原文】

王于出征,以匡王国。

【张居正讲评】

故不得已不命吉甫于此时而出征,于以攘夷安抚,而匡王国焉耳,夫岂得已而不已哉?

【原文】

比物四骊,

【张居正讲评】

是行也以武事尚强,物马而颁之,所以齐力也。但见四马皆骊,而其色又齐,马何有余耶。

【原文】

闲之维则。

【张居正讲评】

以马贵服习,从而闲之,所以验驯也。但见驰驱之下,皆中法则,教何有素耶。

【原文】

维此六月,既成我服。

【张居正讲评】

于是,当此六月之中,既成我戎事之服,应变之速也。

【原文】

我服既成,于三十里。

【张居正讲评】

我服既成,即日引道,不疾不徐,尽三十里而止焉。从事之亩,而亦不失其常度也。此其车马之具,行师之法,无不兼得矣。

【原文】

王于出征,以佐天子。

【张居正讲评】

然所以有今日之师者,何哉?盖以猃狁内侵,天子所忾也。故不得已,王命吉甫出征,以敌王之忾,而佐天子焉耳,夫岂得已而不已哉?

【张居正讲评】

然行师固以车马为善,而尤以严敬为本,自今言之。

【原文】

四牡修广,其大如颙。

【张居正讲评】

四牡修焉,而长广焉,而大足以任驰驱之劳,而中国之长计得矣。

【原文】

薄伐俨狁,以奏肤公。

【张居正讲评】

以之薄伐猃狁,吾知猃狁之马弗能当也,岂不足以奏肤功乎。

【原文】

有严有翼,共武之服。

【张居正讲评】

然使严敬之不足,亦来敢决肤功之必奏也。吉甫则号令严肃,有事以共,武事敬戒,不忘有翼,以共武事。

【原文】

共武之服,以定王国。

【张居正讲评】

吾知严则士皆用命,翌则内谋必臧,而猃狁无所投其间矣,则所以底定王国而奏肤功也,不益可必哉。

夫车马严敬之,兼得既足以胜敌矣,于是遂至狁所侵之地,而声罪以致讨焉。

【原文】

狁匪茹,整居焦、获,侵镐及方,至于泾阳。

胡服骑射

【张居正讲评】

夫中国居内,以制夷狄,夷狄居外,以奉中国,此常分也。今狁不自度量,整集其众,盘据焦获之区,侵镐及方,以于泾阳之地,深入为寇如此,夫固不容以不讨也。

【原文】

织文鸟章,白旆央央。

【张居正讲评】

于是旌旗以统众也,则旗帜有文,而画鸟隼之章,继旐有旆,而著鲜明之色,其正正之旗,有如此者。

【原文】

元戎十乘,以先启行。

【张居正讲评】

迨夫选锋以锐进也,则驾元戎十乘,以备夫前驱之用,以大众而启行,以鼓乎三军之勇,其堂堂之阵,有如此者,以此而计,狁深入之罪,则直而壮,律而臧,有不战战必胜矣。

【张居正讲评】

元戎既发,大众斯行。

【原文】

戎车既安,如轾如轩。

【张居正讲评】

但见继元戎者有戎车也,以戎车则既安焉。故从后视之如轾覆而前也,从前视之如轩却而后也,车何善乎。

【原文】

四牡既佶,既佶且闲。

【张居正讲评】

以四牡则既佶,骙骙然其壮健也,以既佶而且闲于法则,而皆中也,马何良乎。

【原文】

薄伐猃狁,至于大原。

【张居正讲评】

以是车马非不足以歼猃狁,而尽灭之也。我吉甫则以太原以内,帝王之所自立也,不驱出之,则其威玩太原以外,猃狁之所自居也,穷而治之,则其仁伤非,所以尊中国而抚四夷也。故于猃狁示薄伐之威,惟至于太原之地而止焉。盖焦获无盘据之众,泾阳无侵扰之虞,斯亦已矣。至此则王国以匡,而天子可佐,吉甫之亦成矣。

【原文】

文武吉甫,

【张居正讲评】

然其成功夫,岂无本哉,但见吉甫于附众也,则抚绥有恩而长文焉,于威敌也,则制胜有道而长武焉。

【原文】

万邦为宪。

【张居正讲评】

长文长武,此天公之所由成,而万邦有不以之为宪乎。盖万邦诸侯,莫不有众之当附,则必法吉甫之文矣,莫不有敌之当威,则必法吉甫之武矣。岂徒足以匡王国而法天子哉,若吉甫者,可谓有长之将矣。

【原文】

吉甫燕喜,

【张居正讲评】

迨大班师而归,遂举燕饮之礼,但见分阃之寄,无负上为天子庆,底定下为人心庆,靡争此心,固油然而喜矣。

【原文】

既多受祉。

【张居正讲评】

然王国定,则天下之福皆其福。四方平,则天下之福皆其福,其受祉不既多乎。

【原文】

来归自镐,我行永久。

【张居正讲评】

然所以举是燕者,何哉?盖吉甫以六月出师至镐,今来归自镐,其行已永久,而朋友之情疏矣。

【原文】

饮御诸友,炰鳖脍鲤。

【张居正讲评】

于是进酒以饮诸友,而焦鳖脍鲤之咸备,所以敦其好也。

【原文】

侯谁在矣?张仲孝友。

【张居正讲评】

而当时之与是燕者,果谁在乎?则有孝友之张仲在焉。以文武之人主是燕,以孝友之人与是燕,人文攸萃,宾主皆贤,不有以彰一时之雅乎。吁,宣王外有吉甫之将,内有张仲之相,和调则致中兴之盛宜矣。

采芑

【总评】

此诗美方叔南征也。言行师之道,非义无以植有之纪,非律无以昭有制之兵。我方叔承命而伐蛮荆,固为义矣,而师之有律何如。

【原文】

薄言采芑,于彼新田,于此菑亩。

【张居正讲评】

吾人之南征也,采芑以食,则于彼新田,于此菑田矣。

【原文】

方叔涖止,其车三千,

【张居正讲评】

我方叔承天子之命,涖南征之师,其载行之车,则有三千之众矣。

【原文】

师干之试。

【张居正讲评】

扞御之众,则有练习之能矣。

【原文】

方叔率止,乘其四骐,四骐翼翼。

【张居正讲评】

由是方叔率之以行也,但见乘其四骐翼翼,而顺序行列,则整治也。

【原文】

路车有奭,

【张居正讲评】

驾其路车,奭然而有赤戎车,则既好也。

【原文】

簟茀鱼服,

【张居正讲评】

然车不惟有奭也,竹簟以为车之蔽,鱼皮以为矢之服,车之卫何有不备也。

【原文】

钩膺鞗革。

【张居正讲评】

马不徒翼翼也,马颔有钩,而膺有樊缨之饰,御马有鞗,而鞗有下垂之革,马之饰,何有不具也。南征之师,如此军容,何其盛哉。

【张居正讲评】

不特此也。

【原文】

薄言采芑,于彼新田,于此中乡。

【张居正讲评】

吾人之南征也,采芑以食,则于者新田矣,于此中乡矣。

【原文】

方叔涖止,其车三千,旂旐央央。

【张居正讲评】

我方叔承天子之命,涖百征之师,其载行之车,则有三千之众矣,而其统众之旗旐,则央央而鲜明矣。

【原文】

方叔率止,约軧错衡,八鸾玱玱。

【张居正讲评】

由是方叔率之以行也,其所乘之车,则皮以束其毂,错以文其衡,既固而且文矣,其所服之马,则四马八鸾,玱玱而有声矣。

【原文】

服其命服,朱芾斯皇,有玱葱珩。

【张居正讲评】

其所服之命服,则有黄朱之芾,而皇然其鲜明,有葱珩之佩,跄然其有声。盖其应变从容,故服其命服之盛,如此望之者,莫不动色矣,军容何其盛哉。

【张居正讲评】

然不特军容之盛也。

【原文】

鴥彼飞隼,其飞戾天,亦集爰止。

【张居正讲评】

今夫鴥彼飞隼,其飞戾天,势何扬也,然亦有时集而止者矣。

【原文】

方叔涖止,其车三千,师干之试。

【张居正讲评】

我方叔淮南征之师也,其车三千,师干之试,势何盛也。

【原文】

方叔率止,钲人伐鼓,

【张居正讲评】

然岂进退之无节乎,方叔率是车以行也,以为临敌而战,莫先进退,苟不严其纪,临敌鲜有不乱者。故有钲人以伐钲,鼓人以伐鼓,使示之进退而知止者,司之钲人也,使示之进退,而知行者,司之鼓人也。

【原文】

陈师鞠旅。

【张居正讲评】

陈其师而告之,陈其旅而告之,使闻钲声,而进退知所指也,使闻鼓声,而进退知所行也。未战而严之,以进退之节如此。

【原文】

显允方叔,伐鼓渊渊,

【张居正讲评】

及夫方战之时,何如哉?但见显允方叔其进战也,则伐鼓渊渊然,平和而不暴怒,使众闻鼓声而知进者,无躁动也,而不得钲声,则弗止矣。

【原文】

振旅阗阗。

【张居正讲评】

其罢战也,则振旅亦阗阗,然不暴怒,使众闻鼓声而知退者,无争先也,而不得钲声,则弗止矣。进退之节严之,未战而又严之,于方战如此,师律何其严哉。

【张居正讲评】

夫军容之盛,而师律之严,方叔可谓得行师之道矣。然其成功,则以威望之隆也。

【原文】

蠢尔蛮荆,大邦为仇。

【张居正讲评】

蠢尔蛮荆,一小丑耳,而取与大邦为仇者。

【原文】

方叔元老,克壮其犹。

【张居正讲评】

意以方叔既老,中国无人也。不知方叔齿高百辟,虽称元老,然运决策,动出万全其谋,犹盖甚壮也。

【原文】

方叔率止,执讯获丑。

【张居正讲评】

况今日以分阃之命,而率南征之师,其徒御无致,而执讯获丑之有人。

【原文】

戎车啴啴,啴啴焞焞,

【张居正讲评】

戎车孔转,而啴啴焞焞之众盛。

【原文】

如霆如雷。

【张居正讲评】

是以威灵赫耀,有如雷霆之奋,而其威不可犯矣。

【原文】

显允方叔,征伐猃狁,

【张居正讲评】

然方叔之成功,岂专恃此哉,盖显允方叔,常忝北伐之任,而征伐猃狁,咸有太原之功。

【原文】

蛮荆来威。

【张居正讲评】

是以功在朝廷,名驰四海,蛮荆闻之,莫不曰:斯人也,乃猃狁不能屈其谋者也,我之谋何如猃狁也,亦猃狁不能挫其威者也,我之威何如猃狁也,乌敢与之抗哉!于是,皆来畏服,固不待战而自平矣。夫方叔南征,以军容则既盛矣,以律师则既严矣,而其成功则由于声望之隆焉,其可谓中兴良将矣。宣王能任之,此所以能复文武之业也欤。

车攻

【总评】

此美宣王中兴复古之诗。言吾王慨周室之中衰,而乘舆不至东都久矣,今欲为东都之行,而车马其可以不饰乎。

【原文】

我车既攻,

【张居正讲评】

彼有田则有车,向焉田赋废坏,无攻车矣。今也与人献计我车,则既攻而坚焉。

【原文】

我马既同。

【张居正讲评】

有车则有马,向焉马政不修,无同马矣。今也国人供职,我马则既同而齐足焉。

【原文】

四牡庞庞,

【张居正讲评】

以是车而驾是马,四牡皆庞庞而充实。

【原文】

驾言徂东。

【张居正讲评】

若此者将何所往乎,盖东都为天下之中,而先王行礼之处也。驾此车马将往东都,以久旷之典,而复先王之旧而已矣,夫岂为徒行也哉。

【张居正讲评】

然天子之往东都,必有事于田猎,而车马其可以不备乎。

【原文】

田车既好,

【张居正讲评】

是故以简其车,田车则既好矣。

【原文】

四牡孔阜。

【张居正讲评】

以择其马四牡,则孔阜矣。

【原文】

东有甫草,驾言行狩。

【张居正讲评】

以车马之盛,而往东都也,将何为乎?盖东都有甫草之地,乃天子田猎之所也,驾此车马,将以行狩于斯,而复大蒐之旷典也,夫岂为无事也哉。

【张居正讲评】

夫天子之备车马,既将往东都而行狩矣。迨至东都,则何如哉。

【原文】

之子于苗,选徒嚣嚣。

【张居正讲评】

但见之子为于苗之举以徒,所以从禽也,于焉选徒嚣嚣而声之众盛,且车徒不诖,而惟选者有声,则车徒之众,而又未尝不静治矣。

【原文】

建旐设旄,

【张居正讲评】

以旐所以统众也,于焉建车蛇之施,为后车之耳目,设旗杆之旄,以为旐上之表章,则车众之众,而未尝失之涣矣。

【原文】

搏兽于敖。

【张居正讲评】

若此者,盖以敖山之下,平旷可以屯兵,紧秽可以设伏,将于此而搏兽焉,而复夫田猎之旷典也。

【张居正讲评】

天子既至,诸侯毕朝。

【原文】

驾彼四牡,四牡奕奕。

【张居正讲评】

但见驾彼四牡,四牡奕奕然,连络布散于东都矣。

【原文】

赤芾金舄,会同有绎。

【张居正讲评】

由是而入觐也,服赤芾与文金舄,皆遵周官之仪,以行会同之礼,而朝阶之间,绎绎然陈烈之联属,盖无一人之不至矣,一会同之间,其人心之齐何如哉。

【张居正讲评】

会同既毕,田猎斯举。

【原文】

决拾既佽,

【张居正讲评】

但见决拾者,射之具也,决著于手,拾著于臂,皆佽欣而整齐矣。

【原文】

弓矢既调。

【张居正讲评】

弓矢者射之器也,弓之强弱,矢之轻重,皆相得而均调矣。

【原文】

射夫既同,助我举柴。

【张居正讲评】

斯时也,会同之射夫,莫不同心协力,助天子以举其所获之禽兽焉,一田猎之间,其人心之齐,又何如哉。

【张居正讲评】

夫既田猎矣,而其射御之善,又何如哉。

【原文】

四黄既驾,

【张居正讲评】

田猎之马,惟取齐足也。今四马皆黄,而其色又齐,可以见马之有余矣。

【原文】

两骖不猗。

【张居正讲评】

四马之中,惟骖难御也。今两骖不猗,而适由轨道可以见教之有素矣。

【原文】

不失其驰,

【张居正讲评】

斯时也,御者不失其驱驰之法,过君表也,逐禽左也,未尝诡遇以徇乎,射御何善耶。

【原文】

舍矢如破。

【张居正讲评】

射者舍矢,有如破之能中乎? 微也。制乎大也,不待御者诡遇,而后获射者何善耶,一田猎,而射与御者皆善如此者。

【张居正讲评】

迨夫田猎既毕,而其终事颁禽,果何如哉。

【原文】

萧萧马鸣,

【张居正讲评】

但见马无事于驰我,其鸣也萧萧焉耳矣。

【原文】

悠悠旆旌。

【张居正讲评】

旌无事于指麾,其扬也悠悠焉耳矣。

【原文】

徒御不惊,

【张居正讲评】

斯时也号令严肃,不以田事告终而或驰,徒御静治无有诈謹,殆无异于选徒器器之时矣,终事何其严耶。

【原文】

大庖不盈。

【张居正讲评】

颁赐有法,不以田禽之获而自私,君庖所充,惟取下杀之下,其余悉以散诸习射者取之,而大庖不盈矣。颁禽何其均耶,一田猎而惠与威之并行,有如此者。

【张居正讲评】

吾又即其始终之事言之,不可以见其德业之美乎。

【原文】

之子于征,有闻无声。

【张居正讲评】

之子于征,而田猎也始焉。闻师之行,惟选徒嚣嚣而已,嚣嚣之外,不闻有声也。终焉闻师之行,惟马萧萧而已。萧萧之外,不闻有声也,其始终严肃如此。

【原文】

允矣君子,

【张居正讲评】

吾即是而观王之德,真有纯亦不已,而无一毫怠荒之累,不允矣其君子乎?盖虽吾王之德,不尽于田猎,此亦可以信其为日新之德矣。

【原文】

展也大成。

【张居正讲评】

吾即是而观王之业,真有纪纲毕张,而无一事废弛之弊。不诚哉其大成乎?盖虽吾王之业,不尽于田猎,此亦可以信其富有之业矣。吁,宣王有如是之德业,则其复文武、成康之盛,而致中兴之美宜矣哉。

吉日

【总评】

此亦美宣王之诗。言曰:会同田猎,既举旷典于东都,而大蒐示礼,复缵武事于西镐。

【原文】

吉日维戊,既伯既祷。

【张居正讲评】

以田猎将用马力也,而马祖则主是马也。于是,择戊辰之吉日,祭马祖而祷之,以祈车马之善也。

【原文】

田车既好,四牡孔阜。

【张居正讲评】

但见既祭之后，以田车则既好而坚，以四牡则孔阜而健矣。

【原文】

升彼大阜，从其群丑。

【张居正讲评】

车马若是信，可以升大阜之险，而从禽兽之多矣，足未猎而预其具如此。

【张居正讲评】

然猎地不可以择也。

【原文】

吉日庚午，既差我马。

【张居正讲评】

于日越三日，而为庚午之吉，遂择其马而乘之。

【原文】

兽之所同，麀鹿麌麌。

【张居正讲评】

以视彼兽之所聚，麀鹿最多之处而从之。

【原文】

漆、沮之从，天子之所。

【张居正讲评】

惟此漆、沮之旁为盛，宜为天子田猎之所也。凡所以奉宗庙宾客而充君之庖者，无不取足于斯也。

【张居正讲评】

猎也既降，而田猎遂举矣。

【原文】

瞻彼中原，其祁孔有。

【张居正讲评】

瞻彼漆沮之中，原有祁而甚大，视彼所聚之禽兽，孔有而众多。

【原文】

儦儦俟俟，或群或友。

【张居正讲评】

但见趋而儦儦，行而俟俟者，有之或三而群，或二而友者，有之于此，可以见王化行，而品物蕃，亦异于昔日之凋耗矣。

国学经典文库

诗经

·张居正讲评《诗经》·

图文珍藏版

【原文】

悉率左右,以燕天子。

【张居正讲评】

斯时也,下之人岂不乐于趋事哉。于是从王之人,莫不悉率左右,同心协力,以为于狩之举,而乐天子之心焉,不假命令,而自无一人不竭媚兹之。诚矣,下之忠于上如此。

【张居正讲评】

田猎既举,则必有所获矣。

【原文】

既张我弓,

【张居正讲评】

彼猎必资于弛,我弓则既张矣。

【原文】

既挟我矢。

【张居正讲评】

弓必资于矢也,我矢则既挟矣。

【原文】

发彼小豝,

【张居正讲评】

发彼小豝,巧足以中微也。

【原文】

殪此大兕。

【张居正讲评】

殪此大兕,力足以制大也,此可以见军容盛而技艺精,异于昔日之废弛矣。

【原文】

以御宾客,且以酌醴。

【张居正讲评】

斯时也,上之人岂徒私其有于己哉。于是,即其所获之禽,以为菹实,进之宾客,而相与酌醴焉。盖以示慈惠,而彰乎一时明良之会矣,王之惠乎下如此。夫一田猎之间,而综理之周,上下之情如此,此宣王之所以能复古,而成中兴之盛欤。

鸿雁

【总评】

流民被宣王安集之惠而作也。言今幸值中兴之盛,而获安集之庆矣,忆昔流离之苦,今不犹有可言者乎。

【原文】

鸿雁于飞,肃肃其羽。

【张居正讲评】

彼鸿雁于飞,则肃肃其羽,而未得所止矣。

【原文】

之子于征,劬劳于野。

【张居正讲评】

况此之子不幸,而遇王室之中衰也,则流离以于征,而劬劳于野,未有所定矣。

【原文】

爰及矜人,哀此鳏寡。

【张居正讲评】

然使有室家以共患难,犹可以自慰也,夫何此劬劳者,又皆可哀怜之鳏寡,而为无告之人焉。斯时也,吾意其载胥及溺矣,安望其有今日之乐哉。

将相和

【张居正讲评】

夫我昔日流离如此,而今还定之居,则何如哉。

【原文】

鸿雁于飞,集于中泽。

【张居正讲评】

彼鸿雁于飞,集于中泽,得其所止矣。

【原文】

之子于垣,百堵皆作。

国学经典文库

诗经

·张居正讲评《诗经》·

图文珍藏版

【张居正讲评】

况此之子,幸遇王室之中兴也,则相率以于垣,百堵皆作,而乐室以居矣。

【原文】

虽则劬劳,其究安宅。

【张居正讲评】

夫今日筑室,虽不免于劬劳也,然一劳以永逸,而其终获安定之休,实可深幸。斯时也,固可以室家胥庆矣,宁复有昔日之苦哉。

【张居正讲评】

夫我既因乐而思苦,则此鸿雁之歌,岂可以不作哉。

【原文】

鸿雁于飞,哀鸣嗷嗷。

【张居正讲评】

彼鸿雁于飞,感肃肃之劳,而哀鸣于翔集之际,其声嗷嗷焉,不容自已矣。然则我幸有今日之乐,而思昔日之劳,而作乐以寄其感慨之情,不犹是乎。

【原文】

维此哲人,谓我劬劳。

【张居正讲评】

若然,则是歌之作,乃出于劬劳而非以宣骄也。但人心不同,智愚相远,维彼哲人,能体民情之休戚,则谓我此歌之作,乃乐不忘忧,感昔日劬劳而然也。

【原文】

维彼愚人,谓我宣骄。

【张居正讲评】

维彼愚人,则谓我此歌之作,乃闲暇而宣骄焉。是我休戚之情,固无望于愚人之我体矣,犹何幸有此哲人之见谅哉?夫宣王能还定劳,来安集流民如此,而流民喜之,且以哲人诵之,则其庆幸之意何如耶。吁,吾以足知困苦之民,易为仁也。

庭燎

【原文】

夜如何其?夜未央,

【张居正讲评】

王将起视朝,不安于寝,而问夜之早晚。曰:人君之勤怠,政事之张弛系之,则视朝诚不可不早矣,今夜何如哉? 夜果未央矣乎。

【原文】

庭燎之光。

【张居正讲评】

吾意庭燎之设,以待君子之朝者,已粲然其有光矣。

【原文】

君子至止,鸾声将将。

【张居正讲评】

君子感此时而至止者,八鸾之声已将将然可远闻矣。以此度之,殆非未央时也,而可以安寝哉。

【张居正讲评】

然恐晚之心,愈惕也。

【原文】

夜如何其? 夜未艾,

【张居正讲评】

既而再问,曰:今夜何如哉,夜果未艾矣乎?

【原文】

庭燎晰晰。

【张居正讲评】

吾意庭燎之设,以待君子之朝者,已粲然其有光矣。

【原文】

君子至止,鸾声哕哕。

【张居正讲评】

君子感此时而至止者,八鸾之声已哕哕然,徐行而有节矣。以此度之,殆非未艾时也,而可以安寝哉。

【张居正讲评】

然恐晚之心愈甚也。

【原文】

夜如何其? 夜乡晨,

【张居正讲评】

既再三问,曰:今夜何如哉? 夜其向晨矣乎。

【原文】

庭燎有煇。

【张居正讲评】

吾知庭燎之光而晰者,今则烟光相杂而有煇矣。

【原文】

君子至止,言观其旂。

【张居正讲评】

君子之至止者,不特鸾声之可闻也,今则辨色而言,观其旂矣,五等各以其物,盖有杂然而不紊也。于此向晨之时,而犹不兴,吾恐会且归矣,其何以答群臣之望哉。夫王者,忧勤之心常存于中,而恐晚之意屡形于言。如此,则其致中兴之盛宜矣。说者以为宣王感姜后脱簪之谏,而有是诗理,或然与吾,于是知后妃之助良不偶也。

沔水

【总评】

此忧乱之诗,言君子不幸而遭乱,不可玩愒之心也。盖玩愒不知忧乱,从自及也,忧乱而不知所止,徒忧无益也,何则?

【原文】

沔彼流水,朝宗于海。鴥彼飞隼,载飞载止。

【张居正讲评】

沔彼流水,犹朝宗于海矣。鴥彼飞隼,且犹载飞而载止矣,物各有所止如此。

【原文】

嗟我兄弟,邦人诸友,莫肯念乱,

【张居正讲评】

可以人而无所念乎,嗟我兄弟、邦人、诸友,乃莫肯念乱,而思以止之者。

【原文】

谁无父母。

【张居正讲评】

谁独无父母乎?乱则忧或及之,纵不为一身计,亦当为父母计也,是岂可以不念哉。

【张居正讲评】

夫以乱之当念如此,而我之乱乌容已哉。

【原文】

沔彼流水,其流汤汤。鴥彼飞隼,载飞载扬。

【张居正讲评】

沔彼流水,则其流汤汤矣。鴥彼飞隼,则载飞而载扬矣。

【原文】

念彼不迹,载起载行。

【张居正讲评】

况我念彼不循道理之事,乖谬错乱,惧其忧及父母也。至于不遑宁处,而载起载行。

【原文】

心之忧矣,不可弭忘。

【张居正讲评】

此心之忧,盖有不能弭忘者矣。

【张居正讲评】

夫人固当有忧乱之心,尤贵有止乱之道。然乱起于讹言也,讹言不止,乱何由而止乎。

【原文】

鴥彼飞隼,率彼中陵。民之讹言,宁莫之惩。

【张居正讲评】

今夫鴥彼飞隼,犹循于中陵矣。而民之讹言,变乱是非,今日之乱实始于此矣,乃无有惩止之者,亦独何哉。

【原文】

我友敬矣,

【张居正讲评】

然止谗之道,无他术,惟在于一敬,而谗言之兴,无亦因人之不敬而乘其隙也。我友是必敬以自持,使反身无缺。

【原文】

谗言其兴。

【张居正讲评】

则彼虽巧于谗,亦乌能毁于疵之行,谗言何自而兴乎?谗言不兴,则乱不作,而可以无贻父母之忧矣。凡我诸友果能此焉,庶几哉其能念乱乎。

鹤鸣

【总评】

此臣子纳诲之诗。言以物视物,则物为陈迹,以道观物,则物为箴规,吾以物理言之,而王试译之可乎。

【原文】

鹤鸣于九皋,声闻于野。

【张居正讲评】

今夫鹤鸣于九皋之中,至深远也,而其声则闻于野矣。声伏于幽潜,其机之不可掩如此乎。

【原文】

鱼潜于渊,或在于渚。

【张居正讲评】

鱼潜于深水之中,若可执也,而有时或在于渚,妙两在于不拘,其性之无一定如是乎。

【原文】

乐彼之园,爰有树檀,其下维萚。

【张居正讲评】

园有树檀,洵可乐矣。而其下维萚,则亦无全美也。爱檀而忘其萚,可乎?

【原文】

他山之石,可以为错。

【张居正讲评】

他山之石,虽可恶矣,而可以为错,则亦无全恶也。恶石而忘其错,可乎?

【原文】

鹤鸣于九皋,声闻于天。

【张居正讲评】

然鹤鸣于九皋,不惟声闻于野也,而上闻于天矣,则信乎? 幽潜无可掩之机也。

【原文】

鱼在于渚,或潜在渊。

【张居正讲评】

与水相忘,不惟鱼在于渚也,而或潜于渊矣,则信乎? 游永无一定之拘也。

【原文】

乐彼之园,爰有树檀,其下维榖。

【张居正讲评】

乐彼之园,爰有树檀,而其下有维榖之杂,则信乎?人之于檀,不可遍有所爱矣。

【原文】

他山之石,可以攻玉。

【张居正讲评】

他山之石,而亦有攻玉之用,则信乎?人之于石,不可遍有所恶矣。王也玩一物,能知有一物之理,则庶乎善观物矣,又能以观物之知,观身心性情之理,则庶乎善触类矣。此今日微臣纳诲意也,王其鉴于言意之外哉?盖诗人之意,以王知鹤鸣之旨,则知诚之不可掩,而诚身之功不可无也。知鱼潜之旨,则知理之无定在,而明善之功不可无也,知树檀之旨,则知爱当知其恶,而亲爱之不可僻矣。知山石之旨,则知憎当知其善,而贱恶之不可僻也。人君能得是说,而推天下之理,其庶几乎。

祈父

【总评】

军士怨于久役,故呼祈父而告之。

【原文】

祈父!

【张居正讲评】

祈父,汝掌封圻之甲兵者也,以掌兵为职者,则必以恤兵为心。

【原文】

予王之爪牙。

【张居正讲评】

今予乃王之爪牙,其蕃卫王室,而止居于撵榖之下,固其职也。

【原文】

胡转予于恤,靡所止居?

【张居正讲评】

尔胡乃转我于忧恤之地,使我久役于外,无所止居乎。

【原文】

祈父!

【张居正讲评】

祈父,汝掌封圻之甲兵者也,以掌兵为职者,则必以恤兵为心。

【原文】

予王之爪士。

【张居正讲评】

今予乃王之爪士,其蕃卫王室,而底止于邦圻之内,固其分也。

【原文】

胡转予于恤,靡所厎止?

【张居正讲评】

尔胡乃转我于忧恤之地,使我久役于外,无所厎止乎。

【张居正讲评】

然岂特役我之非其职哉。

【原文】

祈父!亶不聪。

【张居正讲评】

祈父尔诚不聪矣。

【原文】

胡转予于恤,有母之尸饔。

【张居正讲评】

胡乃转我于忧恤之地,不得服劳以养其母,使吾母反饔飧之事乎。役王之爪牙,已非吾人之所职,而况乎役及于人之孤子,真有令人不堪者矣。尔祈父之不聪,固如此哉。夫使军士久役,乃王者之不能体悉,非祈父之所得自专也。诗人惟致怨于祈父,而不敢斥王者,盖亦忠厚之至也。然人君使人至此,其视先王悦以使民,民忘其劳者,相去何如耶。

白驹

【总评】

为此诗者,以贤者之去不可留也。言贤者国之桢也,故其来也,乃吾之所喜,其去也,实吾之所忧。吾今伊人行矣,将何以为情哉。

【原文】

皎皎白驹,

【张居正讲评】

彼皎皎白驹,贤者之所乘也。

【原文】

食我场苗。絷之维之,以永今朝。

【张居正讲评】

今其将去矣,斯时安得食我场苗,我也絷而维之,以永今朝。

【原文】

所谓伊人,于焉逍遥?

【张居正讲评】

则所谓伊人者,亦将以拘之,故而不得去,而逍遥于今朝矣。一朝之逍遥,固不足以慰吾无已之怀,然不忧愈于遽去乎。

【原文】

皎皎白驹,

【张居正讲评】

皎皎白驹,贤者之所乘也。

【原文】

食我场藿。絷之维之,以永今夕。

【张居正讲评】

今其将去矣,斯时安得食我场藿,我也絷而维之,以永今夕矣。

【原文】

所谓伊人,于焉嘉客。

【张居正讲评】

则所谓伊人者,亦将以拘之故,而不得行,而嘉客于今夕矣。夫一夕之嘉客,固不足以慰我无穷之意,然不犹愈于遽去乎。

【张居正讲评】

虽然贤者之决于去,不过欲优游自适而已。

【原文】

皎皎白驹,贲然来思。

【张居正讲评】

若此乘皎皎白驹者,易其丘园之志,以为邦家之光,而贲然肯来。

【原文】

尔公尔侯，

【张居正讲评】

则我所以待尔者，当何如哉？大则以尔为公，小则以尔为侯。

【原文】

逸豫无期。

【张居正讲评】

夙昔怀抱，悉显于大行之日，而逸乐不无期乎。

【原文】

慎尔优游，勉尔遁思。

【张居正讲评】

夫以行道之乐如此，尔乃欲遂优游之乐，而决于去也。殆亦未之思耳，幸勿过于优游，毋决于遁思，而终不我顾焉，斯非我之所望于尔哉。

【张居正讲评】

夫我留之虽切，孰知其必去而不可留乎。

【原文】

皎皎白驹，在彼空谷。生刍一束，

【张居正讲评】

但见乘皎皎白驹，入彼空谷之中，而自束生刍以秣之，则苗藿不能维，公侯不能挽矣。

【原文】

其人如玉。

【张居正讲评】

然想其人之德，精纯粹美，有如玉焉，诚有系吾之思者。

【原文】

毋金玉尔音，而有遐心。

【张居正讲评】

今已邈矣，其不可观矣，使声音常以相闻，而无远我之心，亦我之愿也。尔今以往，有谋有猷，悉以入告，慎无贵重尔之声音，而有远我之心亦可矣。盖声音常相闻，则心犹不忘于我，使声音杳不相闻，则弃我甚矣。如玉之德，既不得亲，而金玉之音，又重自珍秘，其如我之情何哉？夫挽留之切，莫遂于愿去之时，而冀望之情，尤殷于已去之后，诗人之留贤亦可谓诚矣，而贤者卒不为之留焉，岂故别有见与。

黄鸟

【总评】

民适异国，不得其所，故做此诗。其意盖欲避国而戒故乡之人，无居己之处，而食己之食也。于是托为呼黄鸟而告之。

【原文】

黄鸟黄鸟，无集于榖，无啄我粟。

【张居正讲评】

黄鸟黄鸟，榖者吾之故处，粟者吾之故物，尔无集于榖，无啄我粟也。

【原文】

此邦之人，不我肯榖。

【张居正讲评】

夫我之所以至此邦者，意其能以善道相与，而此邦之为可居耳。今此邦之人，无赒恤保爱之意，不以善道相与。

【原文】

言旋言归，复我邦族。

【张居正讲评】

则我岂久于是哉，盖将言旋言归，而复我邦族矣。

【原文】

黄鸟黄鸟，无集于桑，无啄我粱。

【张居正讲评】

黄鸟黄鸟，尔无集于桑，无啄我粱也。

【原文】

此邦之人，不可与明。

【张居正讲评】

夫我所以至此邦者，意其明足以相照也。今此邦之人，视我之缓急休戚若罔闻知，而不可与明矣。

【原文】

言旋言归，复我诸兄。

【张居正讲评】

以不可与明之人，而犹恋恋不去，何为乎哉？将言旋言归，而复我诸兄矣。

【原文】

黄鸟黄鸟,无集于栩,无啄我黍。

【张居正讲评】

黄鸟黄鸟,尔无集于栩,无啄我黍也。

【原文】

此邦之人,不可与处。

【张居正讲评】

夫我之所以至此邦者,意其情足以相处也。今此邦之人,视人之困穷拂攀不以相恤,而不可与处矣。

【原文】

言旋言归,复我诸父。

【张居正讲评】

以不可以与相处之地,而犹依依不去,何为乎哉? 我将言旋言归,而复我诸父矣。夫我既欲归如此,尔黄鸟若居吾之故处,食吾之故物,吾将何所恃哉? 吁,使民流离失所,而又欲归其故乡焉,亦异于还定安集之时矣。

我行其野

【总评】

民适异国,依其婚姻而不见收恤,故作此诗。言夫人不幸而处困,介其侧者犹无不哀其穷而收之,况情属亲戚者乎,吾今无望于婚姻矣。

【原文】

我行其野,蔽芾其樗。

【张居正讲评】

我之行于野中也,依彼蔽芾之樗,以为荫庇之资,此其亦甚矣。

【原文】

婚姻之故,言就尔居。

【张居正讲评】

我于斯时,以为休戚不相关者难以恃赖,于是思婚姻之故,言就尔居。

【原文】

尔不我畜,复我邦家。

【张居正讲评】

固望其我畜,可暂安于兹土矣。今尔曾不我畜,则将复我之邦家矣,岂可复以亲故望之哉。

【原文】

我行其野,言采其蓬。

【张居正讲评】

我之行于野中也,求彼恶菜之蓬,以为饮食之需,此其困亦拯矣。

【原文】

婚姻之故,言就尔宿。

【张居正讲评】

我于斯时,以为情义不相维者,不是依倚,于是思婚姻之故,言就尔宿。

【原文】

尔不我畜,言归斯复。

【张居正讲评】

意固望其我畜,而可以暂安于此邦矣。今尔曾不我畜,则将言归斯复矣,岂可复以亲故怀之哉。

【原文】

我行其野,言采其葍。

【张居正讲评】

我之行于野中也,言采其葍以为食,不得已亦可见矣。

【原文】

不思旧姻,

【张居正讲评】

而尔不思旧姻,频忘昔日之好。

【原文】

求尔新特。

【张居正讲评】

惟求尔新匹,遂笃今日之亲。

【原文】

成不以富,亦祗以异。

【张居正讲评】

若此者,尔诚不以彼之富,而厌我之贫,然亦只以彼之新,而异于我之故耳。盖趁富而厌贫,乃人情之薄尔,固有所不为,但厌旧而喜新,亦人情之恒,而尔容或有不先矣。然则我今日之就尔居宿,而尔不我畜者,宁非此之故哉?人情改易,不足恃赖,亦良可概矣夫。

斯干

此筑室既成,而燕饮以落之,诗人歌颂祷之辞。曰:吾王继先筑室,而举落成之燕矣。然是宫室之美,与夫居室之庆,何如哉。

【原文】

秩秩斯干,幽幽南山。

【张居正讲评】

吾以是室之形势言之,但见斯干绕其侧,秩秩然其有常,南山峙其前,幽幽然其镇重,形势何其美耶。

【原文】

如竹苞矣,如松茂矣。

【张居正讲评】

以是室之制度言之,但见下焉。盘基巩固,而如竹之苞上焉。结构牢密,而如松之茂,制度又何其美耶。

【原文】

兄及弟矣,式相好矣,无相犹矣。

【张居正讲评】

然使居室者,有不和焉,则亦非吉祥善事矣。吾愿见兄及弟矣,笃相好之情,而无相犹之隙,则此室之山水若增而胜,而竹苞松茂,永为不拔之基矣,不将益见其美也哉。

【张居正讲评】

然吾王之筑室,岂侈土木以为壮丽之观哉。

【原文】

似续妣祖,

【张居正讲评】

盖我宫室,创自妣祖,以贻后人。兹经中衰,而圮坏甚矣,是以吾王似续妣祖,而继其业。

【原文】

筑室百堵，

【张居正讲评】

筑室百堵，以新其旧。

【原文】

西南其户，

【张居正讲评】

在东者则西其户也，在北者则南其户也，而筑室之务举矣。

【原文】

爰居爰处，爰笑爰语。

烽火戏诸侯

【张居正讲评】

是以其用，无有不周，于是居焉以建外王之业，于是处焉以顾内圣之躬，于是笑焉，以协朋友之交，于是语焉以集众思之益，而是室乌有不备乎。

【张居正讲评】

吾以筑室言之。

【原文】

约之阁阁，

【张居正讲评】

但见东版以筑，阁阁然上下之相承。

【原文】

椓之橐橐。

【张居正讲评】

投土以筑，橐橐然杵声之相应。

【原文】

风雨攸除，鸟鼠攸去，

【张居正讲评】

上下四旁极其牢密，于是天不能为之灾，以风雨则攸除，物不能为之害，以鸟鼠则攸去矣。

【原文】

君子攸芋。

【张居正讲评】

而君子之居于是也,万邦起具瞻之,思四海属范围之内,不亦尊而且大乎。

【张居正讲评】

吾又以其堂之美言之。

【原文】

如跂斯翼,

【张居正讲评】

但见大势严正,有如人之竦立,而其恭翼翼也。

【原文】

如矢斯棘,

【张居正讲评】

其廉隅整饬,有如矢之急而直也。

【原文】

如鸟斯革,

【张居正讲评】

其栋宇峻起,有如鸟之警而革也。

【原文】

如翚斯飞,

【张居正讲评】

其檐何华采,而轩翔有如翚之飞,而矫其翼也。

【原文】

君子攸跻。

【张居正讲评】

其堂之美如此,不为君子攸跻之所乎。凡其施政教、颁礼乐,以纲纪四方者,而是堂皆得以议之矣。

【张居正讲评】

吾又以其室之美言之。

【原文】

殖殖其庭,

【张居正讲评】

但见官寝之庭,殖殖而平正矣。

【原文】

有觉其楹,

【张居正讲评】

宫室之柱,有觉而直大矣。

【原文】

哙哙其正,

【张居正讲评】

宫室有向明之处,则哙哙其光明矣。

【原文】

哕哕其冥。

【张居正讲评】

室有奥窔之间,则哕哕其深广矣。

【原文】

君子攸宁。

【张居正讲评】

其室之美如此,不为君子攸宁之所乎。凡其即劳逸固元神,以保养圣躬者,而是室皆有以贻之矣。

【张居正讲评】

夫以吾王宫室之美,既有以先姚祖之业矣,而其居室之庆,岂特兄弟之和已哉。

【原文】

下莞上簟,乃安斯寝。

【张居正讲评】

但见万机之暇,而为宴息之休,下莞上簟,乃安斯寝,而梦兆之异,已感于斯矣。

【原文】

乃寝乃兴,乃占我梦。

【张居正讲评】

于是乃寝乃兴,而占其梦焉。

【原文】

吉梦维何? 维熊维罴,维虺维蛇。

【张居正讲评】

而所占之吉梦,则维熊、维罴、维虺、维蛇也。夫此四物者,皆吾王心思之所不及,而今形之梦焉。此必有关国家运祚之重者,而岂徒为寻常矣乎。

【原文】

大人占之,

【张居正讲评】

于是召彼大人以占之焉。

【原文】

维熊维罴,男子之祥。

【张居正讲评】

其占以为熊罴,阳物也,男子阳质也,今梦及熊罴也,吾知阳感则阳,应其诸乾道成男,而为男子之祥乎。

【原文】

维虺维蛇,女子之祥。

【张居正讲评】

虺蛇阴物也,女子阴质也。今梦及虺蛇,吾知阴感则阴,应其诸坤道成女,而为女子之祥乎,是梦殆非偶然之故矣。

【原文】

乃生男子,

【张居正讲评】

夫熊罴之梦既占,其为男子之祥矣,于是乃生男子。

【原文】

载寝之床,

【张居正讲评】

然是男子之生而岂徒哉,载寝之床,以示尊荣之礼。

【原文】

载衣之裳,

【张居正讲评】

载衣之裳,以昭服饰之盛。

【原文】

载弄之璋。

【张居正讲评】

载弄之璋,以象德器之美。

【原文】

其泣喤喤,

【张居正讲评】

且其气质不凡,而泣喤喤,诚哉,为帝王之休矣。

【原文】

朱芾斯皇,室家君王。

【张居正讲评】

故此男子,有生而为支庶者,则服黄朱之芾,皇然其鲜明,乃以一国为室家,而为之君矣。有生而为本宗者,则服纯朱之芾,皇然其鲜明,乃以天下为室家,而为之王矣。以男子则宜君宜王,如此可愿之庆,熟大于是哉。

【原文】

乃生女子,

【张居正讲评】

夫虺蛇之梦既占,其为女子之祥矣,于是乃生女子焉。

【原文】

载寝之地,

【张居正讲评】

然是女子之生,亦岂徒哉,载寝之地,以示卑顺之义。

【原文】

载衣之裼,

【张居正讲评】

载衣之裼,即共所用之常。

【原文】

载弄之瓦,

【张居正讲评】

载弄之瓦,习其纺织之事。

【原文】

无非,

【张居正讲评】

有非,非妇人也。则不出傲言,不由邪行,而无非焉。

【原文】

无仪,

【张居正讲评】

有善,亦非妇人也,则家不干蛊,国不与政,而无仪焉。

【原文】

唯酒食是议,无父母诒罹。

【张居正讲评】

惟羃酒浆精五饭,而酒食之是议,以无诒父母之忧焉,斯可矣。以女子则柔顺后贞如此,可愿之庆,孰大于是乎。夫是宫室之成也,上有以敦兄弟之雅,下有以开男女之祥,人情之所愿,莫过于此者。诗人歌于落成之际,真可谓善颂祷矣。

无羊

【总评】

此诗为牧事有成,故歌之。曰:畜产之多寡,关国家之盛衰,自今观之,我周之盛,盖于牧事有征矣。

【原文】

谁谓尔无羊,三百维群。

【张居正讲评】

彼向当中衰凋耗之余,尝患其无羊矣。今也,谁谓尔无羊乎?但见三百为群,而其群不可数也,羊何盛也。

【原文】

谁谓尔无牛,九十其犉。

【张居正讲评】

亦尝患其无牛矣,今也谁谓尔无牛乎?但见九十皆犉,而其非犉,则尚多矣,牛何盛也。

【原文】

尔羊来思,其角濈濈。

【张居正讲评】

且尔羊之来也,聚而息,其角濈濈然而和顺焉。即此聚而和顺也,而羊之盛,益可见矣。

【原文】

尔牛来思,其耳湿湿。

【张居正讲评】

尔牛之来也,司而动,其耳湿湿然而润泽焉,即此安而润泽也,而牛之盛,益可见矣。

【张居正讲评】

然不特此也。

【原文】

或降于阿，或饮于池，或寝或讹。

【张居正讲评】

彼食息动静，物性之常也。今以言乎牛羊，则或降于阿者有之，或饮于池者有之，或寝而息者有之，或讹而动者有之，是牛羊之无惊畏又如此。

【原文】

尔牧来思，何蓑何笠，或负其餱。

【张居正讲评】

然岂无自而然哉，盖由牧人能顺其性故耳。但见尔牧之来思也，何蓑何笠，以为暑雨之备，或负其餱，以为饮食之资，是以能顺乎物性，而无所惊畏如是也。

【原文】

三十维物，

【张居正讲评】

夫惟性无不顺，故其生无不蕃，齐其色而别之，三十维物，而色无不备矣。

【原文】

尔牲则具。

【张居正讲评】

或有事而用之，尔牲则具而用，无不周矣。使非人顺物性，而牛羊何以若是其盛哉。

【张居正讲评】

夫牛羊既盛，则牧人不亦因之以自适乎。

【原文】

尔牧来思，以薪以蒸，以雌以雄。

【张居正讲评】

但见牧人之来也，以薪以蒸，而预燎爨之用也，以雌以雄，而为饮食之供也，盖无事乎求牧与刍，故以其余力，而从事于樵猎之所矣。

【原文】

尔羊来思，矜矜兢兢，不骞不崩。

【张居正讲评】

而尔羊之来也，则矜矜兢兢，有坚强之美焉。且不骞不崩，无耗败之虞焉。

【原文】

麾之以肱，毕来既升。

【张居正讲评】

然不特生之蕃息如是也,抑且驯扰从人,不假箠楚,但麾之以肱,使来则毕来,使升则既升矣。苟非物顺人意,而牧人乌有余力以及他事哉。

【张居正讲评】

夫以牧事有成如此,则国家富广之征,不可卜乎。

【原文】

牧人乃梦,

【张居正讲评】

彼牧人当无事安息之时,而有梦兆之感。

【原文】

众维鱼矣,旐维旟矣。

【张居正讲评】

其始之形于梦者众也,既而非众,而实维鱼矣。始之著于梦者,旐也,既而非旐也,而实维旟矣。夫司牛羊者,不梦牛羊,而梦夫众,固已异矣,而况众而为鱼乎?荷蓑笠者,不梦蓑笠,而梦夫旐,固已异矣,而况旐而为旟乎?此其梦诚非人情之可测者。

【原文】

大人占之:众维鱼矣,实维丰年。

【张居正讲评】

于是牧人献之,大人占之,以为人不如鱼之多,众维鱼乃以少致多之象也,其必自今以始,而旸时若百谷成登,而丰年穰穰矣乎。

【原文】

旐维旟矣,室家溱溱。

【张居正讲评】

旐所统,不如旟所统之众,梦旐维旟,乃以寡变众之象也。其必自今以始,离者以合,涣者以萃,而室家溱溱矣乎。夫年丰则国用足,民富则国本固,而于牧人一梦兆纪之,则是梦也,实有关于国家之大数,而岂徒哉。

节南山

【总评】

此家父刺王用尹氏作也。言天下治乱,系君相一心,君纯心以任相,相纯心以辅治,则天下蒙其福矣,何今之不然耶。

【原文】

节彼南山,维石岩岩。

【张居正讲评】

节彼南山,维石岩岩之可仰矣。

【原文】

赫赫师尹,民具尔瞻。

【张居正讲评】

况赫赫师尹,世族尊官,天下所系以休戚者,岂不为民之具瞻乎。

【原文】

忧心如惔,不敢戏谈。

【张居正讲评】

夫为民之瞻,则必慰氏之望也。今乃所为不善,使民忧心之甚,而如火之燔灼,又畏暴虐之畏,不敢戏谈,是负斯民具瞻之心矣。

【原文】

国既卒斩,何用不监。

【张居正讲评】

夫国以民为本也,民心既离,则国亦既终绝矣,亦何用而不察哉。

【张居正讲评】

然尹氏所为之不善者,以其存心之不平也。

【原文】

节彼南山,有实其猗。

【张居正讲评】

节彼南山,草木之实,皆猗而长,山之生物无不平矣。

【原文】

赫赫师尹,不平谓何?

【张居正讲评】

况赫赫师尹,顾乃不平,其心谓之何哉?

【原文】

天方荐瘥,丧乱弘多。民言无嘉,

【张居正讲评】

夫为政者不平其心,则天下之荣辱劳逸有大相绝矣。是以天怒于上,重之以病,而丧乱之弘多,民亦怨于下,谤诟并兴,而出言之无嘉。

【原文】

憯莫惩嗟。

【张居正讲评】

为尹氏首宜速改面可也,愿乃以天变不足畏,人言不足恤,曾不惩创其失,咨嗟自治而求,以自改其不平焉,其如天人何哉。

【张居正讲评】

夫尹氏固不平,其心如此,然岂知其责之所在,而不可不平者乎。

【原文】

尹氏大师,维周之氏。

【张居正讲评】

彼尹氏以世臣而官太师,王朝恃之以安危,实维周之根本也。

【原文】

秉国之钧,

【张居正讲评】

身操国家之柄,而政事皆其调剂,非秉国之钧乎。

【原文】

四方是维。

【张居正讲评】

任大责重如此,固宜举行善政,于以维持乎四方。

【原文】

天子是毗,

【张居正讲评】

替襄治道,于以毗辅乎天子。

【原文】

俾民不迷。

【张居正讲评】

使民心有所攸系,归往而不至于迷乱,乃其职也。

【原文】

不吊昊天,

【张居正讲评】

今乃不平其心,无致君泽民之术,既不悯恤于昊天。

【原文】

不宜空我师。

【张居正讲评】

则宜早自引退,以谢天谴可也。岂可久居其位,使天降祸乱,而我众并及困穷乎?

【张居正讲评】

然尹氏之不平其心者,何哉?

【原文】

弗躬弗亲,

【张居正讲评】

彼王委政于尹氏,固以天下治乱责宰相,使政本有所归也。尹氏乃复委政于姻娅之小人,而弗躬弗亲。

【原文】

庶民弗信。

【张居正讲评】

则群小用事,政以弗臧,吾见无以服民之心,而庶民已弗信矣。

【原文】

弗问弗仕,

【张居正讲评】

且理必问而后明,事必更而后熟,使此姻娅尝问而尝事,犹之可也,今所委用者,皆未尝学问更事之人焉。

【原文】

勿罔君子。

【张居正讲评】

以此人而事君,是欺其君也。夫大臣以人事君,当广求贤以允之,岂可以未尝问未尝事者欺其君哉?

【原文】

式夷式已,无小人殆。

【张居正讲评】

故尔当平其心,视所任之人,有不当者贬而己之下,以服斯民之心,上以尽事君之义,尔无以小人之故,而至于危殆其国也。

【原文】

琐琐姻娅,则无膴仕。

【张居正讲评】

举凡所为琐琐姻娅者,则无厚而仕之,庶乎小人其屏迹矣,不然几何,而不至于殆哉。

【张居正讲评】

夫尹氏惟不平其心,而委政于小人,如此是故。

【原文】

昊天不傭,降此鞠讻。

【张居正讲评】

昊天以至公为心,本无不均也。今反其常,而降此穷极之乱。

【原文】

昊天不惠,降此大戾。

【张居正讲评】

昊天以仁爱为德,本无不惠也,今反其常,而降此乖戾之变。

【原文】

君子如届,俾民心阕。

【张居正讲评】

若此者,惟尹氏之不平致之也,则今所以靖之者,岂有他哉。彼弗躬弗亲,民心已叛乱矣,君子诚能无所苟,而用其至于政事,必躬必亲而不委之于小人焉,则民皆悦,其上有善政而乱心息矣。

【原文】

君子如夷,恶怒是违。

【张居正讲评】

姻娅膴仕,民心已恶怒矣。君子诚能平其心而无所偏于小人,不以膴仕,而式己之焉,则民皆喜,其任政得人而恶怒远矣。夫民心悦,则天意可得,尚何鞠凶大戾之不回哉,惜乎尹氏之不能也矣已。

【张居正讲评】

夫尹氏既不能自反,以靖天变如此。

【原文】

不吊昊天,

【张居正讲评】

是以不见悯恤于昊天。

【原文】

乱靡有定。式月斯生，俾民不宁。

【张居正讲评】

其乱未有所止，而祸患与岁月增长，俾民不得以安宁焉。

【原文】

忧心如酲，

【张居正讲评】

故君子重有所感，忧心如酲。

【原文】

谁秉国成？

【张居正讲评】

而曰乱不虚生，则必有所召，今谁秉国成者？

【原文】

不自为政，卒劳百姓。

【张居正讲评】

乃不自为政，而以付之姻娅之小人，致上天悔祸无期，卒使民受其劳弊，以至此耶。

【张居正讲评】

夫当世之乱如此，君子宁无去乱之心乎？

【原文】

驾彼四牡，四牡项领。

【张居正讲评】

是故驾彼四牡，四牡项领可以骋矣。

【原文】

我瞻四方，蹙蹙靡所骋。

【张居正讲评】

然观今日之域中，无一而非昏乱之处，虽欲致身以避其祸，固蹙蹙然无可往之所也，亦将何所骋哉。

【张居正讲评】

然君子所以无可往之所者，以小人性无常故也。

【原文】

方茂尔恶，相尔矛矣。

国学经典文库

诗经

·张居正讲评《诗经》·

图文珍藏版

【张居正讲评】

盖小人方盛,其恶以相加也,则不胜忿怒,视其矛戟如欲战斗。

【原文】

既夷既怿,如相酬矣。

【张居正讲评】

及既夷平悦怿,则相与欢然,如宾主相酬酢,恬不以为怪焉。夫喜怒之不可期,如此人固难于趋避矣,君子将何所适而可哉。

【张居正讲评】

然小人之习乱如此者,盖由尹氏之不平,而委用小人之故耳。

【原文】

昊天不平,

【张居正讲评】

然尹氏之不平,天实使之也,昊天其不平乎?

【原文】

我王不宁。

【张居正讲评】

则祸乱之生,不独俾民不宁,我王亦不得优游无事而载矣。

【原文】

不惩其心,覆怨其正。

【张居正讲评】

夫王委政尹氏,固以治安之庆责之也,而至使王不得宁焉。是宜自惩,以受尽言可也,顾乃曾不惩创其心,而更怨人之正己者,饰非忘谏,则其恶当何时已哉。

【张居正讲评】

然致乱虽尹氏,而用尹氏,则王心之蔽也。

【原文】

家父作诵,以究王讻。

【张居正讲评】

但今尹氏之威方厉,孰敢正言之者,惟我家父,周之世臣,与国同休戚者,义固不可以或默矣,故作此南山之讼,以穷究王政昏乱之所由来,惟王心之不平,而私一尹氏故也。

【原文】

式讹尔心,

【张居正讲评】

王尚听吾之言，改心易虑，以考慎其相，使宰相得人，众正在位。

【原文】

以畜万邦。

【张居正讲评】

则丰政日加于下，而百姓无卒劳之弊，庶可以畜养万邦矣乎。若然，则民怨何不可止，天变何不可回哉。吁，家父自以其身，当尹氏之忿怒，指斥其非，以感悟王心，真可谓忠臣矣。惜乎，时王之不悟也。

正月

【总评】

此大夫所作，言天下之致乱者，莫甚于讹言，而可以遏乱者，莫过于贤臣。倘人君不用贤臣，而听讹言，则天变作，而下蒙其祸矣。吾于今之时事，大有慨焉。

【原文】

正月繁霜，我心忧伤。

【张居正讲评】

繁霜乃肃杀之气也，今乃正月而繁霜，则霜降失节，天道变于上，既使我心忧伤矣。

【原文】

民之讹言，亦孔之将。

【张居正讲评】

苟人事善于下，天变犹可弥也，今造为伪言，以惑群听者，又方甚大，是人道又变于下矣。

【原文】

念我独兮，忧心京京。

【张居正讲评】

但众人不以为忧，而我虑讹言之召乱，独京京然大以为忧。

【原文】

哀我小心，癙忧以痒。

【张居正讲评】

哀哉，我之小心也。其忧之深，盖至于病矣，岂徒天变之足忧哉。

【原文】

父母生我，胡俾我瘉？

【张居正讲评】

夫癙忧以痒，则我之见病甚矣。父母生我，胡俾我以瘉乎？

【原文】

不自我先，不自我后。

【张居正讲评】

使乱自我先，则不及见，乱自我后，则不及闻。今乃不先不后，适于其时，则病将何时已哉。

卧薪尝胆

【原文】

好言自口，莠言自口。

【张居正讲评】

夫人之言，必本于心，惟此讹言之人，虚伪反复，其好言也出自口焉，其莠言也亦出自口焉。初不根于此心，是非变易，此其言诚足以惑群听而孔将也。

【原文】

忧心愈愈，是以有侮。

【张居正讲评】

是以我也忧之益甚，痛此祸乱之所由始，而不容自已者，彼讹言之人，方且躁怒，而反见侵侮焉，亦独何哉。

【原文】

忧心惸惸，念我无禄。

【张居正讲评】

夫讹言繁兴，则国将亡矣。故我忧心惸惸，念我不幸而遭国之将亡。

【原文】

民之无辜，并其臣仆。

【张居正讲评】

与此无罪之人，将俱被囚虏，而亲为臣仆矣。

【原文】

哀我人斯，于何从禄。

【张居正讲评】

夫忠臣不事二君，在我固知，所以自处。惟哀我人斯不知将复从何人而受禄。

【原文】

瞻乌爰止，于谁之屋？

【张居正讲评】

如瞻乌之飞，不知其将止于谁之屋也，我之忧奚容已哉。

【张居正讲评】

夫讹言之人，召乱得志，无辜之人，并为臣仆，则善恶不明甚矣，民将何所控告哉。

【原文】

瞻彼中林，侯薪侯蒸。

【张居正讲评】

瞻彼中林，大者为薪，小者为蒸，分明可见矣。

【原文】

民今方殆，视天梦梦。

【张居正讲评】

民今方危殆，疾痛号诉于天，固望其福善，祸不善者，而视天反梦梦然，不亦中林之不如哉。

【原文】

既克有定，

【张居正讲评】

然此特其未定之天耳，迨夫气数自衰而复盛，自否而复大，天之既克有定也。

【原文】

靡人弗胜。

【张居正讲评】

则善者必降之祥，不善者必受其祸，恶者必降之灾，不恶反蒙其福，未有不为天所胜矣。

【原文】

有皇上帝，伊谁云憎？

【张居正讲评】

然有皇上帝，其祸恶者岂所憎而祸之乎。福善祸淫，亦必然之理也，今不知何时能使民得以有瘳哉。

【张居正讲评】

国学经典文库

诗经

· 张居正讲评《诗经》 ·

图文珍藏版

夫天无意于分别善恶矣，而讹言之止，吾犹不能无望于人也。

【原文】

谓山盖卑，为冈为陵。

【张居正讲评】

当今讹言之人，尝谓山盖卑矣，而其实则冈陵之崇焉。

【原文】

民之讹言，

【张居正讲评】

民之讹言，虚诞不实，大率如此矣。

【原文】

宁莫之惩。

【张居正讲评】

此诚召乱之阶也，而王乃安然，莫之惩止，何哉？

【原文】

召彼故老，讯之占梦。

【张居正讲评】

然使在下有辨讹之人，彼犹不敢以四其恶也。故我以故老练于臧否，以占梦明于吉凶者也。于是召彼故老讯之，占梦盖欲其辨讹言之是非耳。

【原文】

具曰"予圣"，谁知乌之雌雄。

【张居正讲评】

而故老也占梦也，具曰予虽圣人也，亦孰能知乌之雌雄哉。是讹言之是非在下，又诿之而不敢辨矣。上无止讹之君，下无辨讹之臣，则讹言之兴何时而已耶。

【张居正讲评】

夫讹言无征，则祸乱宁有极乎。

【原文】

谓天盖高，不敢不局。

【张居正讲评】

今天盖高矣，而我亦不敢不屈身以求容。

【原文】

谓地盖厚，不敢不蹐。

【张居正讲评】

地盖厚矣,而我亦不敢不累足以求载。

【原文】

维号斯言,有伦有脊。

【张居正讲评】

夫我之号呼为此言者,非诞妄不经也。盖以讹言惑听,祸起不测,而置身之无所,则其不敢不局蹐者,其言诚有伦理而可考矣。

【原文】

哀今之人,胡为虺蜴。

【张居正讲评】

夫使人惧祸至于如此,则今之四毒甚矣。哀今之人,胡为虺蜴以害人,而至于此极乎。

【张居正讲评】

然我之遭乱无所容,何莫而非出于天哉。

【原文】

瞻彼阪田,有菀其特。

【张居正讲评】

瞻彼崎岖绕峣嶵之田,宜若无所容矣,而其中犹有菀然特生之苗,而有所容焉。

【原文】

天之抓我,如不我克。

【张居正讲评】

今上天广大,遍覆于人,何所不容倾,乃投我于艰难之中而龌龊,顿挫之如恐不我克,何哉?此其不能有容视之坂田不如矣。

【原文】

彼求我则,如不我得。执我仇仇,亦不我力。

【张居正讲评】

天之执我何如,彼王始而求我,以为法则也,惟恐其不我得矣,及其既得之,则又动相制御,絷束之使不能有所为,求其一言一行之我用,亦不可得也,求之甚艰,而弃之甚易,其无常如此,非天之执我而何哉。

【张居正讲评】

夫讹言固致乱,而要其致祸之由,岂无人哉。

【原文】

心之忧矣,如或结之。

【张居正讲评】

我也心之忧矣,有如物之固结,而不可解者。

【原文】

今兹之正,胡然厉矣?

【张居正讲评】

岂独为吾身忧哉,以今兹国政之暴恶也。

【原文】

燎之方扬,宁或灭之?

【张居正讲评】

夫国政之暴恶,虽曰谗言之人为之,而其听谗言,则王心之惑耳。今夫燎之方盛之时,宁或有扑而灭之者乎。

【原文】

赫赫宗周,褒姒灭之。

【张居正讲评】

而此赫赫宗周,其威灵气焰犹然盛矣,而惟褒姒足以灭之焉。盖褒姒淫妬谗谄,而王惑之,则聪明日蔽,正邪不分,故谗言乘其惑而恣其乱,则其灭宗周也必矣。乱之所由,岂独谗言能为力哉。

【张居正讲评】

夫王惑于女色,而因以蔽于谗言,使其国之将亡如此。为今之计,其惟一意求贤以自助乎,请借车而喻之。

【原文】

终其永怀,又窘阴雨。

【张居正讲评】

彼驾车以行,险而不知止,君子永思其终,知其必窘于阴雨之患,而车之泥泞败陷,不能免也。

【原文】

其车既载,乃弃尔辅。

【张居正讲评】

斯时也,宜无弃尔辅,庶几载之不输也。何其及车既载,乃弃尔辅焉,是失其持危之具,而速其倾覆之道矣。

【原文】

载输尔载,将伯助予。

【张居正讲评】

及其既输尔载之时,而后号伯以助予,岂能及哉。

【张居正讲评】

夫求助于已危,既无及矣,则求助于未危,而危不可免乎。

【原文】

无弃尔辅,员于尔辐。

【张居正讲评】

诚能无弃尔辅以益辐。

【原文】

屡顾尔仆,

【张居正讲评】

而又屡顾尔仆以将车。

【原文】

不输尔载。终逾绝险,曾是不意。

【张居正讲评】

吾知先事而防,可以无患,则不隳尔所载,而终逾绝险之地。若初不以为意矣,岂有颠覆之患哉,然则贤臣乃王之辅也,乃王之仆也,今王于国家危乱将至,而弃贤臣,及其既危,然后求贤以自助,而计将无及也。孰若求贤于未危,而乱终不作之为愈乎。盖辅治有人,则国家之治安,永保患难之衅隙自消,王而通于车仆之当,亟于求贤矣。

【张居正讲评】

夫用贤固可以已乱,今王不能然也,则祸乱之及其可逃乎。

【原文】

鱼在于沼,亦匪克乐。

【张居正讲评】

今夫鱼相忘于江海者也,而在于沼,则其生已蹙,亦匪克乐矣。

【原文】

潜虽伏矣,亦孔之炤。

【张居正讲评】

故其潜虽深,而亦炤然而易见,固难逃于网罟之患矣。然则君子生在乱世,虽深自韬晦,亦难免于患,何以异是哉。

【原文】

忧心惨惨,念国之为虐。

【张居正讲评】

故我忧心惨惨,念国之为虐,而虑其祸患之不免矣。

【张居正讲评】

然我固深以为忧矣,若夫小人,则不知其可忧也。

【原文】

彼有旨酒,又有嘉肴。洽比其邻,婚姻孔云。

【张居正讲评】

彼有旨酒,又有嘉肴,以洽比其邻里,怡怿其婚姻,优游自适,无异平时,诚所谓安危利灾,而乐其亡者也。

【原文】

念我独兮,忧心殷殷。

【张居正讲评】

唯我独念乱亡之祸,近在旦夕,忧心殷殷,而至于疾痛焉。以为当此之时,尚虑其家之不保,而何及于邻里之洽,尚惧其身之不保,而何及于婚姻之怡哉。

【张居正讲评】

然乱亡之时,岂特病及君子,而天下俱受其病矣。

【原文】

佌佌彼有屋,

【张居正讲评】

彼佌佌然之小人,不宜有屋也,今皆有屋席尊大之势矣。

【原文】

蔌蔌方有谷。

【张居正讲评】

彼蔌蔌之小人,不宜有谷也,今皆有谷,藉富厚之资矣。

【原文】

民今之无禄,天夭是椓。

【张居正讲评】

民今遭乱,而若是其不幸者,是乃天祸椓丧之耳。

【原文】

哿矣富人,哀此惸独。

【张居正讲评】

夫天祸栽丧,则贫富均弊,然就而较之,富者优于财而裕于力,犹或可胜。至于惸独,则财尽不能胜其求,力罢不能胜其役,终于无以自存矣,不尤可哀之甚哉。吁,若大夫者,其忧时感事之言,可谓切矣,而幽王不能用此,周辙所以东也欤!

十月之交

【总评】

此亦是忧乱之诗。

【原文】

十月之交,朔月辛卯。

【张居正讲评】

十月日月交会之际,其朔之日,则辛卯焉。夫辛为阴金,而卯为阴水也,当此纯阴之月,而值群阴之辰,则阴之盛可知矣。

【原文】

日有食之,亦孔之丑。

【张居正讲评】

于此之时,日有食之,是阳衰不足胜阴,阴胜反以亢阳,不亦可丑之甚哉。

【原文】

彼月而微,

【张居正讲评】

夫月为阴精,彼月而微,乃阴为阳所胜,固其宜也。

【原文】

此日而微。

【张居正讲评】

至于日为阳精,所以制阴,本不宜亏也,而今亦亏焉,则是天变之大而乱亡兆矣。

【原文】

今此下民,亦孔之哀。

【张居正讲评】

今此下民,固将受其□者,不亦可哀之甚乎。

【张居正讲评】

然日食之变,岂与自而致哉。

【原文】

日月告凶,不用其行。

【张居正讲评】

诚以日月之食,皆有常度,使月常避日,则有当食而不食者矣。今日月告凶,而有相食之变,乃月不避日失其道也。

【原文】

四国无政,不用其良。

【张居正讲评】

所以然者良以四国无善政,而又不用贤人故也。

【原文】

彼月而食,则维其常。

【张居正讲评】

如此,则日月之食,为僭忒之应,皆非常矣。然就而较之,彼月而食,乃阴亢阳而不胜,犹可言也,则维其常也。

【原文】

此日而食,于何不臧?

【张居正讲评】

此日而食,则阴胜阳,而掩之不可言也,果何如其不臧耶。

【张居正讲评】

然不但有日食之变已也。

【原文】

烨烨震电,不宁不令。

【张居正讲评】

当此十月,乃阳伏之候,不宜有雷电也。乃今烨烨然震雷而电,违时失序,盖有震惊下土而不宁矣,衍戾流行而不令矣,是天道变于上也。

【原文】

百川沸腾,山冢崒崩。高岸为谷,深谷为陵。

【张居正讲评】

且百川沸腾,而失其润下之性,山冢崒崩而易其良止之常,高岸崩陷而为谷矣,深谷填塞而为陵矣,是地道又变于下也。

【原文】

哀今之人,胡憯莫惩。

【张居正讲评】

灾异叠见，乃天心仁爱人君，而欲其修省也。哀今之人，胡乃以天变不足畏，曾不恐惧修省，而莫之惩乎。

【张居正讲评】

夫日食之变，固以行政用人之不善，而所以行政用人不善而致日食、山崩水溢之变者，则有故也。

【原文】

皇父卿士，

【张居正讲评】

彼兼总六官者，卿士之职也，而皇父实为之。

【原文】

番维司徒，

【张居正讲评】

司徒掌邦教，以训兆民也，而番实为之。

【原文】

家伯维宰，

【张居正讲评】

冢宰掌邦治，以均四海也，而家伯实为之。

【原文】

仲允膳夫，

【张居正讲评】

掌王之饮食膳羞者，膳夫也，而仲允实为之。

【原文】

棸子内史，

【张居正讲评】

掌王之废置人法者，内史也，而以付之棸子。

【原文】

蹶维趣马，

【张居正讲评】

趣马掌王之马政，而维蹶氏则任之焉。

【原文】

楀维师氏，

国学经典文库

诗经

·张居正讲评《诗经》·

图文珍藏版

【张居正讲评】

师氏掌司朝之得失,而维楀氏则任之焉。群邪缔结,布在左右,小人之党盛矣。

【原文】

艳妻煽方处。

【张居正讲评】

以至后妃正位乎内,深宫警戒恒赖之,宜求淑女,以为之配也。今则美艳之妻,其宠方盛,方居其所,而未之变迁焉,嬖妾之权盛矣。夫有小人用事于外,又有嬖妾蛊惑居心于内,此用人行政之所以不善,而灾异之所以繁兴也与。

【张居正讲评】

然小人用事,而皇父实为之魁也,吾以皇父之恶言之。

【原文】

抑此皇父,岂曰不时。

【张居正讲评】

彼兴作必以其时,抑此皇父受畿内之封,其作不目,以为不时。

【原文】

胡为我作,不即我谋。

【张居正讲评】

迁徙贵谋于众也,皇父欲动,我以徙乃不即我谋。

【原文】

彻我墙屋,田卒汙莱。

【张居正讲评】

而徙彻我之墙屋,使我田不获治,卑者污,而高者莱。

【原文】

曰:"予不戕,礼则然矣。"

【张居正讲评】

夫墙屋彻则无所安息,田屋莱则不得衣食,如是则其戕我甚矣。而犹曰:非我戕女,乃女下供上役之礼,当然耳。夫下供上役,固礼之当然,然岂有欲作大事,动大众,而不通众志者哉,其不仁于下,有如此者。

【张居正讲评】

然不特不仁于下也,抑且不忠于上焉。

【原文】

皇父孔圣,

【张居正讲评】

彼人惟不自圣,则必求贤以自助,而择人以事君也。今皇父乃自以为圣人矣,而以他人莫己若矣。

【原文】

作都于向。择三有事,亶侯多藏。

【张居正讲评】

故其作都于向也,其择三卿,惟取多藏之富人焉。

【原文】

不慭遗一老,俾守我王。

【张居正讲评】

又不强留一老成之臣以卫天子。

【原文】

择有车马,以居徂向。

【张居正讲评】

惟择有车马者,则悉与之徂向焉。自便身图,使人主孤立于朝,其不忠于上,而但知贪利以自私,又如此者。

【张居正讲评】

然皇父虽虐,而吾职则当尽也。

【原文】

黾勉从事,不敢告劳。

【张居正讲评】

故虽作向而具非时之役,我必黾勉以从事,而不敢以告劳焉。

【原文】

无罪无辜,谗口嚣嚣。

【张居正讲评】

宜可以免咎也,抑且无罪无辜,而遭谗口之嚣嚣,饰成其罪,而祸有所不免矣。

【原文】

下民之孽,匪降自天。

【张居正讲评】

若然,则下氏之孽,岂真自天降哉!

【原文】

噂沓背憎,

【张居正讲评】

盖噂噂沓沓,而多言以相悦,退而后言,而背则相憎。

【原文】

职竞由人。

【张居正讲评】

专力为此,以交构乱,伐者皆由谗口之人耳,乌可归咎于天耶。

【张居正讲评】

夫乱之不能避者时也,而我之所当安者命也。

【原文】

悠悠我里,亦孔之痗。

【张居正讲评】

当此之时,小人措乱天下,均受其病矣。然我心悠悠,独忧我里之甚病焉。

【原文】

四方有羡,我独居忧。民莫不逸,我独不敢休。

【张居正讲评】

盖我居皇父之邑,而犹为切近之灾。故四方虽困于财也,然犹得以居室耕田,而有余财矣。我则墙屋以彻,田皆污莱,而独居忧焉。百姓虽疲于力也,然犹得闲有休息,而有闲暇之力矣。我则黾勉从事,不敢于告劳,而独不敢休焉,我里之甚,病为何如耶。

【原文】

天命不彻,

【张居正讲评】

然要之人有余而我独居忧,人皆逸而我独劳者,是皆莫之为而为,莫之致而至,乃天命之不均也。

【原文】

我不敢效我友自逸。

【张居正讲评】

我亦安之于命而已矣,岂敢效我友之自逸哉。

雨无正

国学经典文库

【总评】

此饥馑之后,群臣离散,其不去者作诗,以责去者。

【原文】

浩浩昊天,

【张居正讲评】

浩浩昊天,以遍覆为德者也。

【原文】

不骏其德。降丧饥馑,斩伐四国。

【张居正讲评】

今何乃不大其德,而降此饥馑之灾,以斩伐四国之人乎?

【原文】

旻天疾威,弗虑弗图。

【张居正讲评】

夫天不能以无罚于人,然罚不善以保全善人可也,今如何昊天肆其暴虐之威,曾不思念图谋,而遽为此乎。

【原文】

舍彼有罪,既伏其辜。

【张居正讲评】

彼有罪之人,降以饥馑而置之于死,则是既伏辜矣。

【原文】

若此无罪,沦胥以铺。

【张居正讲评】

若此无罪者,今亦使之被饥馑之祸,相与遍陷于死亡,则如之何哉。非弗虑弗图,以至是乎。

【张居正讲评】

然不特天变已也,而人心亦因以离矣。

晏子使楚

诗经

·张居正讲评《诗经》·

图文珍藏版

【原文】

周宗既灭,

【张居正讲评】

彼饥馑存臻,危亡日近,则宗周既灭,将有易姓之祸,其兆已见矣。

【原文】

靡所止戾。

【张居正讲评】

所不可知者,惟天之所命,民之所归,终定于何人耳?

【原文】

正大夫离居,莫知我勚。

【张居正讲评】

是以正大夫者,亦官之长也,今皆饥馑散去,因以避谗谣之祸,而莫有知我之劳焉。

【原文】

三事大夫,莫肯夙夜。

【张居正讲评】

三事大夫,有官守者也,则莫肯夙夜于王。

【原文】

邦君诸侯,莫肯朝夕。

【张居正讲评】

邦君诸侯,有民社者也,则莫肯朝夕于王,何有一人不忍离王,而周旋于左右者乎。

【原文】

庶曰式臧,覆出为恶。

【张居正讲评】

夫天变既如彼,人离又如此,庶几王监于天人之际,改而为善可也。顾及复出为恶而不悛,将何以回天意,而悦人心哉?

【张居正讲评】

然王虽不善,而臣之忠敬不可忘也。

【原文】

如何昊天,

【张居正讲评】

如何昊天乎?

【原文】

辟言不信。

【张居正讲评】

王于法度之言而不听信。

【原文】

如彼行迈,则靡所臻。

【张居正讲评】

则无所畏惮而恣行不返,如彼行迈而无所底止矣。

【原文】

凡百君子,各敬尔身。

【张居正讲评】

然王之为恶,虽王之过,而人臣之义,则不可因王之善恶,而敬怠其心者也。百凡君子,各有当尽之职者,是必靖共尔位,而各敬其身可也。

【原文】

胡不相畏,不畏于天?

【张居正讲评】

善人己一心,苟不敬其身,是以人为不足畏矣。君子行事,当合人心,胡可不相畏乎? 天人一理,不畏于人,是以天为不足畏矣。君子行事,可典天知,胡可不畏天乎? 知天人之当畏,则知吾身之当敬矣。

【张居正讲评】

然不特当尽其忠敬,而人臣之忠告,亦不可忘也。

【原文】

戎成不退,

【张居正讲评】

今夫寇已成,而王之为恶不退,则人离而寇乱将益进也。

【原文】

饥成不遂。

【张居正讲评】

饥馑已成,而王之迁善不遂则天怒,而饥馑将益甚也。

【原文】

曾我𪀚御,憯憯日瘁。

【张居正讲评】

使我蛰御之臣朝夕夙夜于此,慨君德之日,非忧心之甚,惨惨而日瘁焉。

【原文】

凡百君子,莫肯用讯。

【张居正讲评】

然此不特我一人之忧,亦尔君子之忧也。百凡君子,乃莫肯以兵寇饥馑之事告王,而使之去恶迁善,何哉?

【原文】

听言则答,

【张居正讲评】

虽王有问,而欲听其言,则亦随问以答之而已,不敢以尽言也。

【原文】

潜言则退。

【张居正讲评】

一有潜言及己,则皆退而离告,莫肯夙夜朝夕于王矣。夫王虽不善也,而君臣之义,岂可以若是恝乎。

【张居正讲评】

夫尔群臣之离散而去,吾推其意,不过以忠言之不售于时,而其道之难容于世耳。

【原文】

哀哉不能言,匪舌是出,维躬是瘁。

【张居正讲评】

当此之时,言之忠者,皆之所谓不能言者也,哀哉不能言,非但出诸其口也,言出伐随,适以瘁其躬而已。

【原文】

哿矣能言,巧言如流,俾躬处休。

【张居正讲评】

佞人之言,当世之所谓能言者也,哿矣言巧好,其言如水之流,而无所凝滞,则谀佞易合,而俾其身处于安乐之地矣。忠言贾伐,佞言获宠如此,则凡有忠言,而不能为佞言者,皆思所以自远矣。尔今之离散而去也,非以言之难哉。

【张居正讲评】

然不惟言之难也,而仕亦难。

【原文】

维曰于仕,孔棘且殆。

【张居正讲评】

今之人皆曰往仕矣,而不知仕之急而且危也。

【原文】

云不可使,得罪于天子。

【张居正讲评】

何也? 当此之时,直道者王之所谓不可使者也,云不可使,则直道见忤,谴责必加,而得罪于天子矣。

【原文】

亦云可使,怨及朋友。

【张居正讲评】

枉道者,王之所谓可使者也,亦云可使,则枉道循人,公论不容,而见怨于朋友矣。从道则违时,循时则背道,如此,则凡有直道而不能为枉道者,皆思所以远避矣,尔之离散而去也,又非以仕之难哉。

【张居正讲评】

然言与仕之难,而吾亦知之矣,而君臣之义,终不可以此而遂忘也。

【原文】

谓尔迁于王都,

【张居正讲评】

故我不忍王之无臣,而我之无徒也,告尔以复还于王都,欲以夙夜朝夕于王焉。

【原文】

曰予未有室家。

【张居正讲评】

而王乃托词以拒我,曰我王都之未有室家也。

【原文】

鼠思泣血,无言不疾。

【张居正讲评】

其辞之之切,至于鼠思泣血,无有言不疾痛者。

【原文】

昔尔出居,谁从作尔室?

【张居正讲评】

然尔之辞我,谓之惧祸则可,谓之无家则非矣。何也?向尔自王都而出居于外,在外之室,谁从为尔作之乎?盖尔有心于去则去,时之室尔自作之也。今特患尔无还都之心耳,苟有还都之心,则还时之室,尔亦自作之可也,而今以无家辞我,岂其情哉?

小旻

【总评】

大夫以王惑于邪谋,不能断以从善攻,作此诗。

【原文】

旻天疾威,敷于下土。谋犹回遹,何日斯沮?

【张居正讲评】

天地者,吾人父母大君,父母宗子,君之所为,天宜有以相之也。今此昊天绝悯下之仁,肆暴虐之威,以布于下土,而乃使王之谋,犹邪辟无日而止乎。

【原文】

谋臧不从,不臧覆用。

【张居正讲评】

谋之邪辟何如,盖人于谋猷,从其善而舍其不善,则谋猷皆正矣。今王于人谋之善者则不从,而于人谋之不善者反用之。舍其善而用其不善,谋猷如之,何其不邪辟耶。

【原文】

我视谋猷,亦孔之邛。

【张居正讲评】

夫谋猷既邪,则国是不定,其究必至于纪纲日紊,而乱大不免矣。故我视谋猷为之深忧,而甚病也。

【张居正讲评】

夫王之惑于邪谋也,岂以小人有可从之谋哉。

【原文】

潝潝訿訿,

【张居正讲评】

不知此小人也,徇私而灭公,外亲而内忌,其有所喜也,则潝潝然雷同以相和,其有所怒也,则訿訿然谤讪以相诋,同而不和如此。

【原文】

亦孔之哀。

【张居正讲评】

夫当其同也,则相比以为奸,及其不和也,又相激以为乱。必有以贻国家之伐者,吾为国家虑,亦甚可哀矣。如此之人,何望其有善谋之可从哉。

【原文】

谋之其臧,则具是违。

【张居正讲评】

夫何王于谋之善者,则违之而不从。

【原文】

谋之不臧,则具是依。

【张居正讲评】

于谋之不善者,则依之而不拂。

【原文】

我视谋猷,伊于胡厎?

【张居正讲评】

其昏或淆乱如此,故我视谋猷亦何能有所定乎。

【张居正讲评】

夫谋之无定如此,安望其谋之善成乎?

【原文】

我龟既厌,不我告犹。

【张居正讲评】

今夫卜筮,所以决吉凶也,而再三之渎,则龟厌之,而不告以所图之吉凶。

【原文】

谋夫孔多,是用不集。

【张居正讲评】

亦犹谋夫,所以讯是非也,然谋夫众,则是非相夺,莫适所从,而谋终亦不成矣。

【原文】

发言盈庭,谁敢执其咎。

【张居正讲评】

何也?盖谋贵众,而断之贵专。今王无专断之明,使人发言盈庭,各是其是,无有任其成败之责,而决其是非之归者,是以其相夺靡定,而谋终于不成也。

【原文】

如匪行迈谋,是用不得于道。

【张居正讲评】

譬如不行不迈,而坐谋所适,谋之虽审,而亦何得于道路哉?

【张居正讲评】

然谋之所以不成者,岂徒以其无断而已哉。

【原文】

哀哉为犹,匪先民是程。

【张居正讲评】

大凡人之谋犹,当鉴于成宪而本之,以当然之道,则邪正有所决而谋之,所以能成也。哀哉,令之为猷也,自是己见,不以先民为程。

【原文】

匪大犹是经。

【张居正讲评】

自徇私意,不以大道为经。

【原文】

维迩言是听,维迩言是争。

【张居正讲评】

而维于浅末之言是听而是争焉,以是相转而不决,将何以成其谋乎?

【原文】

如彼筑室于道谋,是用不溃于成。

【张居正讲评】

如将筑室,而与行道之人谋,则人人得为异端,其能有成也哉?

【张居正讲评】

夫王惑于邪谋,不能从善如此,则善者其能以自存乎。

【原文】

国虽靡止,或圣或否。

【张居正讲评】

今夫发言盈庭,国论虽不定也,然亦有思之德睿,而作圣者焉,亦有未至圣而否者焉。

【原文】

民虽靡膴,或哲或谋,或肃或艾。

【张居正讲评】

饥馑离散,人民虽不多也,然有视之德明而作哲者焉,听之德聪而作谋者焉,亦有貌之德恭而作肃焉,亦有言之德从而作艾者焉,其犹人可用之善人如此。

【原文】

如彼泉流,无沦胥以败。

【张居正讲评】

今王乃弃之而不用,则虽有善者,不能以自存,将如泉流之不返,而沦溃以至于败者矣,亦独何哉。

【张居正讲评】

夫王不用善,则丧亡之祸必矣,吾能以无忧哉。

【原文】

不敢暴虎,不敢冯河。人知其一,

【张居正讲评】

今夫虎之不可徒搏,河之不可徒涉者,以其祸之近而易见也,此一事也,人皆知之矣。

【原文】

莫知其他。

【张居正讲评】

至于他如丧国亡家之祸,隐于谋猷邪辟之中而无形者则不知以为忧也。盖众人之见,狃于日前,而不能及远大,率若此而已矣。

【原文】

战战兢兢,

【张居正讲评】

我惧伐乱之将及,是以战而恐,兢兢而戒。

【原文】

如临深渊,

【张居正讲评】

有如临深渊之恐堕。

【原文】

如履薄冰。

【张居正讲评】

如履薄冰之恐陷,盖迹虽未形,几则已见,安得而不恐惧哉。

小宛

【总评】

此大夫遭时之乱,而兄弟相戒以免祸。曰:降乱者天也,而免乱者人也。我兄弟生今之世,可无保身之道乎。

【原文】

宛彼鸣鸠,翰飞戾天。

【张居正讲评】

彼宛彼鸣鸠之小鸟,犹翰飞以至于天矣。

【原文】

我心忧伤,念昔先人。

【张居正讲评】

况我兄弟遭危乱之时,此心忧伤,宁不念昔之先人哉。

【原文】

明发不寐,有怀二人。

【张居正讲评】

是以当明发不寐之时,而深有怀于父母焉。惟恐乱则辱及其亲,诚有不容以不念者矣。

【张居正讲评】

夫既念及父母,则所以修身免祸,以无贻父母之辱者,岂可缓哉。

【原文】

人之齐圣,

【张居正讲评】

诚以貌之德,恭思之德,睿而为齐,圣之人者。

【原文】

饮酒温克。

【张居正讲评】

其特身无所不用其敬,饮酒虽醉,犹温恭自持以胜,而不至于丧仪而败德焉。

【原文】

彼昏不知,壹醉日富。

【张居正讲评】

彼昏不知者,则壹于醉而日甚矣。

【原文】

各敬尔仪，

【张居正讲评】

智愚之际，法戒攸寓，我兄弟尚当以斋圣为法，以彼昏为戒，各敬威仪，凡一动一静，无所不至，而于饮酒之间，尤加之之意焉，可也。

【原文】

天命不又。

【张居正讲评】

所以然者，何也？盖今天命已去，将不复来，此正国家危乱之时也，使一有不敬，何以修身而免祸乎。

【张居正讲评】

然不特我兄弟当谨仪以修身也，亦当教其子以修身也。

【原文】

中原有菽，庶民采之。

【张居正讲评】

彼中原有菽，则庶民皆得以采之，而适于用也。

【原文】

螟蛉有子，蜾蠃负之。

【张居正讲评】

螟蛉有子，则蜾蠃得以负之，而化为己子矣，在物尚有然者。

【原文】

教诲尔子，式穀似之。

【张居正讲评】

况父之于子，可不教之以善道，而用似者乎？盖天下无不可行道之人，而亦无不可变化之子，是必教诲尔子，使之共由于大道之公，而成其克肖之美，用善而似之可矣。不然，身虽为善，而置其子之不善，使其陷于祸焉，亦岂所以善其后哉。

【张居正讲评】

然是谨仪，尤不可不及时而勉力也。

【原文】

题彼脊令，载飞载鸣。

【张居正讲评】

题彼脊令，犹载飞载鸣，而不得以休息矣。

【原文】

我日斯迈,而月斯征。

【张居正讲评】

况我之谨议教子也,既日有所迈矣,而尔之谨仪教子也,亦必月有所焉,要当各务努力,不可暇逸去伐,恐不及相救恤也。

【原文】

夙兴夜寐,

【张居正讲评】

故日有一日之夙夜,月有一月之夙夜也,是必夙焉而兴,夜焉而寐,不替其迈往之功。

【原文】

毋忝尔所生。

【张居正讲评】

使善其身,因以善其子,庶几祸患可免,以无忝尔所生之父母也。不然有怀二人之谓何而竟玩偈取祸,以贻其辱哉。

【张居正讲评】

夫我兄弟,欲求无忝于父母固矣,然当此之时,犹未敢必其能,无忝典否也。

【原文】

交交桑扈,率场啄粟。

【张居正讲评】

彼夫桑扈,本不食粟也,交交桑扈,则率场啄粟矣。

【原文】

哀我填寡,宜岸宜狱。

【张居正讲评】

填寡本不宜岸狱也,今哀我填寡,则宜岸宜狱矣。

【原文】

握粟出卜,自何能穀?

【张居正讲评】

刑罚不中,难于趋避,是岂可不求所以自善之道哉?于是握持其粟,出而卜之,曰谨仪教子,我固以此为自善之道矣。但刑贸过情,恐非此二者可即免也。不知自此之外,复有何道,可以自善于以免祸,而无贻父母之辱也,神其为我告乎。

【张居正讲评】

夫我惧祸之不免，而至于握粟出卜者，岂为私忧过计哉。

【原文】

温温恭人，

【张居正讲评】

正以当此危乱之时，如温温恭人，自善之道，已尽宜若，可以免祸矣。

【原文】

如集于木。

【张居正讲评】

然犹怀恐堕之心，有如集于木者焉。

【原文】

惴惴小心，

【张居正讲评】

又如惴惴小心自善之道已尽，宜若可以免祸矣。

【原文】

如临于谷，

【张居正讲评】

然犹怀恐陨之心，有如临于谷者焉。

【原文】

战战兢兢，如履薄冰。

【张居正讲评】

今我兄弟，其去恭人，小心远矣，得不战战兢兢、如履薄冰之恐陷哉？不然自治既得，而祸患难免，欲其无辱父母得乎？吁，小宛兄弟，可谓得处乱世之道，而善于保身以事亲哉。

小弁

【总评】

此宜臼被废，而作此诗。曰：人伦之大变，莫甚于父子之相弃，顾其所以致此者，则秉心之残忍也。残邪之蔽明也，言语之轻泄也，今予不幸而遭此变矣。

【原文】

弁彼鸒斯，归飞提提。

【张居正讲评】

弁彼鸒斯，犹归飞提提而安闲矣，物固得以自适者。

【原文】

民莫不穀,

【张居正讲评】

况今之民,皆得父子亲,而莫不善也。

【原文】

我独于罹。

【张居正讲评】

我独父子相弃,而不免于忧,不亦鸢斯之不如耶。

【原文】

何辜于天? 我罪伊何?

【张居正讲评】

然亲之不我爱,未必皆亲之过,而或者子有以致之也,于乎天乎,我其何辜,而果何罪以致之乎?

【原文】

心之忧矣,云如之何?

【张居正讲评】

负罪引慝,而不知其由,则此心之忧,亦安之而已矣,其将如之何哉?

【原文】

踧踧周道,鞠为茂草。

【张居正讲评】

彼踧踧平易之道路,失于践履,则将鞠为茂草矣。

【原文】

我心忧伤,怒焉如捣。

【张居正讲评】

况我心以被弃之,固悬于忧伤,则怒焉如捣不宁。

【原文】

假寐永叹,

【张居正讲评】

故精神瞆眊,至于假寐之中不忘叹息。

【原文】

孟母三迁

维忧用老。

【张居正讲评】

忧之之深，未老而用老。

【原文】

心之忧矣，疢如疾首。

【张居正讲评】

心之忧矣，疢如疾首，忧之之甚，真有所不堪也。我何不幸，以至此哉。

【原文】

维桑与梓，必恭敬止。

【张居正讲评】

今夫维桑与梓，父母所植，以遗子孙，犹且必加恭敬矣。

【原文】

靡瞻匪父，

【张居正讲评】

况父焉至尊，人所瞻也，何瞻而匪父乎？

【原文】

靡依匪母。

【张居正讲评】

母焉至亲之人所依也，何依而匪母乎？

【原文】

不属于毛，不离于里。

【张居正讲评】

子莫不瞻依父母，宜乎父母无不爱其子矣。今我不见爱于父母，岂我不本父母之余气，而不属于毛乎，不出父母之腹，抱而不离于里乎？

【原文】

天之生我，我辰安在？

【张居正讲评】

我实属毛而离里矣，而犹若此者，必我之生时不善也。天之生我，我辰其安在哉，何其不祥至是哉。

【原文】

菀彼柳斯，鸣蜩嘒嘒。

【张居正讲评】

菀然而盛之柳,则鸣蜩嘒嘒于其上矣。是蜩之鸣也,柳之菀容之也。

【原文】

有漼者渊,萑苇淠淠。

【张居正讲评】

有漼然而深之渊,则萑苇淠淠于其中矣。是苇之众也,渊之深容之也,物其有所容如此。

【原文】

譬彼舟流,不知所届。

【张居正讲评】

今我何乃不容于亲,而独见弃逐,辟如舟之流于水中,而不知其何所至乎。

【原文】

心之忧矣,不惶假寐。

【张居正讲评】

是以忧之之深,昔犹假寐,而今有所不假矣。

【原文】

鹿斯之奔,维足伎伎。

【张居正讲评】

鹿之奔宜疾也,今其足伎伎留其群矣。

【原文】

雉之朝雊,尚求其雌。

【张居正讲评】

雉之雊于朝也,亦尚求其雌,而不忘其匹矣,物尚有所顾如此。

【原文】

譬彼坏木,疾用无枝。

【张居正讲评】

今我何乃不顾于亲,而独见弃逐,辟如伤病之木,憔悴而无枝乎。

【原文】

心之忧矣,宁莫之知。

【张居正讲评】

是以我自伤之心自忧之,而人莫之知也。

【原文】

相彼投兔,尚或先之。

【张居正讲评】

相彼被逐而投人之兔,尚或有哀其穷,而先脱之者。

【原文】

行有死人,尚或墐之。

【张居正讲评】

行有死人,尚或有哀其暴露而埋藏之者,是皆有不忍之心,故虽物之与人犹用情如此。

【原文】

君子秉心,维其忍之。

【张居正讲评】

况父子之至爱其亲,投兔何如也,视路人何如也,今君子乃信谗弃逐其子,使我如舟流也,如坏木也,曾视投兔死人之真不如矣,其秉心不亦忍乎。

【原文】

心之忧矣,涕既陨之。

【张居正讲评】

是以我也伤父子之道废,痛骨肉之恩薄,不免心忧而涕陨也。

【原文】

君子信谗,如或酬之。

【张居正讲评】

夫人惟有所不忍也,则于子必加惠爱之心,而于谗间之言,必徐察之也。今君子信谗言,无不行如受酬爵,得即行之。

【原文】

君子不惠,不舒究之。

【张居正讲评】

曾不以加惠爱于子,而于谗人之言,初不舒缓,而究察之,则谗人之情得矣,而我岂至于被弄乎。

【原文】

伐木掎矣,析薪扡矣。

【张居正讲评】

再观之物矣,今夫伐木者,尚以物而掎其巅,析薪者尚随其条理,皆不妄挫析之也。

【原文】

舍彼有罪,予之佗矣。

【张居正讲评】

今王何乃舍彼有罪之僭人,而加我以非其罪,曾伐木析薪之不如矣。夫父子之间至亲也,顾乃轻信谗言,遽逐无罪之子,其秉心诚忍矣哉。

【张居正讲评】

夫我之被弃,其伐固起于谗言,然要亦王言语不慎启之也。

【原文】

莫高匪山,

【张居正讲评】

今夫莫高匪山也,尚或有徙其巅矣。

【原文】

莫浚匪泉。

【张居正讲评】

莫浚匪泉也,尚或有入其底矣。

【原文】

君子无易由言,

【张居正讲评】

今宫闱之内,非山之高也,非泉之深也,君子于此,不可轻易其心,而以意向之所迁移者,而轻泄于言语之间也。

【原文】

耳属于垣。

【张居正讲评】

一易其言,恐耳属于垣之外者,有所观望,而左右之人,由是誉其所欲立,毁其所欲废,而乱本成矣。然则我今日之见逐,岂非王不慎言语,以为之阶乎。

【原文】

无逝我梁,无发我笱。

【张居正讲评】

然我虽也逐,犹不能遽忘情也。故梁我之所以通鱼也,尔无逝我之梁焉,笱我之所以取鱼也,尔无发我之笱焉。然则彼借人者,慎无居我之宫,而行我之事乎。

【原文】

我躬不阅,遑恤我后。

【张居正讲评】

虽然游梁发笥,去后事也。今我身且不见容,而舟流有靡届之忧,坏木有无枝之苦,何假恤我已去之后哉?其逝其发,我固无如之何矣。噫,太子国之二也,无故轻废之,而使国家随之以亡,此天下之大变也。小弁之诗,盖恶伤父之志,其言之悲伤,惨怛而不免于怨,固其宜哉。

巧言

【总评】

大夫伤于谗,无所控告,而诉之于天,曰:世祸不自生,往往起于谗谮之交构,而谗言不自至,往往起于辨察之不也,今予何不幸而遭乱乎。

【原文】

悠悠昊天,曰父母且。

【张居正讲评】

凡人之生,皆本于天,故此悠悠之昊天,宁非人之父母乎?

【原文】

无罪无辜,乱如此幠。

【张居正讲评】

夫为人之父母,则无罪者宜有以保佑之也,胡为使我之无罪无辜,遭乱如此其大乎。

【原文】

昊天已威,予慎无罪。

【张居正讲评】

夫乱之幠也,是昊天之威已甚矣,然我反而审诸己,则无罪也。

【原文】

昊天泰幠,予慎无辜。

【张居正讲评】

乱之幠也,昊天之威甚大矣。然我反而审诸己则无辜也,我无自致之罪,而泰幠之威所不免,天之父母,斯民谓何使之至此哉。

【张居正讲评】

然乱起于谗人,而谗言致乱,则王有以信之耳。

【原文】

乱之初生,僭始既涵。

【张居正讲评】

　　盖乱之所以初生者,由谗人以不信之言始入,固将以尝王之意向何如也,而王乃涵容不察其真伪,则谗人之心无所忌矣。

【原文】

　　乱之又生,君子信谗。

【张居正讲评】

　　故乱之又生者,则以谗言复进,王遂信其谗言而用之耳。夫始以狐疑未谗邪之口,继以轻信,遂罔极之奸,此乱之所以成也。

【原文】

　　君子如怒,乱庶遄沮。

【张居正讲评】

　　使君子见谗人之言,若怒而责之,则谗言不敢肆乱,不庶几遄沮乎。

【原文】

　　君子如祉,乱庶遄已。

【张居正讲评】

　　见贤者之言,若喜而纳之,则忠言日闻于上,乱不庶几遄已乎。今王顾乃涵容不断,谗信不分,是以谗者益胜,而君子益病也,乱之生也,尚又何怪哉。

【原文】

　　君子屡盟,乱是用长。

【张居正讲评】

　　夫君子如祉,则乱庶几遄已矣。今王不能用贤已乱,至于屡盟以相要,则疑二之心,无以固贤者之志,而君子道消矣,乱不是用长乎。

【原文】

　　君子信盗,乱是用暴。

【张居正讲评】

　　君子如怒,则乱庶几遄沮矣,今王不能去谗,但涵容不断,信盗以为虐,而小人道长矣,乱不是用暴乎?

【原文】

　　盗言孔甘,乱是用饕。

【张居正讲评】

　　且谗言之美,如食之甘,使人嗜之而不厌焉,则以可谗之言,投轻信之心,而乱本成矣,乱不是用进乎?

【原文】

匪其止共,维王之邛。

【张居正讲评】

夫谗言足以致乱,则此谗人者,实不能共其职事,惟以为王之病而已。盖忠言逆耳而利于行,今惟其言之甘而悦焉,则其国殆矣,非王之病而何哉?

【张居正讲评】

夫王之信谗,以致乱也。岂以谗人之心,未易知哉。

【原文】

奕奕寝庙,君子作之。

【张居正讲评】

彼奕奕之寝庙,神之所栖也,而惟仁孝之君子为能作之,以崇爱敬矣。

【原文】

秩秩大猷,圣人莫之。

【张居正讲评】

秩秩之大猷,人自大伦也,而惟修道之圣人为能莫之,以垂世教矣。

【原文】

他人有心,予忖度之。

【张居正讲评】

况此他人有心,其藏奸虽深也,然惟我为能忖度,而肺肝之如见。

【原文】

跃跃毚兔,遇犬获之。

【张居正讲评】

且彼毚兔其跃跃而跳疾也,自以为物不得而制矣。不知一遇田犬则获之,而何能自脱乎。然则谗人之奸,而莫逃吾之鉴,何以异于是哉。

【张居正讲评】

然非惟谗人之心不难知,而谗人之言,亦不难辨也。

【原文】

荏染柔木,君子树之。

【张居正讲评】

彼荏染之柔木,可备器用者也,则惟君子为能树之矣。

【原文】

往来行言,心焉数之。

【张居正讲评】

此往来之行言,似是而非者也,则惟吾心能辨之矣。

【原文】

蛇蛇硕言,出自口矣。

【张居正讲评】

是故安舒顺理之硕言,可以为程,可以为径,其出诸口宜也。

【原文】

巧言如簧,

【张居正讲评】

若乃巧言如簧,变态百出,所以蛊惑人心者至矣,则岂可以出诸口哉,言之徒可羞愧而已。

【原文】

颜之厚矣。

【张居正讲评】

而彼为是言者,反不知耻,不亦颜之厚乎? 夫彼方以如簧之言为得计,而我识其颜厚之足鄙,则深察谗言,又何难辨之有哉。

【张居正讲评】

然非惟谗言不难辨,而谗人亦未难除也。

【原文】

彼何人斯,居河之麋。

【张居正讲评】

彼何人斯,其姓名吾不得而知之也。观其所处,则居河之地,而水之麋矣。

【原文】

无拳无勇,职为乱阶。

【张居正讲评】

斯人也,其致乱若是者,岂其有拳勇而然哉? 自今言之,实无拳无勇,足以为乱,惟以谗口交斗,专为乱之阶梯耳。

【原文】

既微且尰,尔勇伊何?

【张居正讲评】

何也? 彼既有微尰之疾,平日已不能屈伸,则亦何能勇哉。

【原文】

为犹将多,尔居徒几何?

【张居正讲评】

夫既无勇,足以为乱,而其为谗谋,又如此其大且多者,意必有居徒以为之助矣。然究尔之居徒,具同恶相济者,亦几何人哉。夫其勇不足恃,而其徒又不多,则谗人岂难余哉。必谗人之言,不难知,不难辨,又不难除,如此,而顾使之构乱至此,岂非王之不语耶!吁,此大夫之所以伤于谗,而莫之往告也与。

何人斯

【总评】

暴公为卿士而僭苏公,苏公作此诗以绝之。托为指其从行者而言,曰:君子置身天地内,必存公平之心,外必昭正直之行,若中怀倾险,而使人莫则其踪迹,则非所以待同寅之义也,吾今有感于斯人者矣。

【原文】

彼何人斯?

【张居正讲评】

彼何人斯,其姓名吾不得而知也。

【原文】

其心孔艰。

【张居正讲评】

其立心则甚险,而肆其倾人之计矣。

【原文】

胡逝我梁,不入我门?

【张居正讲评】

使其不逝我梁,无望其入我门也,今胡为逝我之梁,而不入我之门乎?

【原文】

伊谁云从?维暴之云。

【张居正讲评】

夫逝梁而不入门,则其人谅必有故,但我未知其为何人耳。既而问其云从,则惟从暴公之云也。以从暴公而不入我门,则我今日被僭之祸,不能无所疑矣。

【原文】

二人从行,谁为此祸?

【张居正讲评】

故此暴公也,暴公之徒也,二人相从而行,不知谁谮己而祸之乎?

【原文】

胡逝我梁,不入唁我?

【张居正讲评】

夫既使我失位矣,苟入而唁我,犹不失故人恋恋之意,而我亦不深伤其薄也,今胡乃逝我之梁而不入而唁我乎?

【原文】

始者不如今,云不我可。

【张居正讲评】

原子之意,不过以我为不可与耳,然岂其始则然哉?尔始者与我亲厚之时,固尝以我为可,不如今日之云,不我可也,可于昔而不可于今,何为其然耶?意者谁为之祸,有难于人言者乎。

【原文】

彼何人斯?胡逝我陈?

【张居正讲评】

彼何人斯,何为逝我之陈乎,则视适梁又近矣。

【原文】

我闻其声,不见其身。

【张居正讲评】

顾乃不入唁我,使我徒闻其声,而不见其身踪迹,何诡秘耶。

【原文】

不愧于人?

【张居正讲评】

夫尔之踪迹诡秘,固以人为可欺,而不愧于人矣。

【原文】

不畏于天?

【张居正讲评】

然人可欺,而天不可欺,尔虽不愧于人,独不思天之监下,有赫无隐弗彰,而不畏于天乎,奈何其潜我乎?

【张居正讲评】

夫人而不畏天,则何事不可为,我亦奚乐有斯人哉。

【原文】

彼何人斯?其为飘风。

【张居正讲评】

彼何人斯,其往来之疾若飘风然。

【原文】

胡不自北? 胡不自南?

【张居正讲评】

使其自北向南,则与我不相值,心无所触,犹可忘情于斯人也,今胡不自北,胡不自南。

【原文】

胡逝我梁,祇搅我心。

【张居正讲评】

而又胡逝我之梁,使我闻声之下,反惑于不见之故,而感念之间,深伤乎情义之薄,祇以搅搅我之心而已矣,然则何有于尔之适梁为耶?

【张居正讲评】

夫尔之逝我梁,而不入见我,则必有故矣,而岂其亟行则然哉。

【原文】

尔之安行,亦不遑舍。

【张居正讲评】

盖尔之于平时安行,犹不遑息。

【原文】

尔之亟行,遑脂尔车。

【张居正讲评】

况今亟行,则何暇脂其车乎,今脂其车则亟也。

【原文】

壹者之来,云何其盱?

【张居正讲评】

何不一来见我,如何使我望尔之切乎?

【原文】

尔还而入,我心易也。

【张居正讲评】

然尔之往也,既不入我门矣,倘还而入,则我心犹庶乎其悦也。

【原文】

还而不入,否难知也。

【张居正讲评】

还而不入，则尔之心，我不可得而知也。

【原文】

壹者之来，俾我祇也。

【张居正讲评】

何不还而一来见，使我望尔之心，由之以安乎。一往一返，竟不得尔之一见，得

高山流水觅知音

非我今日之潛，自而为之，而有难于见乎？

【张居正讲评】

然尔之所以潛我者，与女无相知之素哉。

【原文】

伯氏吹埙，仲氏吹篪。

【张居正讲评】

不知我与尔同为王朝之官，则有兄弟之义焉。但见心相亲爱，而声相应和，亦犹伯氏吹埙以唱之，而仲氏吹篪以和之矣。

【原文】

及尔如贯，谅不我知。

【张居正讲评】

夫义为兄弟，情若埙篪，则在我与尔势相联属，有如物之在贯也，岂诚不我知而潛我哉。

【原文】

出此三物，以诅尔斯。

【张居正讲评】

若曰诚不我知，则当出此三物，以诅之可也，则其相知之素，盖有不可得而掩首矣。

【张居正讲评】

夫以相知之人，而为相潛之行，则尔之反侧甚矣，我之作歌岂容已乎。

【原文】

为鬼为蜮，则不可得。

【张居正讲评】

彼天下之至,不可测者,莫鬼蜮若也,使尔为鬼为蜮,则不可得而测矣。

【原文】

有靦面目,视人罔极。

【张居正讲评】

今尔乃人也,靦然有面目,与人相视,无穷极之时,岂其情终不可得而测哉。

【原文】

作此好歌,以极反侧。

【张居正讲评】

是以我也作此好歌,叙其平日之情,与夫今日之潛,以究极尔反侧之心焉。使尔能悔悟前非,而回其心之孔艰,更以善意从我,则是歌之作为不徒矣。吁,苏公与暴公,既作诗以绝之,又有不终绝之意焉,可谓厚以处己,而恕以待人者矣。

巷伯

【总评】

时有遭谗,而被宫刑为巷伯者作此诗。曰:天下之可畏者,莫甚于谗谄之口,倘君子而不知,以敬自防,则未有不受其祸者也,若我今日可鉴矣。

【原文】

萋兮斐兮,成是贝锦。

【张居正讲评】

彼萋斐之小者也,贝锦则文之大矣。今也因萋斐之形而文致之,以成贝锦之美,然则谗人因人之小过,而饰成大罪,不犹是乎。

【原文】

彼潛人者,亦已太甚。

【张居正讲评】

夫人之小过,本不足深责,而至饰成大罪以重其祸焉。彼潛人者,慄忮深中其所为,不亦已甚也耶。

【张居正讲评】

不特此也。

【原文】

哆兮侈兮,成是南箕。

【张居正讲评】

彼哆侈张之,征者也南箕,则张之大矣。今也因哆侈之形,而虚张以成南箕之势。然则谗人因人之疑,似而构实成罪,不犹是乎。

【原文】

彼谮人者,谁适与谋。

【张居正讲评】

夫人之疑似未过,犹未甚明,而乃构成实罪,此其谋诡矣。彼谮人者,果谁适与谋,而何其谋之人诡阒也。

【张居正讲评】

虽然尔岂可徒谮人而不知畏哉。

【原文】

缉缉

【张居正讲评】

今尔之口舌,则缉缉不厌其渎。

【原文】

翩翩,

【张居正讲评】

尔之往来,则翩翩而不病其烦。

【原文】

谋欲谮人。

【张居正讲评】

其处心积虑,惟谋欲谮人耳。

【原文】

慎尔言也,

【张居正讲评】

自今言之,言听计从,固自以为得意矣,然亦当慎尔言也。

【原文】

谓尔不信。

【张居正讲评】

苟不慎尔言,而缉缉翩翩者如此。吾恐听者,有时而晤,且将以尔之言,虚伪反复而为不信矣,欲求如今之信,从何可得哉。

【张居正讲评】

然不特不信已也。

【原文】

捷捷

【张居正讲评】

今尔之口舌,则捷捷而儇利。

【原文】

幡幡,

【张居正讲评】

尔之言语,则幡幡而反复。

【原文】

谋欲谮言。

【张居正讲评】

其处心积虑,惟谋欲为谮人之言耳。

【原文】

岂不尔受,

【张居正讲评】

今王好谮,则固将受汝矣。

【原文】

既其女迁。

【张居正讲评】

然好谮不已,则告密之门一启,而文致之词日兴,王将以人之谗尔而罪尔,遇谮之祸亦且迁而及汝矣,岂特我有遭谗之祸哉。

【张居正讲评】

夫以谗人之恶如此,而我之受病甚矣,今将何所诉乎。

【原文】

骄人好好,

【张居正讲评】

彼谗人者骄人也,骄人谮行得意何好好也。

【原文】

劳人草草。

【张居正讲评】

彼谮人者劳人也,劳人遇谮而失度何草草也。

【原文】

苍天苍天,视彼骄人,矜此劳人。

【张居正讲评】

天骄劳殊状，忧乐异情如此，今固无望于人之能察于斯矣。苍天苍天，夫固临下有赫者也，尚其视此骄人之得意，而有以抑遏阻止之，毋使为善类之害矣乎。其矜此劳人之失度，而有以扶持全安之，毋令为小人之虐矣乎，此固吾之所望于天者，如此也已。

【张居正讲评】

然我之望于天者，不特有以视之而已，尚当有以制其罪矣。

【原文】

彼谮人者，谁适与谋？

【张居正讲评】

彼谮人者，不知谁适与谋，其为谋之诡秘，至于如此而已。

【原文】

取彼谮人，投畀豺虎，豺虎不食。

【张居正讲评】

夫以为谋之秘，岂可使之久存于世，而肆毒以害人哉。是故豺虎以杀为性也，吾取彼谮人，以投畀豺虎，豺虎亦恶之，而不食矣。

【原文】

投畀有北，有北不受，

【张居正讲评】

有北所以处罪人也，吾取彼谮人投畀有北，有北亦恶而不受矣。

【原文】

投畀有昊！

【张居正讲评】

然则我将如之何哉，彼昊天至大，其神灵莫测者也。吾惟投之有昊，使制其罪，加之以速死之刑，庶善类得以保全，而人心于是乎用慰矣。

【张居正讲评】

夫以谗人之可恶如此，其祸将有不可胜言者，岂特及于我已哉，吾知其渐必及于贵矣。

【原文】

杨园之道，猗于亩丘。

【张居正讲评】

今夫杨园地之下者也，亩丘地之高者也。然涉亩丘者，必自杨园始，是杨园之道,尚有益于亩丘也。

【原文】

寺人孟子,作为此诗。

【张居正讲评】

夫物且然,况于人乎,盖谮始于微者,而其渐将及于大臣,势有所必至也。故我寺人孟子,作为此诗,伤妻斐之交构,慨劳人之无辜,固为贱者之言矣。

【原文】

凡百君子,敬而听之!

【张居正讲评】

然凡百君子,亦必敬而听之,预有以防其渐,而伐庶乎可免矣。贱者之言,岂无补于君子乎,不然今之巷伯,诚有令人伤者可不戒哉。

谷风

【总评】

此朋友相怨之诗。

【原文】

习习谷风,维风及雨。

【张居正讲评】

习习和调之东风,风和而雨降,则维风及雨而相持之不舍矣。

【原文】

将恐将惧,维予与女。

【张居正讲评】

况女当将恐惧之时,他人不能相及也,维予与汝,而同心以共济矣。

【原文】

将安将乐,女转弃予。

【张居正讲评】

夫患难相救,汝宜德我以终身也,奈何将安将乐,汝转弃予而不复动念,何哉?

【原文】

习习谷风,维风及颓。

【张居正讲评】

言习习和调之东风,有风斯有颓,则维风及颓,而焚轮之无间矣。

【原文】

将恐将惧,置予于怀。

【张居正讲评】

况女当将恐将惧之时,他人不肯相亲也,则维置予于怀,而唯恐有一时之或离矣。

【原文】

将安将乐,弃予如遗。

【张居正讲评】

夫怨难相恤,固宜德我以没世也,奈何将安将乐,弃予如遗,而不复存省,何哉?

【张居正讲评】

夫亲我于患难,而弃我于安乐,是忘我大德,而思我小怨矣。然为友者,岂能无怨而处友者,岂宜念怨哉。

【原文】

习习谷风,维山崔嵬。

【张居正讲评】

今夫习习和调之东风,长养万物者也,彼披拂于崔嵬之山,则风之所披者广,宜无物之不遂其生矣。

【原文】

无草不死,无木不萎。

【张居正讲评】

然其中无不死之草,无不萎之木,是风亦有遗恩也。然则朋友有大德之恩,而不能无小怨之失,不犹是乎。

【原文】

忘我大德,思我小怨。

【张居正讲评】

所贵乎朋友者,在于大德思之,而小怨忘之可也。今女乃忘我患难相救之大德,而思我一时之小怨,乃于安乐而弃予焉,岂朋友之道者哉?吁,为朋友者宜试思之,而顾可处以其薄也耶。

蓼莪

【总评】

孝子不得终养作也。若曰:为人子者,幸而其亲常在,则承欢左右,以终其余天,而相忘乎不报之恩者,此生人之大乐也,我今不可得矣,其如此情何哉。

【原文】

蓼蓼者莪，匪莪伊蒿。

【张居正讲评】

彼蓼蓼长大之莪，昔固谓之莪矣，而今非莪也，特蒿之贱草而已，岂人望于莪之初心哉。然则父母生我，以为美材，可赖以终其身也，而今乃不得其养以死，是亦蒿焉而已，父母望我之初心，岂顾至此耶。

【原文】

哀哀父母，生我劬劳。

【张居正讲评】

哀哀父母，生我何劬劳也，而不得一养之报，曷胜其终天之恨也乎。

【原文】

蓼蓼者莪，匪莪伊蔚。哀哀父母，生我劳瘁。

【原文】

瓶之罄矣，维罍之耻。

【张居正讲评】

今夫瓶之与罍，本相资为用者也。固瓶之罄矣，而取用之不继，实维罍之耻，而储蓄之不充也。然则父母与子，相依为命，而父母之不得其所，岂非子之责哉。

【原文】

鲜民之生，不如死之久矣。

【张居正讲评】

夫以为子而负父母失养之罪，则何以自立于天地之间，所以穷独之民，生不如死，古以为叹，其来久矣。

【原文】

无父何怙？无母何恃？

【张居正讲评】

何也？盖无父则无所怙，无母则无所恃。

【原文】

出则衔恤，入则靡至。

【张居正讲评】

是以出则中心忧恤，徒抱无己之忧，入则怅怅失望，为无所归之人也，其生若此，岂如死之以安哉。

【张居正讲评】

我以父母之劬劳,劳瘁者言之。

【原文】

父兮生我,

【张居正讲评】

彼受气于父,父则生我矣。

【原文】

母兮鞠我。

【张居正讲评】

成形于母,母则鞠我矣。

【原文】

抚我

【张居正讲评】

抚我而抚摩之,以安其身躯也。

【原文】

畜我,

【张居正讲评】

畜我而衣食之,以恤其饥寒也。

【原文】

长我

【张居正讲评】

长我而维持调护之,以冀其长大也。

【原文】

育我,

【张居正讲评】

育之而亟养熏陶之,以望其成德也。

【原文】

顾我

【张居正讲评】

亲行而我不随,则常内而顾我。

【原文】

复我。

【张居正讲评】

我行而亲,而亲不惧,则常进而复我。

【原文】

出入腹我。

【张居正讲评】

其出入之间,又常腹我而不忍舍。

【原文】

欲报之德,昊天罔极。

【张居正讲评】

父母之恩如此,为人子者,欲报之以德,则其恩之大,有如天之罔极,不知何以为报也。藉使我得以尽其终养之孝,犹虑其报之难,况今终养之不能焉,其于罔极,乌能报其万一也哉。

【原文】

南山烈烈,飘风发发。

【张居正讲评】

彼南山烈烈而高达,则飘风发发而急疾矣。

【原文】

民莫不穀,

【张居正讲评】

方今之民,皆有父母,天性之乐而得以伸,其终养之志,固莫不穀也。

【原文】

我独何害?

【张居正讲评】

而我亦民也,何独遭此不终养之害哉?在人何幸,而我何不幸至此也。

【原文】

南山律律,飘风弗弗。

【张居正讲评】

彼南山律律而高大,则飘风弗弗而急疾矣。

【原文】

民莫不穀,

【张居正讲评】

方今之民,皆有父母天亲之庆,而得以致其终养之诚,固莫不穀也。

【原文】

我独不卒。

【张居正讲评】

而我亦民也，何独不得以终养其父母哉？在人何顺，而我何不顺若是也。吁，以不获终养之情，而屡致忧伤之意，若蓼莪诗人，真可谓孝子矣。

大东

【总评】

序以为东国困于役而伤于财，谭大夫作此以告病，曰：盛世之民其情乐，哀世之民其情哀，此非民心殊也，所遭之世变也。予今不幸而遇斯世，盖不能以无言矣。

【原文】

有饛簋飧，有捄棘匕。

【张居正讲评】

彼有饛簋飧，则有捄然之棘匕，以升之矣。

【原文】

周道如砥，其直如矢。

【张居正讲评】

况此适周之道，其平如砥而不险，则其直如矢而不偏矣。

【原文】

君子所履，小人所视。

【张居正讲评】

夫此一周道也，在昔盛时君子履之，以朝周而入觐，禀法者由之也。小人视之以归周，而孔迩攸同者由之也。当时非无力役之征，而实未尝困于役矣，非无赋税之供，而实未尝伤于财矣。

【原文】

睠言顾之，潸焉出涕。

【张居正讲评】

今也睠言顾之，不见周官之威仪，惟见东方之转轮，追古而伤今，不觉感极而悲，至于潸然而出涕焉。

【张居正讲评】

以东方之困而言之。

【原文】

小东大东，

【张居正讲评】

彼过于东方者,大小非一国也,而殚于财力者,亦无国不然也。

【原文】

杼柚其空。

【张居正讲评】

故其供于赋也,则杼柚其空,而无复经纬之存矣。

【原文】

纠纠葛屦,可以履霜。

【张居正讲评】

纠纠葛屦,而可以为履霜之用矣。

【原文】

佻佻公子,行彼周行。

【张居正讲评】

自其供于役也,则佻佻公子而奔走于道路之间。

【原文】

既往既来,

【张居正讲评】

仆仆往来,而不胜其烦劳之苦矣。

【原文】

使我心疚。

【张居正讲评】

财日就竭而敛不休,力日就疲而役不息,东国之困极矣,是以使我忧心之深,而至于甚疚焉。

【张居正讲评】

夫东国之困如此,为人上者,亦宜少加恤也。

【原文】

有冽氿泉,无浸获薪。

【张居正讲评】

彼薪已获矣,而复渍渍则腐,故有冽氿泉,尚其无浸获薪焉。

【原文】

契契寤叹,哀我惮人。

【张居正讲评】

民之劳矣,而复事之则病,故契契寤叹,实念我惮人之可哀焉。

【原文】

薪是获薪,尚可载也。

【张居正讲评】

夫薪是获薪,既不可复渍,则尚其载之,而置之高亢之地,可也。

【原文】

哀我惮人,亦可息也?

【张居正讲评】

哀我惮人,既不可复事,则尚其息之,而措之小康之域可也。今乃征役不息,赋税不休,则我东人之困,当何时而廖乎?

【张居正讲评】

夫我东人之困如是矣,试观于西人岂其然哉。

【原文】

东人之子,职劳不来。

【张居正讲评】

但见东人之子困于役,而伤于财,惟专主劳苦之事,而不见慰抚焉。

【原文】

西人之子,粲粲衣服。

【张居正讲评】

西人之子,则裕于力,而优于财,俱享有衣服之奉,而粲粲其鲜盛矣。

【原文】

舟人之子,熊罴是裘。

【张居正讲评】

以至西人有舟人也,舟人之子,则熊罴是裘,而服用之华侈,其视葛屦履霜者,殆不同矣。

【原文】

私人之子,百僚是试。

【张居正讲评】

西人有私人也,私人之子,则百僚是试而致身之通显,其视行彼周道者,殆不同矣,赋役不均,而群小之得志,有如是夫。

【张居正讲评】

夫而人既得志之如是,则视我东人不益轻也。

【原文】

或以其酒,不以其浆。

【张居正讲评】

但见正赋之供,有粟米也。今则粟米之不继,而且馈之以酒矣,乃西人视之,曾不以为浆。

【原文】

鞙鞙佩璲,不以其长。

【张居正讲评】

正赋之供有布缕也,今则布缕之不继,而且馈之以鞙鞙之佩璲矣。乃西人视之,曾不以为长,是在东人,则出之甚艰,而在西人,则视之甚贱,岂复有顾惜于东人之意也乎。

【原文】

维天有汉,监亦有光。

【张居正讲评】

如是,则我东人之困,固无望于人之恤矣,而宁无望于天之助乎?故维天有汉,尚其随下照之光,而有以监我也乎。

【原文】

跂彼织女,终日七襄。

【张居正讲评】

跂彼织女,尚有日更七次而成文章,以报我也乎,庶乎我之不见恤于人,犹幸得以见助于天矣。

【张居正讲评】

夫我之求助于天,固如此矣,抑孰知天亦不吾助也乎。

【原文】

虽则七襄,不成报章。

【张居正讲评】

彼跂然织女,虽以织名也,而日更七次,亦不成报我之章,而给其杼轴之困。

【原文】

睆彼牵牛,不以服箱。

【张居正讲评】

睆彼牵牛,虽以牛名也,然亦有其名,不可以服我之箱,而代其转轮之劳。

【原文】

东有启明,西有长庚。有捄天毕,载施之行。

【张居正讲评】

以至东有启明,西有长庚,不能助日为昼,以资我之营作。天毕之星,捄然而曲,而不能掩捕禽兽,以充吾之饮食,但皆施之行列,而可观已矣,岂真有所助哉。

【张居正讲评】

不特此也。

【原文】

维南有箕,不可以簸扬。

【张居正讲评】

维南有箕,然徒有箕之形而已,不可以簸扬糠秕也。

【原文】

维北有斗,不可以挹酒浆。

【张居正讲评】

维北有斗,然徒有斗之形而已,不可以挹酒浆也,我东人之望助于天,何切也,而竟无以副其望乎。

【原文】

维南有箕,载翕其舌。

【张居正讲评】

然天不惟无助于我已也,维南有箕,载翕其舌,反若有所吞噬于我矣。

【原文】

维北有斗,西柄之揭。

【张居正讲评】

维北有斗,西揭其柄,反若有所挹取于东矣。是天非徒无若我何,又且助西人而见困也。我之所望于天,岂意其至此哉?吁,君不能恤人,而使人望乎天,人不敢怨乎君,而使人咎乎天,则当时东国之困极矣,谭大夫作此以告病,岂得已也乎?

四月

【总评】

此遭乱而自伤也。若曰:夫人际平康之时者,多有可乐,而遇哀乱之世者,恒见可忧,今予何所遭之不毕也。

【原文】

四月维夏,

【张居正讲评】

彼时当四月,而纬阳用事,则维夏矣。

【原文】

六月徂暑。

【张居正讲评】

至于六月而阳极阴生,则暑往矣。

【原文】

先祖匪人,胡宁忍予?

【张居正讲评】

况我先祖,固吾身之所自出,宜有以庇我也。今独非人乎,何不爱其子孙,而忍使我遭此祸乎?

【原文】

秋日凄凄,

【张居正讲评】

不但夏之暑也,由夏而秋,秋日则凄凄然,而凉风之至矣。

【原文】

百卉具腓。

【张居正讲评】

百卉则具腓然,而凋零之尽矣。

【原文】

乱离瘼矣,

【张居正讲评】

况此之时,乱离之变,民受其病。

【原文】

爰其适归?

【张居正讲评】

固有欲去无所者,爰其适归哉。

【原文】

冬日烈烈,

【张居正讲评】

不但秋之病也,由是而冬,冬日则烈烈然而凛烈之气也。

【原文】

飘风发发。

【张居正讲评】

飘风则发发然，而急疾之声矣。

【原文】

民莫不穀，

【张居正讲评】

况此之时，祸乱之来，民虽受病，然犹得以少安，而莫不穀。

【原文】

我独何害？

【张居正讲评】

我何独为遭此祸乱也哉。

【张居正讲评】

夫祸乱日进如此，要必有以致之者。

【原文】

山有嘉卉，侯栗侯梅。

【张居正讲评】

今夫山有嘉卉，则维栗与梅分明可见矣。

【原文】

废为残贼，莫知其尤。

【张居正讲评】

况此在位者，皆变为残贼，而致祸乱之日进，果谁之过哉？我固不得而知之矣，然岂无任其咎者乎。

【张居正讲评】

夫祸乱既无时或息，则我乌能以自安也。

【原文】

相彼泉水，载清载浊。

【张居正讲评】

今夫相彼泉水，犹有时而清，有时而浊，因未尝一于独也。

【原文】

今日构祸，曷云能穀？

【张居正讲评】

况我乃日日遭祸，无一时之或息，则曷云而能善乎，曾泉水之不如矣。

【张居正讲评】

然我之遭乱如此,使其事君有不忠,犹可逭也。

【原文】

滔滔江汉,南国之纪。

【张居正讲评】

今夫滔滔江汉,犹为南国之纪,而经带包络之矣,是水乃物也,且有以纪乎国。

【原文】

尽瘁以仕,

【张居正讲评】

而况于王乎,今我鞠躬尽瘁,以事一人。

【原文】

宁莫我有。

【张居正讲评】

王宜有以恤我也,而王何为其不我有哉,曾江汉之不如哉。

【张居正讲评】

夫我之遭乱如此,岂无思避之心。

【原文】

匪鹑匪鸢,翰飞戾天。

【张居正讲评】

顾惟鹑鸢,则能翰飞戾天矣。我非鹑也,非鸢也,其能以翰飞戾天乎。

【原文】

匪鳣匪鲔,潜逃于渊。

【张居正讲评】

惟鳣鲔则能潜逃于渊矣,我非鳣也,非鲔也,其能以潜逃于渊乎。夫既不能高飞,深藏祸乱之及我,且奈之何哉,则亦安之而已矣。

【张居正讲评】

若然,则诚可哀矣,而作歌以陈吾哀者,又奚容已哉。

【原文】

山有蕨薇,隰有杞桋。

【张居正讲评】

彼山有蕨薇矣,隰则有杞桋矣。

【原文】

君子作歌,维以告哀。

【张居正讲评】

况我君子之作歌,则维以告哀而已。盖悲哀之情,攀于中者,不能自禁,故托之歌,以鸣其哀,若告哀之外,而敢有他及哉。

北山

【总评】

此大夫行役而作。若曰:人臣以身事君,则当竭力奉公,顾所以使人感激,而忘其劳者,则以朝廷有公道存焉,何今日之异是乎。

【原文】

陟彼北山,言采其杞。

【张居正讲评】

彼今日之陟彼北山,而言采其杞以食者。

【原文】

偕偕士子,朝夕从事。

【张居正讲评】

乃强壮之士子,而朝夕奔走,以从王之事者也。

【原文】

王事靡盬,

【张居正讲评】

所以然者,盖以王事不可以不坚固,朝夕不暇如是耶。

【原文】

忧我父母。

【张居正讲评】

夫忠于事君者,必不得孝于事亲,是以馈养废而饔飧缺,不有以贻父母之忧乎。

【张居正讲评】

夫我之贻忧父母也,固以王事之故矣。然彼命我者,岂尽出于公哉。

【原文】

溥天之下,莫非王土。

【张居正讲评】

彼溥天之下皆一统之山河也,宁有尺地,而非王土者乎。

【原文】

率土之滨,莫非王臣。

【张居正讲评】

率土之滨,皆一王之臣妾也,宁有一民而非王臣乎。

【原文】

大夫不均,我从事独贤。

【张居正讲评】

夫既同居王土而为王臣,则宜均服王事也。何大夫不均,使我朝夕从事,其独贤如此也耶。

【张居正讲评】

然我之所以独贤者,何也?

【原文】

四牡彭彭,

【张居正讲评】

我也驾彼四牡,彭彭然而不息。

【原文】

王事傍傍。

【张居正讲评】

服此王事,傍傍然而不已,是其独贤,亦云甚矣。

【原文】

嘉我未老,鲜我方将。

【张居正讲评】

而大夫之任我,岂无故哉。盖以土虽广,臣虽众,未必其人皆可用也,独嘉我之年未老,鲜我之年则方壮。

【原文】

旅力方刚,经营四方。

【张居正讲评】

其膂力则方刚之势,可以经营四方之事也,则其彭彭傍傍,而若是独贤也,其以此也欤。

【张居正讲评】

夫我之独贤,固不敢自爱其身矣,而其不均若足,则安能已于言哉。

【原文】

或燕燕居息,

【张居正讲评】

彼人情莫不好逸而恶劳,今也或燕燕居息,何有于国事之及。

【原文】

或尽瘁事国。

【张居正讲评】

或尽瘁事国,欲求一时之安息,其可得耶。

【原文】

或息偃在床,

【张居正讲评】

或息偃在床,何有于行役之烦。

【原文】

或不已于行。

【张居正讲评】

或不已于行,欲求一时之在床,其可得耶。

【原文】

或不知叫号,

【张居正讲评】

或不知叫号,而人声之不闻,何其安逸之至。

【原文】

或惨惨劬劳。

【张居正讲评】

而惨惨劬劳者,奔走从事,其能如彼之安逸也。

【原文】

或栖迟偃仰,

【张居正讲评】

或栖迟偃仰,而起居之尽适,何其家食之安。

【原文】

或王事鞅掌。

【张居正讲评】

而王事鞅掌者,即仪容不暇修,其能如彼之栖迟耶。

【原文】

或湛乐饮酒,

【张居正讲评】

或耽乐饮酒,而几席有笑语之欢。

【原文】

或惨惨畏咎。

【张居正讲评】

而惨惨畏咎者,惟恐王命不副而罪罟,或加其视彼饮酒者,情何相悬耶。

【原文】

或出入风议,

【张居正讲评】

或出入风议,而亲信有纵容之休。

【原文】

或靡事不为。

【张居正讲评】

而靡事不为者,惟见众贤攸萃,而朝夕之不暇,其视彼讽议者,事何相远也。夫同一王臣,而劳逸殊状,大夫之不均如此,则我之不得以养其父母,正坐此故也,焉能使人无不平之叹也哉。

无将大车

【总评】

此亦行役劳苦作也。意曰:人情当劳苦之际,不能释然而无思,顾情有难以自伸,则多思不如无思之为愈也。

【原文】

无将大车,祇自尘兮。

【张居正讲评】

彼平地任载者,是之谓大车也。人其无将大车乎,将大车而力不能进,祇为尘所污而已。大车其可将耶?

【原文】

无思百忧,祇自疧兮。

【张居正讲评】

况我行役也,进有王事期程之虑,退有家事多端之虞,是之谓百忧也,我其无思百忧乎? 思百忧而忧,不能却将不胜此心之劳瘁,祇以自病而已,百思其可思耶?

【原文】

无将大车,维尘冥冥。

【张居正讲评】

无将百车将大车,则维尘冥冥而昏晦矣。

【原文】

无思百忧,不出于颎。

【张居正讲评】

无思百忧,思百忧则其忧越多,吾见日在忧心耿耿之中,而不能出者矣。

【原文】

无将大车,维尘雝兮。

【张居正讲评】

无将大车,将大车则维尘雝雝兮而蒙蔽矣。

【原文】

无思百忧,祇自重兮。

【张居正讲评】

无思百忧,思百忧则为忧所窘,而不得以少适,祇以自重而已矣。夫以忧思之故而作之诗,又至于不敢忧而欲其无思焉,则其忧必有不可言者矣。吁,此可以观哀世矣。

小明

【总评】

大夫久役而不得归,故呼天而诉之。曰:人臣固有往役之义,而至于困于役焉,将有不胜其自悼者。

【原文】

明明上天,照临下土。

【张居正讲评】

彼明明上天,照临下土久矣,固宜有以察人之隐,恤人之忧也。

【原文】

我征徂西,至于艽野。二月初吉,载离寒暑。

【张居正讲评】

奈何使我西征,至于艽野之地。二月初吉,载离寒暑之久,而犹未得归乎。

【原文】

心之忧矣,其毒大苦。

【张居正讲评】

是以我也忧心之甚,有如药毒之大苦也。

【原文】

念彼共人,涕零如雨。

【张居正讲评】

夫我既出之久,则僚友之情疏矣。故我念彼共人,感旧兴嗟,而不觉涕零如雨焉。

【原文】

岂不怀归?

【张居正讲评】

若然,则我岂无怀归之心也哉?

【原文】

畏此罪罟。

【张居正讲评】

但以王事未毕,而遽言归,或有罪罟之加,故畏之而不敢耳。怀哉怀哉,虽有涕零之伤,其如共人何。

【原文】

昔我往矣,日月方除。

【张居正讲评】

昔我往矣,日月方除,正二月初吉之候也。

【原文】

曷云其还,岁聿云莫。

【张居正讲评】

今不知何时可还,而岁忽已暮矣,而犹不得少暇焉。

【原文】

念我独兮,我事孔庶。

【张居正讲评】

若此者岂无故乎,盖念我一身之独,而当事之甚众。

【原文】

心之忧矣,惮我不暇。

【张居正讲评】

是以心之忧矣,勤劳而不暇也。

【原文】

念彼共人,眷眷怀顾。

【张居正讲评】

斯时也,适动共人之念,至于眷眷怀顾,而不能以或忘焉。

【原文】

岂不怀归？畏此谴怒。

【张居正讲评】

是岂无怀归之心哉，但以王事不副有谴怒之责，故畏之而不敢言归耳，则此眷眷之怀，其将何以自慰耶。

【原文】

昔我往矣，日月方奥。

【张居正讲评】

昔我往矣，日月方奥，正二月方吉之时也。

【原文】

曷云其还，政事愈蹙。岁聿云莫，采萧获菽。

【张居正讲评】

今不知何时可还，则以政事愈急之故。至于岁暮，采萧获菽之时，而犹不得以归焉。

【原文】

心之忧矣，自诒伊戚。

【张居正讲评】

若此者将谁咎乎，盖不能见机远去，是以我心之忧，要惟自诒之焉耳矣。

【原文】

念彼共人，兴言出宿。

【张居正讲评】

斯时也，适动共人之念，至于不能安寝，而兴言出宿焉。

【原文】

岂不怀归？畏此反覆。

【张居正讲评】

是岂无怀归之心哉，但以王事未共，有反复之祸，畏之而不敢归耳。出宿之怀，其将何以自宽耶。

【张居正讲评】

夫远行念友，在我固为难已之情，而居官服劳在女，亦有当尽之义。

【原文】

嗟尔君子，无恒安处。

【张居正讲评】

嗟尔君子，今日之安处，其视我之勤劳固不同矣，然尔无以安寝为常，要当有劳时也。

【原文】

靖共尔位，

【张居正讲评】

是必靖共尔位，而自尽其当为之分。

【原文】

正直是与。

【张居正讲评】

又正直是与，而愈广其忠益之助。

【原文】

神之听之，式穀以女。

【张居正讲评】

夫能勤职亲贤如此，则无愧于伦理者，亦无愧于鬼神矣。吾知神必听之于幽冥之中，而以穀禄与女，富贵于是长守矣，岂特今日之安处而已哉。

【原文】

嗟尔君子，无恒安息。

【张居正讲评】

嗟尔君子，今日之安息，其视我之劳瘁固有间矣。然尔无以安息为常，要当有劳时也。

【原文】

靖共尔位，

【张居正讲评】

是必靖共尔位，而自尽其当为之责。

【原文】

好是正直。

【张居正讲评】

又好是正直，而愈弘其协恭之美。

【原文】

神之听之，介尔景福。

【张居正讲评】

夫能勤职亲贤如此，则无愧于人道者，亦无愧于神理矣。吾知神必听之于冲漠之表，而以景福介尔，禄位于是永保矣，岂特今日之安息而已哉。

国学经典文库

诗经

·张居正讲评《诗经》·

图文珍藏版

鼓钟

【总评】

此幽王为流连之乐,时人忧之,而作此。

【原文】

鼓钟将将,淮水汤汤,

【张居正讲评】

吾王鼓钟以为乐,其声将将于淮上,但见淮水之流而汤汤矣。寓斯地也,而畅斯音也,其自为乐得矣,如天下何。

【原文】

忧心且伤。

【张居正讲评】

是以我也闻音之下,慨荒淫之无度,而忧心且伤焉。

【原文】

淑人君子,怀允不忘。

【张居正讲评】

因仰追昔之淑人君子也,常切忧勤之戒,不事声音之乐,诚有令人慕者,怀思之情,信有不能忘者矣。

【原文】

鼓钟喈喈,淮水湝湝,

【张居正讲评】

吾王鼓钟以为乐,其声喈喈于淮上,但见淮水之流而湝湝矣。寓斯地也而作斯乐也,其自为乐得矣,如生民何。

【原文】

忧心且悲。

【张居正讲评】

是以我也闻音之余,慨为乐之无节,而忧心且悲焉。

【原文】

淑人君子,其德不回。

【张居正讲评】

因仰追昔之淑人君子也,常守嗜音之徵,而绝邪辟之娱,其德无有回耶者矣。

【原文】

鼓钟伐鼛,淮有三洲,

【张居正讲评】

王鼓钟伐鼛于淮上也,始见水之汤汤矣,继见水之嗜嗜矣,今则水落洲见,而见淮之有三洲焉,此其为时已久,何其流连忘返若是耶。

【原文】

忧心且妯。

【张居正讲评】

是以我也,日闻钟鼓之音,弥切伤悲之感,而忧心且妯之不宁者焉。

【原文】

淑人君子,其德不犹。

【张居正讲评】

因仰追昔之淑人君子也,于乐辟雍,非不有作乐之事,然亦先忧后乐,乐而有节也,岂若今王之荒乱至此哉。

【张居正讲评】

若然,则我之所忧者,正以王之不德之耳,非以乐之不古也,若以乐论之。

【原文】

鼓钟钦钦,

【张居正讲评】

但见鼓钟于淮上者,固钦钦而有声矣。

【原文】

鼓瑟鼓琴,笙磬同音。

【张居正讲评】

以至琴瑟,堂上之乐也,笙磬,堂下之乐也,若难于其克谐矣,今则琴瑟与笙磬而上下之同音,何如其克谐哉。

【原文】

以雅以南,以籥不僭。

【张居正讲评】

雅、南,乐之章也,籥、舞,乐之容也,似难乎其有序矣。今则雅、南与籥、舞而从律之不奸,何有于僭乱哉,是则其乐则占也,而其德独不若昔之淑人君子,此吾之所以忧伤悲动,而于古人之允怀,有不能忘欤。

楚茨

【总评】

此美公卿力田奉祭作也。若曰：秩天下之报者存乎祭，而修天下之祭者存乎农。我公卿之力农奉祭何如哉。

【原文】

楚楚者茨，

【张居正讲评】

彼楚楚蒺藜之地，皆荆棘之区者。

【原文】

言抽其棘。自昔何为？我蓺黍稷。

【张居正讲评】

昔人有抽除其棘，而加垦辟之功者，果何所为哉？盖将我蓺黍稷之地也。

【原文】

我黍与与，我稷翼翼。

【张居正讲评】

是以我黍也，乘此原隰之畇畇，而言蓺之黍，则我黍与与矣。言蓺之稷，则我稷翼翼矣。

【原文】

我仓既盈，我庾维亿。

【张居正讲评】

由是收成之富，储之以仓，则我仓既盈矣。积之以庾，则我庾维亿矣，而所以为奉祭之礼者，不既有贤哉。

【原文】

以为酒食，

【张居正讲评】

但见以之为酒，而三醆之既备也，以为之食，而粢盛之既洁也。

【原文】

以享以祀。

【张居正讲评】

于是以行享祀于祖考焉。

【原文】

以妥以侑，

【张居正讲评】

而享祀莫先于迎尸也，则以是酒妥尸，而安之坐也，以是食侑尸，而劝之实也，所以格神获福者有本矣。

【原文】

以介景福。

【张居正讲评】

故神明感通之下，凡为公卿莫大之福者，于是乎锡使之，受禄于天，宜稼于田也，不有以介景福乎。

【张居正讲评】

不特此也，礼有始于迎牲求神者。

【原文】

济济跄跄，

【张居正讲评】

我公卿王之于上，其容仪则济济而齐一，跄跄而趋翼。

【原文】

絜尔牛羊，以往烝尝。或剥或亨，或肆或将。

【张居正讲评】

其迎牲也，则洁尔牛羊，以行烝尝之祭，而剥烹肆将，以尽孝享之诚，而迎之牲之事，无一不尽矣。

【原文】

祝祭于祊，

【张居正讲评】

其求神也，则不徒灌鬯以求诸阴，复使祝博求于庙门之内，不徒炳萧以求诸阳，复使祝博求于待宾客之处，而求神之事，无一不周矣。

【原文】

祀事孔明。

【张居正讲评】

夫主以济仓之容，而迎牲求神之咸举，则祀事不孔明哉。

【原文】

先祖是皇。神保是飨，孝孙有庆。

【张居正讲评】

由是一敬所通，先祖严君临之，象神保享奠飨之礼，而莫大之庆，皆于孝孙乎锡焉。

【原文】

报以介福，万寿无疆！

【张居正讲评】

其庆果何如乎，但见报尔以介福，使之万寿无疆，而所以受禄于天，宜稼于田者，悠悠乎其未有艾矣。

【张居正讲评】

不特此也，礼有所谓初献、亚献、三献之事者，而执事之人，何有一人之不敬乎？

【原文】

执爨踖踖，

【张居正讲评】

但见贱而执爨者，其心踖踖而敬也。

【原文】

为俎孔硕。或燔或炙，

【张居正讲评】

为俎以载牲躯，而牲躯之孔硕，肝肉以备从献，而燔炙之必谨，何者非踖踖所形乎。

【原文】

君妇莫莫。

【张居正讲评】

尊而为君妇者，其心莫莫然，清静而敬至也。

【原文】

为豆孔庶，

【张居正讲评】

为豆以盛内羞，而内羞之甚，具为豆以盛，庶羞而然，羞之甚多，何者，非莫莫所形乎。

【原文】

为宾为客，献酬交错。

【张居正讲评】

疏而为宾客者，当三献既毕之后，而主人与之行献酬交错之礼。

【原文】

买椟还珠

礼仪卒度,笑语卒获。

【张居正讲评】

以礼仪则卒度,无有于傲慢也。以笑语则卒获,无有于谨铧也。夫人虽有亲疏贵贱之不同,然何者不异人而合敬也乎。

【原文】

神保是格,

【张居正讲评】

是以一敬所孚,神保是格。

【原文】

报以介福,万寿攸酢!

【张居正讲评】

而报之以介福者,惟其万寿之是报焉耳,而所以受禄于天,宜稼于田者,悠悠乎其未有穷矣。

【原文】

我孔熯矣,式礼莫愆。

【张居正讲评】

夫自迎尸以至三献之终,则礼行既久,筋力竭矣,若易至于失礼也,然犹终无间于其始,而式礼之莫愆若然,则凡所为饮食之荐,非虚文矣,礼容之庄,非勉强矣。

【原文】

工祝致告,徂赉孝孙。

【张居正讲评】

斯时也,神歆其诚,工祝则传神意以致告,而往赉于孝孙。

【原文】

苾芬孝祀,

【张居正讲评】

尔之孝祀,于饮食则苾苾芬芬,无不芬洁之物也。

【原文】

神嗜饮食。卜尔百福,如几如式。

【张居正讲评】

故神之嗜之,卜尔以百福之备,使其来如几与心之所欲,悉相符也。其多如式与法纪之森密,悉相似也,而饮食之报,其福如是矣。

【原文】

既齐既稷,既匡既敕。

【张居正讲评】

尔之奉祭于礼容,则齐稷匡敕,无不庄敬之仪也。

【原文】

永锡尔极,时万时亿。

【张居正讲评】

故神之鉴之,永锡以众善之极,使其事有万也,而万事皆协于极之中,事有亿也,而亿事皆会于极之内,而礼容之报,其福如是矣。夫随事而报之,以其类,则所谓惟贤者之祭,为能受福者非耶。

【张居正讲评】

及其祭毕之时,何如乎?

【原文】

礼仪既备,

【张居正讲评】

但见礼仪之既备,而无不行之礼矣。

【原文】

钟鼓既戒。

【张居正讲评】

钟鼓则既戒,而无不奏之乐矣。

【原文】

孝孙徂位,

【张居正讲评】

由是孝孙无事,往之阼阶下西向之位。

【原文】

工祝致告。

【张居正讲评】

而工祝致尸意,以告曰:尔之利养,于是乎毕矣。

【原文】

神具醉止,皇尸载起。鼓钟送尸,神保聿归。

【张居正讲评】

夫神以尸为依,尸以神为节者也。工祝致告成矣,但见神具醉止,皇尸于是而载起,鼓钟送尸神保,于是而聿归矣。

【原文】

诸宰君妇,废彻不迟。

【张居正讲评】

神归之后，馔在所必彻也，则诸宰君妇废彻笾豆，要皆敏疾以从事，而不失之迟焉。

【原文】

诸父兄弟，备言燕私。

【张居正讲评】

废彻之后，燕在所必举也，则宾客归之，以俎诸父兄备之与燕，以尽弘恩，而笃其亲亲之情焉，既敬其所尊，而又爱其所亲，若公卿者，可谓仁孝之至者矣。

【张居正讲评】

然燕私获福何如哉。

【原文】

乐具入奏，

【张居正讲评】

公卿当奉神之时，乐固奏于庙矣。今焉于寝而燕私，祭时之乐，则皆入奏于寝，以乐吾诸父兄弟之心焉。

【原文】

以绥后禄。

【张居正讲评】

但见人心欢洽之下，皆愿致福于其君，我公卿又有以受后禄而绥之也。

【原文】

尔殽既将，莫怨具庆。既醉既饱，小大稽首。

【张居正讲评】

后禄何如，吾有见于与燕之庆词矣。盖尔殽既将所以燕之也，而与燕之人，莫有怨者，皆尽醉饱之欢，于是小大稽首而言。

【原文】

神嗜饮食，使君寿考。

【张居正讲评】

向者之祭神，既嗜君之饮食，而使君寿考矣。

【原文】

孔惠孔时，维其尽之。

【张居正讲评】

然君子之祭不止于饮食，而君之福不止于寿考也。吾观尔之祭也，礼仪品物皆协于典，则何其顺耶，禴祀烝尝，各举之以时，何甚时耶，而祭祀之礼，诚无有不尽矣。

【原文】

子子孙孙,勿替引之!

【张居正讲评】

然岂特自吾行之已哉,但见一人之祀典,既秩万世之法守,遂定继君,而子子而又子,继而孙孙而又孙皆不替,此惠时之典而日引长之,有此国家之抚,则有此宗庙之祭也,宁非吾人之硕乎!夫观与燕者之庆词,则宗祧也,世享血食,此诚人君莫大之福也。后绥之绥,孰有过于此哉。吁,楚茨公卿事神,获福之节如此。盖惟其致力于民者,尽故其致力于神者详也,也非德盛政修,何以能此哉。

信南山

【总评】

此亦美力田奉祭作也。

【原文】

信彼南山,维禹甸之。

【张居正讲评】

黍稷之生,本于地利,而地利则关于古也。信彼南山,维禹治水,敷甸治之功。

【原文】

畇畇原隰,曾孙田之。

【张居正讲评】

故其高原下隰,有垦辟之势,我曾孙得而田之也。

【原文】

我疆我理,

【张居正讲评】

于是为之,画其大界,一里为井也,十里为通也,百里为成也,而外有以极其规模之大矣。为之别其条理,一夫有遂也,十夫有沟也,百夫有涂也,而内有以尽其节目之详矣。

【原文】

南东其亩。

【张居正讲评】

然治田以水泉灌溉之利为先,而地势水势不可不顺也。是故地势每下于东南,而水势趋之也。如地势东下,而水必趋于东矣,则横其沟于东,纵其遂于面,使水自西面而东入于沟,而为之南其亩以捍之焉,度水不得溢而南矣。如地势南下,而水必趋于南矣,则横其沟于南,纵其遂于北,使水自北而南入于沟,而为之东其亩以捍之焉,庶水不得溢而东矣。由是而涝也,则决田之水以入遂,决遂之水以入沟,而涝有所泄矣。由是而旱也,则引沟之水以入遂,引遂之水以入田,而旱有所备矣,其疆理之详为何如耶。

【张居正讲评】

黍稷之生,本于天泽,而天泽则贵于盛也。

【原文】

上天同云,雨雪雰雰。

【张居正讲评】

彼冬欲雪,而雪欲盛也。今则上天同云,而雨雪雰雰,雪何盛耶。

【原文】

益之以霢霂,

【张居正讲评】

春欲雨,而雨欲徐也,今则益之以霢霂之小雨,而不失之暴雨,又何徐耶。

【原文】

既优既渥,既霑既足,

【张居正讲评】

天冬有积雪,而春有小雨,则天时与地利相资,吾见其既优而不骤矣,抑且厚渍而既渥焉。吾见其既沾而润泽矣,抑且既足而充满焉。

【原文】

生我百谷。

【张居正讲评】

其地利之饶洽,如是不有以生我之百谷也乎?

【原文】

疆场翼翼,

【张居正讲评】

夫惟秉禹甸而尽疆理之功矣,是以疆场之间,翼翼而整饬也。

【原文】

黍稷彧彧。

【张居正讲评】

惟承天泽,而致饶洽之休矣。是以黍稷之生,彧彧然而茂盛也。

【原文】

曾孙之稼,

【张居正讲评】

若此者惟我曾孙,因地之利,顺天之时,于以薮此黍稷,非曾孙之稼,而谁稼哉。

【原文】

以为酒食。

【张居正讲评】

于是因收入之富,而备为酒食之需。

【原文】

畀我尸宾,

【张居正讲评】

祭必有象神之尸,则以此而畀我之尸,而妥侑以致孝也。亦必有助祭之宾,则以此而畀我之宾,而献酬以致敬也。

【原文】

寿考万年。

【张居正讲评】

由是先祖居歆,而报以介福,使我曾孙寿考,获万年之永,而为宗庙鬼神之立者,宁一日已乎。

【张居正讲评】

不特此也。

【原文】

中田有庐,

【张居正讲评】

彼中田有庐所,以便农事者也。

【原文】

疆埸有瓜。

【张居正讲评】

于疆埸种瓜,所以尽天地利也。

【原文】

是剥是菹,献之皇祖。

【张居正讲评】

瓜既熟矣,则剥削淹渍以为菹,献之皇祖,以告处贵四时之异物,而顺孝子之诚心者在是矣。

【原文】

曾孙寿考,受天之祜。

【张居正讲评】

是以皇祖来格,使我曾孙寿考,于以受天之祜,而应夫爵禄富贵之休者,宁有可量也耶。

【张居正讲评】

不特此也。

【原文】

祭以清酒,

【张居正讲评】

祭必始于求神也,则以郁鬯之酒灌地,而求神于阴也。

【原文】

从以骍牡,享于祖考。

【张居正讲评】

祭次于迎牲也,则以骍色之牡,而享于祖考之前也。

【原文】

执其鸾刀,

【张居正讲评】

迎牲而杀,不敢以委之于人,亲执鸾刀,而示其必躬之敬。

【原文】

以启其毛,

【张居正讲评】

牲非纯色,不敢以祭,则启其毛,以告纯也。

【原文】

取其血膋。

【张居正讲评】

牲非特杀,不敢以祭,则取其血,以告杀也。神无不之难,必其定在,则取其膋,将合黍稷而燔之,以求神于阳也,其求神迎牲,又何其周耶。

【原文】

是烝是享,

【张居正讲评】

由是公卿以其奉祭之物,进于宗庙之中,献于祖考之前。

【原文】

苾苾芬芬。

【张居正讲评】

但见饮食芳洁,苾苾芬芬之旁达也。

【原文】

祀事孔明,

【张居正讲评】

是一祀事之间,物无不具,礼无不周,何其孔明也哉。

【原文】

先祖是皇。

【张居正讲评】

由是先祖监其诚意,而俨君临于上。

【原文】

报以介福,万寿无疆。

【张居正讲评】

报曾孙以介福,使之万寿无疆,所以抚南山之土田,承天泽之厚利,而修宗庙之祀典者,岂特今日为然哉。要之福不自致,致以祭典之修也。祭不徒举,举以农事之力也,然则有国家者,乌可不重民事哉。

甫田

【总评】

此述公卿力农,以奉方社田祖之祭意,曰:农事之勤在人力,而丰登之庆由神功,吾观今日丰年之获,而知其有所自矣。

【原文】

倬彼甫田,

【张居正讲评】

我公卿有田一成,田何大也,中外公私制何详也。

【原文】

岁取十千。

【张居正讲评】

顾征无饮无艺,则民困矣,于是取岁万亩之入,以为禄食之供,其取之不有制乎。

【原文】

我取其陈,食我农人,

【张居正讲评】

补助不行,则民病矣,于是取其所积之陈,以为农人之食,其散之不甚厚乎。

【原文】

自古有年。

【张居正讲评】

夫取之甚薄而散之,顾其厚者,果何自而能然哉? 盖以自古以来,有此甫田,则有此丰年,是以陈陈相因,而兴废有资耳。

【原文】

今适南亩,

【张居正讲评】

夫既自古有年矣,今适南亩以省耘,固将以验人力之勤堕,而黍稷之盛与否也。

【原文】

或耘或耔,黍稷薿薿。

【张居正讲评】

但见农人皆勤劳以从事,或耘以去草也,或耔以拥本也,而黍稷之生,皆薿薿而茂盛焉,则将复有年矣。

【原文】

攸介攸止,烝我髦士。

【张居正讲评】

于是即其所大所止之处,进我髦士而劳之,使知南亩之勤劳,皆上人所悯恤,而告语一人,所以遍示乎众人也。

【张居正讲评】

夫我公卿力农,而丰年之屡获如此,是皆田祖方社之功也,而公卿之奉祭何如哉。

【原文】

以我齐明,与我牺羊,

【张居正讲评】

但见秋而报也,必有礼以备物也,则以我明洁之粢盛,与我纯色之牺羊。

【原文】

以社以方。

【张居正讲评】

以社焉而报其生物之功,以方焉而报其成物之功。

【原文】

我田既臧,农夫之庆。

【张居正讲评】

且曰:我田之所以臧者,皆方社之神,监农夫之勤劳,而锡以屡丰之庆,我因利赖之耳。岂曰我一人之力也,是其报也,为吾民而报者也。

【原文】

琴瑟击鼓,以御田祖,

【张居正讲评】

春而祈也,必有乐以导和也,则奏彼系属之琴瑟,击夫革属之土鼓,以迓夫田祖之神焉。

【原文】

以祈甘雨。以介我稷黍,以穀我士女。

【张居正讲评】

盖士女以黍稷而谷,黍稷以甘雨而介也。吾祈田祖之神,默运其化工,使甘雨以时而降,于以大我之黍稷,而养我之士女耳。岂曰为一己之利也,是其祈也,为吾民而祈者也。

【张居正讲评】

夫我公卿之为民祈报如此,又以力农之事而详言之。

【原文】

曾孙来止,以其妇子,馌彼南亩。

【张居正讲评】

但见其省耘也,曾孙之来,适见农夫之妇子来馌耘者,曾孙与之偕至于彼南亩焉。

【原文】

田畯至喜,

【张居正讲评】

是其人力之齐,既有以致田畯之喜矣。

【原文】

攘其左右,尝其旨否。

【张居正讲评】

我曾孙也,又念农夫之体,我不可不知,于是攘其左右之馈,而尝其味之旨否焉,君民之间,宛然如家人之相亲也。

【原文】

禾易长亩,终善且有。

【张居正讲评】

夫曾孙之来,本将以观其禾之何如者,而卜其终之善有今也。黍稷薿薿,而禾之易治,竟亩如一,则其终之,实款实粟,而皆善也,既庶既繁,而且有也,可于今日卜之矣。

【原文】

曾孙不怒,

【张居正讲评】

是以曾孙协其有年之望,欣欣然而不怒。

【原文】

农夫克敏。

【张居正讲评】

彼农夫者亦因其曾孙不怒,益以克敏于事,虽末黑髦士而劳之,而所以或耘或耔者,无一人之感怠矣,曾孙之亲民感下有如此者。

【张居正讲评】

迨夫收成也,而其善有之,庆何如哉。

【原文】

曾孙之稼,如茨如梁。

【张居正讲评】

曾孙之稼,其未获而在野也,则如茨如梁,密比而穹隆也。

【原文】

曾孙之庾,如坻如京。

【张居正讲评】

曾孙之庾,其露积而在庾也,则如坻如京,崇高而盛大也。

【原文】

乃求千斯仓,

【张居正讲评】

求仓以处之,乃求千斯仓。

【原文】

乃求万斯箱。

【张居正讲评】

求箱以载之,乃求万斯箱,即其收入之富如此,则所谓善且有者,于是可征,而自古有年者,于今方可继矣。

【原文】

黍稷稻粱,农夫之庆。

【张居正讲评】

若此者是皆我曾孙省方之勤祈,报之周有以致之也。而且不自有其庆,而曰凡此黍稷稻粱,而所载盈溢者,皆我农夫之勤劳,上通于神贶,故田祖方社因以丰年锡之,是我今日之庆,皆我农夫之庆也。

【原文】

报以介福,万寿无疆。

【张居正讲评】

是必神于其冥之中,报以介福,使之万寿无疆,于以常享有年之祥,我亦因之而永赖其庆也。曾孙于农事之成,又必欲归报于下如此。夫惟致力于民者,尽而获丰年之庆,则致力于神者,详而极礼乐之备,此田祖方社之祭所由举也,非公卿之德盛政修,果何以得此哉?

大田

【总评】

此农夫颂美其上,以答前篇之意也。若曰:君以民为本,民以君为心,我农夫被曾孙之德深矣,安敢忘所自哉。

【原文】

大田多稼,

【张居正讲评】

我曾孙有田一成,田则大也,种而为稼,稼则多也。

【原文】

既种

【张居正讲评】

夫稼多则为种亦多,故于今岁之冬,具来岁之种,盖凡百谷之异,罔不择矣。

【原文】

既戒,

【张居正讲评】

田大则为事亦大,故于今岁之冬,戒来岁之事,盖凡筐耜之器,罔不饬矣。

【原文】

既备乃事。

【张居正讲评】

凡既备矣,然后而事之。

【原文】

以我覃耜,俶载南亩,

【张居正讲评】

于是以其所戒之覃耜,而始事于南亩之中,其耕之何甚勤也。

【原文】

播厥百谷。

【张居正讲评】

一以其所择之百谷,而播之于南亩之中,其播之何甚时也。

【原文】

既庭且硕,

【张居正讲评】

人力既尽,而地利遂兴,但见百谷之生,既庭然而直,且硕然而大。

【原文】

曾孙是若。

【张居正讲评】

盖虽未及于有秋,可以卜其终之善,有我曾孙,所以谷士女充国用者,皆将有赖矣,不有以顺其心之所欲乎。

【张居正讲评】

夫庭硕之苗,固有以顺曾孙之心矣,然不自庭硕而已也。

【原文】

既方

【张居正讲评】

但见日至之时,有孚甲始生,而成房者,则既方矣。

【原文】

既皁,

【张居正讲评】

又有孚甲既合而成实者,则既皁矣。

【原文】

既坚

【张居正讲评】

由是成实,日益完固,而既坚也。

【原文】

既好,

【张居正讲评】

由是形味颀然充美,而既好也。

【原文】

不稂不莠。

【张居正讲评】

以至童粱之苗,似苗之莠,无不悉去,苗而秀,秀而实,竟亩如一,其生可谓盛矣。

【原文】

去其螟螣,及其蟊贼,

【张居正讲评】

使四虫之害不去,何以遂其盛乎,是必去其食心之螟,食叶之螣,及其食根之蟊,食节之贼。

【原文】

无害我田稚。

【张居正讲评】

然后可以无害我田中之幼禾,而今日方阜坚好之苗,固其所自盛也已。

【原文】

田祖有神,秉畀炎火。

【张居正讲评】

然此岂我农夫之力所能及哉,惟赖田祖,有神素监,曾孙爱民之德,为我持此四虫。而付之炎火之中,不得以肆其害耳。是苗害之除,固赖神之庇也,而亦君之德有以感乎神者也。

【张居正讲评】

夫苗害除矣,使云雨之降不时,亦何以遂其盛哉,然云雨之降自天,非我农夫所可必也,惟顾天监曾孙爱民之德。

【原文】

有渰萋萋,兴雨祁祁。

【张居正讲评】

亡羊补牢

而云之溽也,萋萋其盛乎,雨之兴也,祁祁其徐乎。

【原文】

雨我公田,遂及我私。

【张居正讲评】

公田,十千之禄所自出也,其先雨之,既溥乎优渥之泽。私田,士女之谷所由资也,徙而遂及之,亦蒙乎沾足之休。盖吾君爱民之心,甚于爱己,故天眷君之德,因以眷迁一氏,而今日方阜坚好之苗,固其所自盛也。

【原文】

彼有不获稚,

【张居正讲评】

是以及其收成之际,彼有不及获之稚禾。

【原文】

此有不敛穧。

【张居正讲评】

此有不及敛之穧束。

【原文】

彼有遗秉,

【张居正讲评】

彼有遗弃的禾把。

【原文】

此有滞穗,

【张居正讲评】

此有滞漏之禾穗。

【原文】

伊寡妇之利。

【张居正讲评】

使寡妇之无产可恃者,亦得取之,以给朝夕之养也。夫以收成,富而利及寡妇,固天之泽也,而亦吾君之德,有以感乎天者也。若然,则我农夫之利,赖于曾孙者岂莫征哉。

【张居正讲评】

夫农夫之利,赖于曾孙,岂无回报之心乎? 然而力不能报,亦惟有赖于方社之神耳。

【原文】

曾孙来止,以其妇子。馌彼南亩,

【张居正讲评】

故曾孙之省敛也,农夫相戒而言曰:曾孙来矣。载获之事固农夫所当效力,而馈饷之责又在我妇子也。于是曾孙与妇子之来,馌者偕至于南亩焉。

【原文】

田畯至喜。

【张居正讲评】

是其人力之齐者,有以慊君之顾,田畯之劝农者,亦至而喜之也。

【原文】

来方禋祀,

【张居正讲评】

然而曾孙之来,非徒以省敛为也,盖将举禋礼之典,以报四方之神。

【原文】

以其骍黑,

【张居正讲评】

由是以其骍黑,而牺牲之必成也。

【原文】

与其黍稷。

【张居正讲评】

与其黍稷,而粢盛之必洁也。

【原文】

以享以祀,

【张居正讲评】

于以享祀四方之神,而报其成物之功焉。

【原文】

以介景福。

【张居正讲评】

若此者,曾孙似续古人,固无心缴福于神者也,然一诚所通,而神之格也,不有以介景福乎。而受禄于天,宜稼于田者,自以身而应其眷矣。此固感通必然之理也,宁非吾人之所深顾于曾孙乎。吁,上之人以我田既臧,为农夫之庆,而欲报之以介福,农夫以雨我公田,遂及我私,而欲其享祀,以介景福,上下之情,相□□□□之如此,然要非公卿之盛德,其孰能有此。

瞻彼洛矣

【总评】

天子会东都以讲武事,而诸侯美之,曰:惟天下有道之君,能谨无虞之戒,故时虽全盛,而不忘武备焉。非过虑也,持盈保泰之上策,固如是也,我周王有以识此矣。

【原文】

瞻彼洛矣,维水泱泱。

【张居正讲评】

瞻彼洛矣,维水泱泱而深广,盖处天下之中,而方国之所宗也。

【原文】

君子至止,福禄如茨。

【张居正讲评】

我君子会诸侯以讲武,而至止洛水之上也,乘舆甫临,冠裳毕集,而人心之不改,即单厚之尔俾也,福禄之积,不如茨乎。

【原文】

韎韐有奭,以作六师。

【张居正讲评】

于是释其衮冕之华,而服彼韎色,有赤之韎,于以严纪律,新号令,而振作六师之气,使久安之人心,因之而益奋也已。

【张居正讲评】

夫惟会朝以讲武也,而久安长治之策,不有赖于是者哉。

【原文】

瞻彼洛矣,维水泱泱。

【张居正讲评】

瞻彼洛水,泱泱其深广,所以起万国之朝宗也。

【原文】

君子至止,鞸琫有珌。

【张居正讲评】

我君子至止以讲武也,则佩乎容刀之鞸,而饰以琫珌之文矣。

【原文】

君子万年,保其家室。

【张居正讲评】

夫君子以四海为家室者也,今也安不忘危,则有以消危于未形,而安可久矣,宁不于万斯年,而保其家室于不堕乎。

【原文】

瞻彼洛矣,维水泱泱。

【张居正讲评】

瞻彼洛水,泱泱其深广,所以示万方之拱极也。

【原文】

君子至止,福禄既同。

【张居正讲评】

我君子至止以讲武也,则萃乎群后之心,而为福禄之攸同矣。

【原文】

君子万年,保其家邦。

【张居正讲评】

夫君子以四海为家邦者也,今也治不忘乱,则有以弭乱于不作而治,可久矣。宁不于万斯年,而保其家邦于无虞乎。吁,当极盛之时,而预为保泰之虑,周王可谓善于持盈矣,诗人美之宜哉。

裳裳者华

【总评】

此天子美诸侯,以答瞻彼洛矣,若曰:臣之福,惟君锡之,而君之锡,惟臣致之。今观之子来朝,而深有足嘉矣。

【原文】

裳裳者华,其叶湑兮。

【张居正讲评】

彼裳裳者华,则其叶湑然茂盛而可喜矣。

【原文】

我觏之子,我心写兮。

【张居正讲评】

况我君子不有以动我心之喜乎,盖我君子,吾之所顾见而不可得,此心常以为恨者也。今也至止洛水之上,而我得以既觏之,则顾见之怀,以慰此心硕写,而悦乐之矣。

【原文】

我心写兮,是以有誉处兮。

【张居正讲评】

夫惟其心之写,则得君深矣。由是声闻日以隆,禄位日以固,不其有誉处者乎。

【张居正讲评】

夫我于君子之见而此心之写,何哉?盖以君子之可美者,有以悦我心耳。

【原文】

裳裳者华,芸其黄矣。

【张居正讲评】

裳裳者华,芸然而黄者,若是其有文矣。

【原文】

我觏之子,维其有章矣。

【张居正讲评】

况于君子,而无文章之可以获福乎?但见我觏之子,和顺积中,英华发外,交畅于四肢,发挥于事业,而若是其有文章矣。

【原文】

维其有章矣,是以有庆矣。

【张居正讲评】

夫文德之光,所以为致福之本也,维其有章矣,则岂不有福庆乎。而凡夫可致之祥,无不于之子,而申锡之矣,是我心之写也,乃写以君子之文章也已。

【张居正讲评】

不特此也。

【原文】

裳裳者华,或黄或白。

【张居正讲评】

裳裳者华,或黄或白,无一之不盛矣。

【原文】

我觏之子,乘其四骆。乘其四骆,六辔沃若。

【张居正讲评】

况于君子,而无威仪之盛之可观乎,但见我觏之子,马以驾车,则乘其四骆,而骖服之齐色,辔以御马也,则六辔在手,而沃若之和柔,乘是车马以来会,夫固恪守周官之威仪矣。是我心之写也,乃写以君子之威仪也已。

【张居正讲评】

又不特此已也。

【原文】

左之左之,君子宜之。

【张居正讲评】

彼人之应世酬物,固有宜于此,而不宜于彼者,惟我君子,以左之则左无不宜,而经权常变,泛应之曲当矣,然左不得而限之也。

【原文】

右之右之,君子有之。

【张居正讲评】

亦有有于此,而不有于彼者,惟我君子以右之则右,无不有,而经伟文武,资深之不穷矣,然右亦不得而拘之也。

【原文】

维其有之,

【张居正讲评】

若此者,岂袭取于外所可能哉。盖君子也,才极天下之全,而德极天下之备,左宜右有之理,已有之于中矣。

【原文】

是以似之。

【张居正讲评】

是以形之于外,悉露其在中之藏,而左之宜者,与其中之宜者,悉相似也。右之有者,与其中之有者,适相似也。使中无涵养之素,则未有不因事而龃龉者,何以左宜右有若是哉。则夫文章之庆,乃此才德之发,其祥而威仪之盛,亦此才德之庆其度耳,是我心之写也,写以君子之才德也。

桑扈

【总评】

此天子燕诸侯作也。若曰:臣子之福泽,何常惟视其和顺与谦恭,以为之聚耳。今观来朝君子,而知其获福不偶矣。

【原文】

交交桑扈,有莺其羽。

【张居正讲评】

彼交交桑扈,飞而往来,则其羽莺然有文章矣。

【原文】

君子乐胥,

【张居正讲评】

况君子和顺,焕英华之美,其德何可乐也。

【原文】

受天之祜。

【张居正讲评】

则惟德动天,惟天眷德,而繁祉为之并臻矣,岂不受天之祜乎。

【原文】

交交桑扈,有莺其领。

【张居正讲评】

交交桑扈,飞而往来,则其领莺然有文章矣。

【原文】

君子乐胥,

【张居正讲评】

况君子易简备天下之善,其德何可乐也。

【原文】

万邦之屏。

【张居正讲评】

则德之所施者,博威之所制者广,而中外恃之以为安矣,不为万邦之屏乎。

【张居正讲评】

不特此也。

【原文】

之屏之翰,百辟为宪。

【张居正讲评】

尔之在国也,悍外而御内,既为之屏矣。居中而为干,又为之翰焉,则表仪所建有,以为百辟之宪,若是而其功大矣。

【原文】

不戢不难,

【张居正讲评】

功大者易以骄也,尔且守之以谦,岂不戢乎? 收敛而不失之肆也,岂不难乎? 戒慎而不失之忽也。

【原文】

国学经典文库

诗经

·张居正讲评《诗经》·

图文珍藏版

受福不那。

【张居正讲评】

吾知天道所益者谦,而盛大之福,莫不毕集于其躬,则其受福,岂不那然而多也乎。

【张居正讲评】

又不特此已也。

【原文】

兕觥其觩,旨酒思柔。

【张居正讲评】

尔之在燕也,兕觥以酌酒,觩然其曲矣,旨酒以成燕,思柔而和顺焉。君臣上下相与,敦明良之交若是,而其情以洽矣。

【原文】

彼交匪敖,

【张居正讲评】

情洽者易以肆也,尔且居之以敬,交际之间,见其温恭以自持也,而不见其傲慢以自怠也。

【原文】

万福来求。

【张居正讲评】

吾知天道所亲者敬,虽无事于求福,而盛大之祉,莫不于是而自至,则万福不来求乎。吁,天子燕诸侯,而以是美之,其颂祷之者至矣。然必有是德,而后有是福,则颂祷之中,默寓乎劝勉之意,此周之御臣下所以为有道也。

鸳鸯

【总评】

此诸侯答桑扈也。若曰:福非难,福而长享为难。况身为天子,福其所自有者,而非延之永久,何以开万世之洪休乎。吾今承君恩之渥,而知所以为愿矣。

【原文】

鸳鸯于飞,毕之罗之。

【张居正讲评】

彼鸳鸯于飞,则毕罗以取之矣。

【原文】

君子万年,福禄宜之。

【张居正讲评】

况我君子,上为天心所眷顾,下为人心所系属。今日之福禄固宜矣,其必厚之,以万年之寿,而以顾圣躬福禄之宜,于九重者未可量也。以昌盛治福禄之宜,于四海者未有期也,岂不万年而为福禄之所宜乎。

【原文】

鸳鸯在梁,戢其左翼。

【张居正讲评】

鸳鸯在梁,则戢其左翼,以相依者矣。

【原文】

君子万年,宜其遐福。

【张居正讲评】

况我君子,深仁恒当乎民心,令德永膺乎帝眷。今日之遐福固宜矣,其必延之以万年之寿,而宜此遐福于一身,纯嘏之缉续者,又锦以远也。宜此遐福于天下,皇图之永固者,又恒以久也,岂不万年而有以宜其遐福者乎。

【原文】

乘马在厩,摧之秣之。

【张居正讲评】

乘马在厩,则摧之秣之而养之者,尽其才矣。

【原文】

君子万年,福禄艾之。

【张居正讲评】

况我君子。将有此万年之寿也,则万邦玉食永为一人之供,四海方物,永为一人之奉。今日之养之者,盖将与之以终身矣,不万年而福禄艾之乎。

【原文】

乘马在厩,秣之摧之。

【张居正讲评】

乘马在厩,则秣之摧之而抚之者,尽其道矣。

【原文】

君子万年,福禄绥之。

【张居正讲评】

况我君子,将有以万年之寿也,则泮涣尔游者,永保于无虞,优游尔休者,永垂为久安,今日之绥之者,盖将延之无穷矣,不万年而福禄绥之乎。吁,以忠爱己之心,而为颂祷无已之词,若周之臣子,可谓爱君之至者矣。

頍弁

【总评】

此燕兄弟亲戚之诗,言不可解者,亲亲之情不可废者,亲亲之燕,吾尝究图于离合之间,感慨于死生之际,而知斯燕之设,不容已者矣。

【原文】

有頍者弁,

【张居正讲评】

彼弁所以壮首也,今日之兴燕者,皆颊然戴弁,而左右之孔偕矣。

【原文】

实维伊何?

【张居正讲评】

然是有頍者弁,果伊何乎?

【原文】

尔酒既旨,尔肴既嘉。岂伊异人,兄弟匪他。

【张居正讲评】

况尔酒既旨,尔肴既佳,所以为燕也,则岂异伊人乎?乃兄弟而非他也。

【原文】

茑与女萝,施于松柏。

【张居正讲评】

然兄弟相亲之意,岂他人所可同哉。诚以茑与女萝,施于松柏,其依附之势,固结而不可解矣。然则我兄弟相须之殷,不亦犹是耶。

【原文】

未见君子,忧心奕奕。

【张居正讲评】

夫兄弟之情,其切如此,是以未见君子之时,切睽远之感,忧心奕奕然,而无所薄矣。

【原文】

既见君子,庶几说怿。

【张居正讲评】

今也,既见君子得以叙天伦之乐,则我心之奕奕者,庶几其悦怿焉。盖天亲不可以人为,故聚散之际,而尤喜随之矣,今日之燕,其容以不设也哉。

【原文】

有頍者弁,实维何期?尔酒既旨,尔肴既时。

【原文】

岂伊异人?兄弟具来。茑与女萝,施于松上。

【原文】

未见君子,忧心恢恢。既见君子,庶几有臧。

【原文】

有頍者弁,实维在首。

【张居正讲评】

今日之在燕者,皆頍然戴弁而在首矣。然是有頍者弁,实维在首者,果何人乎?

【原文】

尔酒既旨,尔肴既阜。岂伊异人?兄弟甥舅。

【张居正讲评】

况尔酒既旨,尔肴既阜,所以为燕也,则岂伊异人乎?乃兄弟甥舅也。

【原文】

如彼雨雪,先集维霰。

【张居正讲评】

夫人情每患于会少,为乐恒要于及时,是故雪将雨也,而霰先集,是霰集乃至雪之兆也。亦犹人将死也,而老先至,是老至非将死之征者乎。

【原文】

死丧无日,无几相见。

【张居正讲评】

然则兄弟也,甥舅也,皆老之将至,而死丧之日近,相见之时少矣。

【原文】

乐酒今夕,君子维宴。

老马识途

【张居正讲评】

凡我君子,尚其念后会之难期,乐酒今夕,以尽燕乐之欢,可也。不然,雪集于霰之后,虽欲为乐,其可得哉?夫既叙情之不容已,又示其乐之不可后,古人之亲亲,其殷勤笃厚之意,有如是夫。

车舝

【总评】

此燕乐其新昏作也。若曰：人之所贵于婚姻，岂徒色是尚哉，亦惟其德之足以资内助耳。是故未见而忧，既见而乐，皆是物也，若我于季女有然也。

【原文】

间关车之舝兮，思娈季女逝兮。

【张居正讲评】

我间关然设此车舝者，果何为哉？盖思彼娈然之季女，以为内治之助，欲乘此车往而迎之也。

【原文】

匪饥匪渴，德音来括。

【张居正讲评】

斯时也，匪饥也，匪渴也，但望其德音之括，而心有如饥渴耳。

【原文】

虽无好友，式燕且喜。

【张居正讲评】

夫未见而思之切，今既见则何如哉？彼人得好友，可以为辅仁之助，固当燕饮而喜乐也。今虽无好友，然得贤内助，其益盖无异于好友者，亦当式燕且喜，以尽其相乐之情也。

【张居正讲评】

然燕乐之情，不但已也。

【原文】

依彼平林，有集维鷮。

【张居正讲评】

依彼茂密之平林，则有维鷮以集之者矣。

【原文】

辰彼硕女，令德来教。

【张居正讲评】

维彼硕女，而即归妹之时也，则以令德来配己而教诲之矣。盖秉柔顺之德，足以赞乾道之成，而启予之益，诚有莫大也。

【原文】

式燕且誉,好尔无射。

【张居正讲评】

夫惟有令德之教,是以我也乐有美配,举燕饮之礼,致相乐之情,而一时悦慕之深,宁有厌致之意乎。

【张居正讲评】

夫在我固乐乎,尔尔其可不相乐乎,彼心相得者,略其物之轻,思有余者,忘其德之薄。

【原文】

虽无旨酒,式饮庶几。

【张居正讲评】

故有旨酒,燕之乐也。今我虽无旨酒,以为燕乐,亦忘其不旨之故,而庶几其式饮焉。

【原文】

虽无嘉肴,式食庶几。

【张居正讲评】

亦有佳肴燕之乐也,今我虽无佳肴以为燕乐,亦忘其不佳之故,而庶几其式食焉。

【原文】

虽无德与女,式歌且舞。

【张居正讲评】

以德配德,燕之乐也。今我虽无德以与女,尔亦忘其不德之故,而庶几其式歌且舞焉。盖惟知其情意之当敦,而物之厚薄,人之贤否,皆以情而相忘可矣。

【张居正讲评】

夫既相乐如此,则此心复何恨乎?

【原文】

陟彼高冈,析其柞薪。析其柞薪,其叶湑兮。

【张居正讲评】

是故陟彼高冈,析其柞薪,则其叶湑然而茂盛者矣。

【原文】

鲜我觏尔,我心写兮。

【张居正讲评】

况此季女,德不恒有,世所鲜之人,而我得以既觏之,而饮食歌舞,以相乐焉,则我心输写而无留恨矣,岂复有饥渴之滞于怀耶。

【原文】

高山仰止,景行行止。

【张居正讲评】

今夫高山,势之崇者,则可以仰止矣。景行,道之大者,则可以行止矣。

【原文】

四牡騑騑,六辔如琴。

【张居正讲评】

况我之于季女,其往迎也,驾车有马,则騑騑然,则驯习御马,有辔则如琴然其和调。

【原文】

觏尔新婚,以慰我心。

【张居正讲评】

则可以迎彼季女,而既觏之,聆德音之括,获教诲之益,而以慰我之心矣。是则始之求也,求以德也,终之乐也,乐以德也。若诗人者,可谓得情性之正者欤。

青蝇

【总评】

诗人以王好听谗言,故作此。

【原文】

营营青蝇,止于樊。

【张居正讲评】

彼营营青蝇,则止于樊,其飞声往来,有以乱人听矣。然则谗人之言,其反复惑人,不亦犹是耶。

【原文】

岂弟君子,无信谗言。

【张居正讲评】

岂弟君子,一闻谗言敬而远之可也,严而绝之可也,徐察而审听之亦可也,慎无遽信谗言乎。

【原文】

营营青蝇,止于棘。

【张居正讲评】

营营青蝇,则止于棘矣

【原文】

谗人罔极,交乱四国。

【张居正讲评】

惟此谗人,肆其罔极之奸,则有以变乱是非,饰成无罪之人,而被之以莫大之祸矣,不有以交乱四国乎。夫以谗人罔极,而四国为之交乱,是固甚可畏也,又安可以焉信哉。

【原文】

营营青蝇,止于榛。谗人罔极,构我二人。

宾之初筵

【总评】

此武公饮酒悔过而作也。若曰:人之饮酒,恒慎始而忽终,欲慎其仪者,可不图厥终乎,以因射而饮言之。

【原文】

宾之初筵,左右秩秩。

【张居正讲评】

宾初即筵之时,左列于左,右列于右,而秩秩然有序矣。

【原文】

笾豆有楚,殽核维旅。

【张居正讲评】

燕必有殽核也,则笾豆在列,而殽核之错陈矣。

【原文】

酒既和旨,

【张居正讲评】

燕必有酒也,则酒以成礼,而和旨之调美矣。

【原文】

饮酒孔偕。

【张居正讲评】

斯时也,饮酒之人皆肃敬齐一,何孔偕乎来射而饮如此。

【原文】

钟鼓既设,

【张居正讲评】

迨夫将射也,钟鼓之宿悬于上者,则迁乐于堂下,以避射位焉。

【原文】

举酬逸逸。

【张居正讲评】

醻爵之奠于席前者,则举之以行旅酬之礼,而逸逸往来之有序焉。

【原文】

大侯既抗,

【张居正讲评】

先是大侯中掩束也,今则命司马张侯,遂系左下之纲。

【原文】

弓矢斯张。

【张居正讲评】

而弓矢之在囊者,亦张而待射,而有引满之势者焉。

【原文】

射夫既同,

【张居正讲评】

三耦众耦之射夫,于是而既同。

【原文】

献尔发功。

【张居正讲评】

皆揖让而升,以献夫发矢之功。

【原文】

发彼有的,以祈尔爵。

【张居正讲评】

斯时也,孰不欲以求胜乎,然惟各心兢,云我将以是发彼有的,以祈尔饮,豊上之觯焉。消有争之形于不露,存必胜之心于忘言,是其争也。君子矣一射饮之间,其始终有仪如此,尚何过举之有哉。

【张居正讲评】

以因祭而饮者言之。

【原文】

籥舞笙鼓,

【张居正讲评】

祭必有乐也,则籥舞以动其容,笙鼓以动其声。

【原文】

乐既和奏。烝衎烈祖,

【张居正讲评】

乐既于是而和奏,五色成文而不乱也,几冈从律而不奸也,则所以乐烈祖之心者在是矣,何如其美也耶。

【原文】

以洽百礼。百礼既至,

【张居正讲评】

祭必有礼也,则以乐之和合于礼之备,而百礼于是而既至。

【原文】

有壬有林。

【张居正讲评】

但见外极规模,壬然而大也,内尽节目,林然而盛也,礼何如其善耶。

【原文】

锡尔纯嘏,

【张居正讲评】

礼乐明备,先祖是皇,而锡尔以纯全之福焉。

【原文】

子孙其湛。其湛曰乐,

【张居正讲评】

斯时也,亲而同姓,有子有孙焉,湛然而乐,无有勉强之意。

【原文】

各奏尔能。

【张居正讲评】

各酌献尸,尸酢卒爵,以奏其将事之能焉,是饮所当饮也,岂崇饮乎。

【原义】

宾载手仇,室人入又。

【张居正讲评】

疏而异姓有宾客焉,有室人焉,宾则以手挹酒,室人为之复酌,而加爵焉。

【原文】

酌彼康爵,以奏尔时。

【张居正讲评】

莫不酌彼康爵,尸饮乎三,宾饮乎一,于以行乎时祭之礼焉,是饮所当饮也,岂湎饮乎,祭饮之间,其始终有序如此,尚何过举之有哉。

【张居正讲评】

夫射祭之饮,其善如此。奈何人之凡饮酒者,常始乎治,而卒乎乱也。

【原文】

宾之初筵,温温其恭。

【张居正讲评】

宾之初即筵也,温温其恭,无不以敬慎自持矣。

【原文】

其未醉止,威仪反反。

【张居正讲评】

方其未醉也,动必顾礼,而威仪反反。

【原文】

曰既醉止,威仪幡幡。舍其坐迁,屡舞仙仙。

【张居正讲评】

曰既醉止,则举动轻率,而流于幡幡之归,舍其坐迁,而肆其仙仙之舞,则向之反反者安在耶?

【原文】

其未醉止,威仪抑抑。

【张居正讲评】

方其未醉也,动皆慎密,而威仪抑抑。

【原文】

曰既醉止,威仪怭怭。

【张居正讲评】

曰既醉止,则言失其正,一皆媟慢之动,则向之抑抑者何在耶?

【原文】

是曰既醉,不知其秩。

【张居正讲评】

所以然者,是由既醉之后,而昏然不知其常礼,顾幡幡怭怭之若是耳。

【张居正讲评】

不但是也。

【原文】

宾既醉止,载号载呶。

【张居正讲评】

宾既醉止,则载号载呶,而言语肆矣。

【原文】

乱我笾豆,屡舞僛僛。

【张居正讲评】

乱我笾豆,屡舞僛僛,而容止乱矣。

【原文】

是曰既醉,不知其邮。

【张居正讲评】

所以然者,是曰既醉之后,而懵然不知其过,故号呶僛僛之若是耳。

【原文】

侧弁之俄,屡舞傞傞。

【张居正讲评】

且弁之戴于首者,俄然而倾侧,舞之见于容者,傞傞而不已,醉者之状如此,可谓无所不至矣。

【原文】

既醉而出,并受其福。

【张居正讲评】

夫饮酒不能无醉,若既醉而出,则宾者温恭之美主彰,是燕之善,岂不并受其福乎。

【原文】

醉而不出,是谓伐德。

【张居正讲评】

醉而不出,而至于荒乱之甚如此,是自害其温恭之德也。

【原文】

饮酒孔嘉,维其令仪。

【张居正讲评】

且饮酒之所以甚美者,以其有令仪耳。今既若此,则其复有仪哉。

【张居正讲评】

夫饮酒丧仪如此,而不深以为戒乎。

【原文】

凡此饮酒,或醉或否。

【张居正讲评】

故凡此饮酒之人,或有醉者,或有不醉者。

【原文】

既立之监,或佐之史。

【张居正讲评】

我既立之监,以纠其失,或佐之史,以书其过,庶几饮酒者,顾监史有所畏,而知以自守也。

【原文】

彼醉不臧,不醉反耻。

【张居正讲评】

奈何醉者所为不善,而不自知,虽有监史,无所用其防也,使不醉者,反为之羞耻焉。

【原文】

式勿从谓,无俾太怠。

【张居正讲评】

然醉者既如此,安得从而告之,使勿至于太怠者乎。

【原文】

匪言勿言,

【张居正讲评】

使有言也,必谋诸心,而非所当言者勿言。

【原文】

匪由勿语。

【张居正讲评】

使有语也,必谋诸心,而非所当言者勿语。

【原文】

由醉之言,俾出童羖。

【张居正讲评】

苟由醉而妄言,我将罚尔,使出无角之羖羊矣。知童羖为难得之物,尔安得而不恐哉,是不醉者,固欲谓之如此,而奈醉者之不可谓何。

【原文】

三爵不识,矧敢多又。

【张居正讲评】

夫人能饮,多而有所识,犹之可也。今汝饮至三爵,已不识矣,矧敢又多饮乎?饮酒者,诚当知所以自省,毋为监史所不能防,毋为不醉者所不能谓可矣。吁,武公饮酒,悔过如此,真可谓能自克以礼也。

鱼藻

【总评】

天子燕诸侯,而诸侯美之。曰:人君以一身贻天下之安者,则当以一身享天下之乐。今观吾王,诚有享至治之休矣。

【原文】

鱼在在藻,有颁其首。

【张居正讲评】

彼鱼何在乎,在乎藻也,则游泳自适,而有颁其首矣。

【原文】

王在在镐,岂乐饮酒。

【张居正讲评】

王何在乎,在乎镐也。则君臣同乐,燕礼以举,而岂乐饮酒矣,乐饮之外,岂复有余事哉。

【原文】

鱼在在藻,有莘其尾。

【张居正讲评】

鱼何在乎,在乎藻也,则游泳自适,而有莘其尾矣。

【原文】

王在在镐,饮酒乐岂。

【张居正讲评】

王何在乎,在乎镐也,则明良胥庆,燕饮礼攸行,而饮酒乐岂矣,乐饮之外,岂复有余事哉。

【原文】

鱼在在藻,依于其蒲。

【张居正讲评】

鱼在在藻,依于其蒲,则有以得所居之安者矣。

【原文】

王在在镐,有那其居。

【张居正讲评】

况王在于镐,据天下之上游而居重之势得,但见太平有象,至治无虞,岂不有那其居乎?要之诸侯美天子,惟以乐饮安居为言,而不及保治之事,何哉?盖后天下之乐而乐者,必先天下之忧而忧,乃能致之,则其进规之意,固在言外矣。

采菽

【总评】

此天子答鱼藻也。若曰:人臣来朝,以明敬也,君人赐予,以示恩也。然要之上交之道,尤在于诸侯之能敬也。吾今愧予之凉惠,而深有嘉于君子之能敬也。

【原文】

采菽采菽,筐之筥之。

【张居正讲评】

彼采菽采菽,则必筐筥以盛之,而曲尽其处物之宜矣。

【原文】

君子来朝,何锡予之?

【张居正讲评】

况我君子来朝,则将何以锡予之乎?

【原文】

虽无予之,路车乘马。

【张居正讲评】

今虽无以予之而已,有路车乘马之锡矣。异姓同姓,各随其分焉。大邦小邦,各有其等焉。

【原文】

又何予之?玄衮及黼。

【张居正讲评】

又何以予之而已,有玄衮及黼之赐矣。九章七章以分而别焉,五章三章以等而异焉。以车服之常典,示赐予之徽恩,我今日所以侍诸侯如此。

【张居正讲评】

夫诸侯来朝,我固有以锡予之矣。然君子来朝之敬,则何如而我锡之耶。

【原文】

觱沸槛泉,言采其芹。

【张居正讲评】

彼觱沸槛泉有芹生也,则言采其芹矣。

【原文】

君子来朝,言观其旂。

【张居正讲评】

况君子来朝,有旆建也,则言观其旂矣。

【原文】

其旂渜渜,

【张居正讲评】

但见其旂渜渜而动,目遇之成色也。

【原文】

鸾声嘒嘒。

【张居正讲评】

鸾声嘒嘒而鸣耳,得之成声也。

【原文】

载骖载驷,

【张居正讲评】

马以驾车,而载骖载驷,三马四马之俱良也。

【原文】

君子所届。

【张居正讲评】

夫旂鸾骖驷,皆君子之队卫也。今也见其旂,闻其鸾声,而又见其马,则知君子之至于是矣,其谨侯度,以入朝如此。

【原文】

赤芾在股,邪幅在下。

【张居正讲评】

迨其入觐也,以赤芾则在股,以邪幅则在下,而入朝之威仪肃矣。

【原文】

彼交匪纾,

【张居正讲评】

由是服之,以见天子,而交际之间,恭敬斋漱,不敢以舒缓焉,其所以敬君者何如也。

【原文】

天子所予。

【张居正讲评】

天子嘉其能敬,路车乘马,于是乎锡之也,玄衮及黼,于是乎颁之也,不为天子之所予乎。

【原文】

乐只君子,天子命之。

【张居正讲评】

夫锡予所在,即宠命之所在也,我君子以匪纾之心,溢而为温文之度,何可乐也,岂不天子命之乎。

【原文】

乐只君子,福禄申之。

【张居正讲评】

宠命所在,即福禄之所在也,我君子以匪纾之心,溢而为温文之度,何可乐也,岂不福禄申之乎。

【张居正讲评】

夫君子以匪纾之敬,而为福禄之申,则其获福也,理之宜然也,而非倖也。

【原文】

维柞之枝,其叶蓬蓬。

【张居正讲评】

彼维柞之枝,则宜其叶蓬蓬然而盛矣。

【原文】

乐只君子,殿天子之邦。乐只君子,万福攸同。

【张居正讲评】

况乐只君子,而惟敬之匪纾也,则宜其膺侯爵,以殿天子之邦,而为万福之所聚矣。

【原文】

平平左右,亦是率从。

【张居正讲评】

然岂特君子之能敬己哉,但见其从之左右,威仪亦皆辨而不昧,治而不乱,平平然若出于雕琢之余,而相与以率从焉,是左右之敬也,亦君子之所敬也,何莫而不见其为君子获福者哉。

【张居正讲评】

不惟是也,其获福也,理之必然也,而非偶也。

【原文】

汎汎杨舟,绋缅维之。

【张居正讲评】

彼汎汎杨舟,则必以绋而缅维之矣。

【原文】

乐只君子，天子葵之。乐只君子，福禄脿之。

【张居正讲评】

况乐只君子，而维敬天下之匪纾也，则必受知于天子，深信不疑，而为福禄之所必脿矣。

【原文】

优哉游哉，亦是戾矣。

【张居正讲评】

然岂特人觐之能敬已哉，且其来朝之心，莫非出于忠爱之诚，而优游以至此，殆无一毫勉强之意矣。是来朝之敬，一人觐之敬也，何莫而不见，其为君子获福之必然哉。夫觐君尽其敬，是臣事君以忠也，而非欲征福于君也。锡臣隆其恩，是君侍臣之礼也，而非欲沾惠于臣也，上下之间，各尽其道，此所以能相与以有成欤。

角弓

【总评】

此刺王不亲九族之诗。若曰：亲亲之谊，有国者不可不笃。盖以亲不敦睦，则民与仁君多薄德，则俗益偷，而化导之机，自上握之也，今王何不知此也耶。

【原文】

骍骍角弓，翩其反矣。

【张居正讲评】

彼骍骍和调之角弓，张之则内向而来，一或弛之，则翩然外反而去矣。

【原文】

兄弟婚姻，无胥远矣。

【张居正讲评】

况此兄弟婚姻，岂可以相远哉。盖兄弟婚姻之情，结之以恩则相亲，或远之，则亦离叛而去矣，其远近亲疏之意，果何异于此弓耶。

【张居正讲评】

夫兄弟婚姻，既不可以胥远矣，则为人上者可不慎所感之哉？吾知上者，下之倡也。

【原文】

尔之远矣，民胥然矣。

【张居正讲评】

　　尔若于兄弟无相亲之意,而有相远之心,则民皆将以兄弟之果可以相远也,而孰有不以为然耶。

【原文】

尔之教矣,民胥效矣。

【张居正讲评】

　　尔若不以敦睦为教,而惟以胥远为教,则民皆将如尔之远其兄弟也,而孰有不以为效耶?上以是倡,则下以是应,非机之必然哉。

【张居正讲评】

　　夫尔以胥远为教,民遂然而效之,则寡恩之兄弟,岂不由此而相谗也哉。

【原文】

此令兄弟,绰绰有裕。

【张居正讲评】

　　吾知此善兄弟情本厚也,故虽王化不善,而彼之所以相亲相爱者如故也,岂不绰绰然,其厚之有余哉。

【原文】

不令兄弟,交相为瘉。

【张居正讲评】

　　若不善之兄弟情本薄也,又见王之胥远,则遂谗怨日起,而交相为病矣。

【原文】

民之无良,

【张居正讲评】

　　夫兄弟而交相为病,则亦无良甚矣。

【原文】

相怨一方。

【张居正讲评】

　　然要其所以相怨者,不过各据其一方之见,不能要观于物我之间也。若能以责人之心责己,爱己之心爱人,则彼己之间,交见而无蔽,何有相怨哉。

【原文】

受爵不让,至于己斯亡。

【张居正讲评】

　　然彼之相怨,以取人爵位也。意以为爵位可长有也,殊不知得之以逊让者,则爵位可保。今乃相谗相怨,以取爵位,而不知逊让之道,吾知以交构而得者,亦以交构而失之,终亦必亡而已矣,能长久也哉?

【张居正讲评】

夫此不令兄弟,而受爵不让者,要亦不量力,不知止之故也。

【原文】

老马反为驹,不顾其后。

【张居正讲评】

今夫老马备矣,久自以为驹,不顾其后之不胜任焉。然则谗害人以取爵位者,而不知其不胜任也,亦若是矣,而何其不量力之甚也耶。

【原文】

如食宜饇,如酌孔取。

【张居正讲评】

又如食之已多而宜饱矣,而久不以为饱。如酌之所取亦已甚矣,而久不以为甚。人之贪嗜饮食而不知节,诚可恶矣。然则彼谗人之取爵位,而贪黩攘取之不已也,亦若是矣,何其不知止之甚也耶。

【张居正讲评】

若此者,皆由王不善道导之,而效于王之胥远故也。

【原文】

毋教猱升木,如涂涂附。

【张居正讲评】

今夫猱本善升木,不待教而后能,涂本易附着,而不可复以涂附也。人尚其毋教猱升木乎,一教之而放纵,无所不至矣。人无如泥涂之上,加以泥涂附之乎,一附之愈相著,而不可解矣。彼小人之性,骨肉之恩本薄,而王又好谗佞以来之,则其相谗相怨,以取爵位,而侥薄之若是也,又何怪其然矣。

【原文】

君子有徽猷,小人与属。

【张居正讲评】

兹欲返薄归厚,则莫若以善道倡之乎。君子诚能于兄弟婚姻也,禄位与其,好恶与同,而有敦睦之善道焉。则上笃于亲,下兴与于仁,小人之性虽薄也,而秉彝之心未尝无,亦将反为善以附之,不至于如此之薄矣。夫反薄归厚之化,惟于上倡之如此,王何为独好谗佞,以成侥薄之风也哉。

【张居正讲评】

夫王固不可好谗,以成小人之薄矣,然谗言亦岂难止哉。

【原文】

雨雪瀌瀌,见晛曰消。

【张居正讲评】

今夫雨雪瀌瀌,雪何盛也,然一见日气,则消而散矣,然则谗言遇明者当自止,不犹是乎。

【原文】

莫肯下遗,式居娄骄。

【张居正讲评】

谗既易止,则远之,以抑其骄可也。今王甘信之,不肯贬下而遗弃之,则小人益以无忌,不益以长骄慢之习矣乎。

【原文】

雨雪浮浮,见晛曰流。

【张居正讲评】

雨雪浮浮,雪何盛也,然一见日气,则流而去矣,然则谗言遇明者当自止,不犹是耶。

【原文】

如蛮如髦,

【张居正讲评】

谗既易止,则远之,以善其俗可也。今王乃听信谗言,使之相谗相怨,而绝无逊让之风,则中国信义相先之教,渐然尽矣,不如蛮如髦乎。

【原文】

我是用忧。

【张居正讲评】

夫以中国而同于夷狄,人道之大变,而乱亡之阶也。我安得不深用以为忧哉？吁,其角弓之诗,所由作也。

菀柳

【总评】

王者暴虐,诸侯不朝而作此。曰:臣子事君犹事天,然曷敢废朝觐之礼哉？顾其所以不朝者,亦有其故矣。

【原文】

有菀者柳,不尚息焉？

【张居正讲评】

彼有菀然茂盛之柳,其萌可以休也,行道之人,岂不庶几欲就而止息之乎？然则王有富贵之泽,可以相厚也,人孰不欲朝事之乎?

【原文】

上帝甚蹈,无自暱焉。

【张居正讲评】

但以王者威神之甚,而喜怒有不可期,使人畏之,而不敢近焉耳,此诸侯所以皆不朝也。

【原文】

俾予靖之,后予极焉。

【张居正讲评】

使我独朝而事之,以靖王室,而欲以其力,为天子使也,欲以其财,为天子用也。吾知后必将极其所欲,以求于我,吾恐力疲,不胜其所役,财尽不胜其所求,将何以继之哉?是以吾宁不朝耳。

【原文】

有菀者柳,不尚愒焉?

【张居正讲评】

有菀然茂盛之柳,其荫可以庇也,行道之人,岂不庶几欲就而愒息之乎?然则王有爵禄之恩,可以相庇也,人孰不欲朝事之乎。

【原文】

上帝甚蹈,无自瘵焉。

【张居正讲评】

但以王者威神之甚,而喜怒有不可测,使人近之,而适以自病焉耳,此诸侯所以皆不朝也。

【原文】

俾予靖之,后予迈焉。

【张居正讲评】

使我独朝而事之,以靖王室焉。后必过其分以求十我,吾将何以应之哉?是以予宁不朝焉耳。

【原文】

有鸟高飞,亦傅于天。

【张居正讲评】

今夫鸟之高飞,则傅于天矣,是物且有所至矣。

【原文】

彼人之心,于何其臻?

【张居正讲评】

彼人之心,贪纵无极,求责无已,不知其果何所极乎?

【原文】

曷予靖之?

【张居正讲评】

如此,则岂予能靖之哉?

【原文】

居以凶矜?

【张居正讲评】

苟不量其己之财力,无以塞王心,无己之欲而欲靖之焉,则将有不可测之辱,亦徒自取凶祸而可怜耳。然则予今日之不朝,夫岂其得已哉?吁,诸侯之不朝,虽出于不得已之故,然因王之暴虐,而遂不朝,其于君臣之义,亦悐矣。吾于菀柳之诗,而深叹其周室之不复振也已。

都人士

【总评】

乱离之后,人不复见昔日都邑之盛,人物仪容之美,而作此诗。曰:人物之盛衰,国家降替之所系也,吾尝感慨于今,而追思古之盛际矣。

【原文】

彼都人士,狐裘黄黄。

【张居正讲评】

昔日王人之威灵尚振,而都邑之大观犹存,故其人士服之于身者,则狐裘黄黄,而文之以君子之服矣。

【原文】

其容不改,

【张居正讲评】

著之为德容也,则有常不改,而文之以君子之容矣。

【原文】

出言有章。

【张居正讲评】

发之为言也,则成章可观,而文以君子之词矣。

【原文】

行归于周,万民所望。

【张居正讲评】

以斯人而行归于周,则当此乱离之后,而复睹昔日之人物,岂不动人之观瞻,而为万民之望者乎。

【张居正讲评】

奈何今不复见矣,我将何如其为情也耶。

【原文】

彼都人士,台笠缁撮。

【张居正讲评】

彼都邑之人士也,台笠缁撮,而动容之必臧。

【原文】

彼君子女,绸直如发。

【张居正讲评】

彼都贵家之女也,绸直如发,而首饰之自美。

【原文】

我不见兮,我心不说。

【张居正讲评】

然此乃昔时之人物也,我今不可得而见之,则将无以副我之思,我心其不悦者矣。

【原文】

彼都人士,充耳琇实。

【张居正讲评】

彼都邑之人士也,充耳琇实,而仪容之消整。

【原文】

彼君子女,谓之尹、吉。

【张居正讲评】

彼都人贵家之女也,谓之尹吉,而礼度之素闲。

【原文】

我不见兮,我心苑结。

【张居正讲评】

然此乃昔时之人物也,我今不可得而见之,则无以悉我之忍,我心之忧,苑结而

毛遂自荐

不能伸者矣。

【原文】

彼都人士,垂带而厉。

【张居正讲评】

彼都邑之人士也,带著于身,则厉然而下垂。

【原文】

彼君子女,卷发如虿。

【张居正讲评】

彼都人贵族之女也,发敛于首,则如虿而上卷。

【原文】

我不见兮,言从之迈。

【张居正讲评】

然此乃昔时之人物也,我今不可得而见矣。苟得见之,则我敢从之迈,庶几以写我心之忧乎。

【原文】

匪伊垂之,带则有余。

【张居正讲评】

然士之带也,非故垂之也,带则有余自如,是其下垂矣。

【原文】

匪伊卷之,发则有旟。

【张居正讲评】

女之发也,非故卷之也,发则有旟,自如是其卷曲矣。

【原文】

我不见兮,云何盱矣。

【张居正讲评】

然此乃昔时之人物也,我今不可得而见之,使我当如何,而望之切哉。夫屡即盛时之事,而深致不见之思,若诗人者其感慨深矣。